27

글쓰는기계 게임 판타지 장편소설

초판 1쇄 찍은 날 | 2020년 12월 23일
초판 1쇄 펴낸 날 | 2020년 12월 31일

지은이 | 글쓰는기계
펴낸이 | 예경원

기획 | 위시북스
편집책임 | 이은송
편집 | 위시북스

펴낸곳 | 예원북스
등록번호 | 제396-2012-000132호
등록일자 | 2012. 7. 25
KFN | 제1-581호

주소 | 경기도 고양시 일산동구 호수로 646-24 위너스21II빌딩 206A호 (우)10401
전화 | 031-819-9431 팩스 | 031-817-9432
E-mail | yewonbooks@naver.com

ⓒ글쓰는기계, 2019

ISBN 979-11-365-4811-5 04810
        979-11-6424-237-5 (Set)

Wish Books
나는 될 놈이다
27
글쓰는기계 게임 판타지 장편소설
WISHBOOKS GAME FANTASY STORY

CONTENTS

CHAPTER 1

-알렉세오스의 권능!

[알렉세오스가 당신에게 힘을 빌려줍니다.]
[드래곤 리치로 변신합니다!]

드래곤 리치로 변신하는 권능!

원래 기간제 능력이었으니 최대한 빠르게 쓰려고 했었지만 이렇게 쓸 기회를 줄 줄은 몰랐다.

원래 리치 같은 네크로맨서 계열의 직업이 활약할 수 있는 곳은 이런 대규모 전투가 벌어지는 곳이었다.

시체가 많아야 네크로맨서도 강해진다!

쿠쿠쿵-

태현이 변신하는 사이 일행은 앞에서 덤벼드는 공격을 상대하고 있었다.

"저 자식! 너 내가 얼굴 봤어! 죽여 버릴 거야!"

유지수는 살벌하게 외치며 화살을 쏘아댔다.

감히 가장 먼저 활을 쏘다니, 용서할 수 없다!

-사악한 추적의 화살! 사악한 추적의 화살! 사악한 추적의 화살!

쉬이익!

"컥!"

수많은 플레이어들이 앞에 있어서 안심하고 있던 궁수는 그대로 화살을 맞고 쓰러졌다.

집요한 공격!

"치고 들어가!"

"지금 놓치면 기회 없다!"

"너부터 들어가 이 자식아!"

"뒤에서 밀지 마! 밀지 말라고!"

그러나 어쨌든 공격은 시작되었다. 팽팽한 긴장감이 끊어지자 플레이어들은 뭐에 홀린 것처럼 달려들었다.

'김태현 한 대만 때려도 상금이다!'

한 대만 때리고 살아남자!

그런 생각이 그들의 머릿속에는 가득했다.

"야, 근데 진짜 괜찮을까?"

"괜찮다니까. 이렇게 많은데 어떻게 다 잡겠어."

"김태현이 드래곤 소환하거나……."

"내가 김태현 나오는 영상 다 챙겨봤는데, 그거 한 번밖에 못 써."

"두 번 썼잖아."

"……두 번 썼으니까 이제 못 쓰겠지."

"저번에 그 이상하게 변신해서 망령 몬스터 소환하는 건?"

지금과 상황도 비슷했다. 유적으로 들어가더니 갑자기 망령 군대를 우르르 소환해서 나타난 태현!

아직도 사람들이 기억하는 명장면이었다.

태현을 쪽수로 밀어붙이려던 베이징 파이터즈와 길드 동맹 이 그대로 박살 났던 전투!

"그것도 당연히 못 쓰겠지! 그게 직업 스킬이겠냐? 딱 봐도 특별한 순간에 쓸 수 있는 능력일 거 아니야."

"하긴 그건 그렇지만."

크르르르릉…….

"……?"

-불편한데 이거.

태현은 생소한 감각에 당황스러워했다.

거대한 드래곤 리치로 변신한 것! 얼핏 보면 본 드래곤처럼 보였지만, 안에 일렁이는 검고 어두운 기운이 절대 본 드래곤 같은 몬스터가 아니라는 걸 알려주고 있었다.

갑자기 커진 덩치에, 드래곤이 된 태현. 적응이 안 될 법도 했지만…….

'아. 적용됐다.'

3초 끝!

[카르바노그가 전생에 드래곤이었냐고 묻습니다.]

'이런 건 요령이지.'

태현은 바로 날개를 펴고 울부짖었다.

[드래곤 리치의 포효 스킬을 사용합니다!]

[적들이 공포에 빠집니다!]

[적들이……]

드래곤이란 종족은 종족 자체가 우월한 종족이었다.

뭘 해도 남들보다 몇 배는 뛰어난 힘!

[아키서스 관련 스킬을 사용할 수 없습니다.]

[검술 스킬을 사용할 수……]

[마법 스킬이 크게 증가……]

대부분의 스킬은 봉인되고, 드래곤 리치에게 걸맞은 스킬은 크게 강화되었다.

"드래곤 없다며?!"

"미…… 미친!"

몰려들던 플레이어들은 갑자기 유적 뒤편에서 거대한 드래곤이 나타나자 기겁했다. 악몽이 떠오른 것이다.

태현이 중요한 순간에 소환하는 드래곤과, 그 드래곤의 브레스! 용용이와 흑흑이의 브레스는 사람들의 인상에 아주 강렬하게 남아 있었다. 각자 한 번뿐이었지만 그 위력은 어떤 마법도 따라갈 수 없을 정도였으니까!

"잠깐, 저거 살아 있는 드래곤 아니다!"

"본 드래곤이다! 못 잡을 정도는 아니야!"

"성기사들! 턴 언데드 날려!"

웅성웅성-

모인 플레이어들은 쉽게 흔들렸다. 그리고 믿고 싶은 걸 믿었다. 진짜 드래곤이 아니라 본 드래곤이면 할 만하다!

물론 본 드래곤도 꽤 강력한 보스 몬스터였지만 플레이어가 못 잡을 수준은 아니었다. 게다가 여기 얼마나 모였는가!

-턴 언데드! 신성한 힘의 정화! 고급 빛의 창!

[드래곤 리치의 저항력이 신성한 힘을 거부합니다.]
[드래곤 리치의 마법 결계가 신성한 힘을 막아……]

한 대도 닿지 않는 강력함!

태현은 그러는 사이 새로 생긴 마법들을 확인했다.

-죽음의 폭풍우!

쿠르르르릉!

순식간에 주변에 어둠이 몰려왔다. 어둠에 뒤덮인 플레이어들은 비명을 질렀다.

"으아아악! 이거 뭐야!!"

저항할 틈도 주지 않고 HP를 닥치는 대로 흡수해버리는 사악한 마법!

'오. 이런 거군.'

-대지에 내리는 산성비!

허공에서 강력한 산성비가 내리기 시작했다. 닿을 때마다 대미지를 주는 어마어마한 범위마법!

"끄아아아악!"

-어둠의 번개!

'재밌다!'

태현은 재밌어졌다.

마법은 정말 최고야!

'후. 마법사를 할 거 그랬나.'

MP를 빵빵하게 유지한 상태에서 퍼붓는 마법 난사는 어마어마한 쾌감이었다. 전사들이 이리 뛰고 저리 뛰면서 한 대 때리려고 할 때 마법사는 마법 한 방으로 모든 걸 해결할 수 있지 않은가.

'아. 정신 놓을 때가 아니지.'

태현은 정신을 차리고 다음 마법을 사용했다. 벌써 군데군데 박살 난 파티들이 보였다.

-언데드 라이즈!

[용아병 스켈레톤 전사들이 일어납니다! 드래곤 리치의 <드래곤의 영역>으로 인해 용아병 스켈레톤 전사들이 강화됩……]

알렉세오스의 권능은 무지막지했다. 이 자리를 채운 수많은 플레이어를 혼자 압도하는 능력!

여기 모인 플레이어들이 일확천금에 눈이 먼 저렙부터 고렙까지 섞여 있긴 해도, 실력이 아주 부족한 편은 아니었다. 힘을 하나로 모아서 싸운다면 분명히 상황을 수습할 수 있었다. 그러나 그건 불가능했다. 그들은 어디까지나 각자 모인 것이지, 하나로 뭉친 게 아니었던 것이다.

태현이 날뛰기 시작하니 수습 불가능!

콰과광!

[물기 스킬이 올랐습니다!]
[난동 스킬이 올랐습니다!]

태현은 몸을 던져 플레이어들을 짓밟아 버린 다음 연속해서 마법을 사용했다.

[악명이 오릅니다!]
[드래곤의 힘을 사용했습니다. 아스비안 제국의 다른 부족들이 당신을 눈치챌지도 모릅니다!]

-언데드 라이즈! 죽음의 강화! 언데드 승급!

자리에 모인 용아병 스켈레톤 전사들이 더욱더 강해지고, 스켈레톤 주술사들과 궁수들까지 나타났다.
"후퇴! 후퇴!!"
"도망치지 마! 김태현을 공격해라!"
'저놈 길드 동맹에서 나왔나?'
태현은 고개를 돌려 힐끗 쳐다보았다.
다들 태현이 날뛰자 바로 포기하고 도망치는데, 몇몇 놈은 자리를 지키며 플레이어들을 선동하고 있었다.
아까 공격할 때도 분위기를 이끌었던 것 같은데…….
"저놈 잡아 와라!"
-예, 주인님!
들켰다는 걸 깨달은 길드원들은 황급히 도망치려 했다.
그러자 태현은 외쳤다.

"여기 모인 놈들은 들어라! 저기 있는 길드 동맹 놈들을 나한테 바치지 않으면 모두 다 쫓아가서 잡아주마!"

도망치던 플레이어들은 웅성거렸다.

순식간에 바뀐 눈빛에 길드원들은 당황했다.

"저…… 저 말을 듣지 마라! 저걸 믿는 건 아니지? 김태현이잖아!"

"나, 나는 길드 동맹 길드원이 아니야! 믿어줘!"

"우리는 같이 싸운 동료잖…… 크악!"

돈 때문에 모인 플레이어들 사이에 무슨 우정이 있을 리 없었다. 그들은 재빨리 길드원들을 붙잡으려 덤벼들었다.

"이 자식들이! 이러고도 무사할 거 같냐?!"

몇 명은 도망치고, 몇 명은 싸우다 로그아웃 당하고, 몇 명은 잡혔다.

태현은 흡족하게 고개를 끄덕였다. 드래곤의 뼈에서 달그락거리는 소리가 났다.

"잘했다."

"저기…… 저희는 가도 되죠?"

"아니?"

"……?!"

"아, 아니. 잡아 왔잖아요?"

"그래. 잘했어."

"그러면 가도 되는……."

"하하. 죽고 싶으면 가던가."

태현은 본색을 드러냈다.

나 죽이러 온 놈들 뭐가 예뻐서 내버려 두냐!

"내가 뭐라고 했냐! 김태현 믿지 말라고 했잖아!"

길드 동맹 길드원은 성이 나서 외쳤다. 내가 그렇게 말했는데 왜 안 믿는 거야!

유적 근처에서 일어난 1차 전투.

자리에 모인 플레이어들은 쥐 떼처럼 도망쳤다. 그 압도적인 숫자가 모였는데도 태현 일행을 한 대도 때리지 못한 것이다. 물론 그 덕분에 플레이어들 대부분이 살아서 도망칠 수 있었지만……

"이야. 덕분에 언데드 군대도 생기고 좋네."

태현은 흡족한 눈으로 모인 용아병 군대를 바라보았다. 아까 잡은 플레이어들의 시체만으로 소환했는데 이 정도였다.

이 정도라면 한동안 아스비안 제국에서 싸울 때 불편하진 않겠다!

"김태현! 이게 끝이라고 생각하지 마라!"

붙잡힌 길드원이 고래고래 소리를 질렀다.

베이징 파이터즈 선수들을 향해.

"쟤 누구 보고 말하는 거야?"

"설마 저걸 김태현이 변장한 거라고 착각하는 건가?"

태현이 설마 저기 있는 거대한 드래곤일 거라고는 생각지도 못한 길드원!

"여기 모인 놈들이 흩어졌지만, 현상금은 걸려 있다! 너를 계속해서 노릴 것이다. 지금은 패배했지만 언젠가는 너도 당하겠지! 크하하! 크하하하하!"

이번에는 이렇게 대놓고 정면에서 붙어서 졌지만(사실 이렇게 모여서 질 거라고는 아무도 생각하지 않았다), 다음부터는 다들 흩어져서 뒤를 노릴 것이다.

던전에서 우연히 만난 파티인 척하면서 한 대 때리거나, 도시에서 만나서 지나가다가 한 대 때리거나……

정면에서 깨진 게 분했지만 방법은 여전히 있다!

"저놈 되게 사악하게 웃네."

"흠. 그보다 나 좋은 생각이 났다. 이다비. 파워 워리어 길드원들 좀 불러줄래?"

-형태 변환!

태현은 거대한 드래곤 리치 모습에서 사람 모습으로 돌아왔다. 역시 커다란 형태는 오래 있으면 피곤했다.

"오늘 너희들이 해야 할 일은……"

초롱초롱!

파워 워리어 길드원들은 반짝반짝 빛나는 눈으로 태현을

처다보았다. 오늘은 과연 어떤 사기와 술수로 그들을 행복하게 해줄까?

"……날 멋지게 패는 거야."

파워 워리어 길드원들은 당황했다.

'이거 뭐냐?'

'충성 시험 아닐까?'

길드원 한 명이 눈치 빠르게 엎드렸다.

"태현 님! 제가 어떻게 태현 님을 때릴 수 있겠습니까! 차라리 저를 죽여주십시오!"

옆에 있던 이다비는 부끄러워서 얼굴을 새빨갛게 붉혔다.

저걸 길드원이라고…….

"저희 길마님이 무슨 실수를 했다면 그건 다 태현 님에 대한 애정에서 나온 실수……."

"뭐라는 거야!"

이다비는 들고 있던 총을 집어 던졌다.

태현은 조용히 시킨 다음 말했다.

"뭔가 오해가 있는 것 같은데, 지금 나한테 현상금이 걸렸잖아?"

길드 동맹은 태현을 때린 증거만 갖고 오면 현상금을 준다고 호언장담을 했다. 죽이는 게 아니라 방해나 때리는 것에 현상금을 걸었으니, 증거의 범위도 엄청나게 넓었다.

영상으로 찍어가는 것도 OK!

"그걸 너희들이 가져가는 거지."

파워 워리어 길드원들은 진정으로 감탄했다.

일종의 자해공갈!

'정말 대단하시다!'

'우리는 아직 멀었다!'

'이런 사람이 파워 워리어에 왔어야 했는데!'

파워 워리어 길드원들은 부끄러웠다. 그들이 떠올려야 했을 발상을 태현이 먼저 떠올리다니. 그들은 아직 멀었다!

"열심히 하겠습니다!"

"제가 먼저 때리게 해주세요!"

"아냐! 내가 먼저 때릴게!"

"태현 님. 얼굴 때려도 됩니까?"

케인은 그들의 대화를 듣더니 슬며시 손을 들었다.

"저기…… 나도 해도 돼?"

"케인 님은 얼굴 팔려서 안 되죠."

"맞아. 케인 님은 너무 티 나서 안 됩니다. 저희만 하겠습니다."

케인은 시무룩해져서 물러났다.

태현은 길드원들에게 말했다.

"길드 동맹이 현상금을 안 줄 거 같긴 한데, 그래도 초반에 는 눈치 봐서 조금 줄지도 몰라. 그러니까 최대한 빠르게 치고 빠져야 해."

아직 태현을 치고 현상금을 받아간 플레이어들은 없을 것 이다. 기껏해야 가서 '제가 방해했어요!'라고 떠들 놈들 정도.

물론 길드 동맹 입장에서 골드 부족해 죽겠는데 이런 놈들 까지 챙겨주지는 않을 것이다.

이때 파워 워리어 길드원들이 얼굴에 철판 깔고 나타나서 태현을 한 대 때린 영상을 보여준다면? 길드 동맹은 '봐라! 이 정도는 해야지!' 하면서 챙겨줄 가능성이 있었다.

꼬리가 길면 잡혔다. 빠르게 치고 빠져야 했다!

"갑니다! 태현 님!"

쉭!

파워 워리어 길드원은 비장한 얼굴로 태현을 향해 무기를 휘둘렀다.

[회피에 성공했습니다.]

"어?"

"야. 넌 그걸 못 맞추냐?"

"길마님. 우리 길드가 아무리 실력이 상관없는 길드라지만 이런 최정예들이 모이는 자리에서는 실력을 좀 봐야 할 거 같습니다."

한 번 실패하자 바로 쏟아지는 길드원들의 따뜻한 덕담!

파워 워리어 길드의 끈끈한 우정이었다.

"아…… 아니야. 긴장해서 그래."

[회피에 성공했습니다.]

……

태현은 깨달았다.

'아. 얘네들은 나 맞히는 게 무리겠군.'

날고 기는 놈들도 태현의 행운과 회피율을 뚫지 못해서 머리를 굴리는데, 파워 워리어 길드원들이 무슨 수가 있어서 때리겠는가.

"우우! 사퇴해라! 사퇴해라!"

"부끄러운 놈 같으니!"

쏟아지는 야유!

무기를 든 길드원의 눈가에 눈물이 그렁그렁하게 맺혔다.

"얘 잘못이 아냐. 내 스탯하고 스킬 때문에 그래."

"거 봐! 이 자식들아!"

물론 길드원들은 입을 다물지 않았다. 은근슬쩍 들리게 수군거렸다.

"아닌데. 저놈이 못해서 같은데."

"저놈이 빠져야 우리가 먹는 비율이 커지는……."

"이거 그냥 보여줬다가는 길드 동맹도 의심 좀 하겠다."

"그러긴 하겠네요."

웬 듣도 보도 못한 플레이어가 태현에게 대미지를 입히면 의심할 수 있는 상황.

"파워 워리어에 강철검 많지?"

"네? 네."

가입하는 사람들한테 무료로 하나씩 줄 때 쓰는 용도!

딱 초보자들이 무기 없을 때 쓰는 용도였지 고렙까지 가서 쓸 정도는 아니었다.

"그거 좀 다 가져다줄래?"

평범한 강철 장검: 내구력 30/30. 공격력 30.

무난하게 만들어진 강철 장검이다. 뛰어난 대장장이의 눈으로 보면 강철이 모자라고 균형이 잘 맞지 않는다는 게 보일 것이다.

태현의 스킬 덕분에 추가 설명까지 보이는 장비.

태현은 망치를 휘둘러 장비를 개조하기 시작했다. 장검의 한쪽 날을 뾰족뾰족하게 깨뜨리고, 다른 한쪽 날은 거칠게 갈고, 그 위에는 염료를 뿌려 색을 칠하고…….

그 결과 완성된 무기!

반쯤 박살 난 화려한 강철 장검: 내구력 10/10. 공격력 45.

매우 뛰어난 대장장이가 손을 본 장검이지만 원래 장검이 워낙 평범해 커다란 효과를 보진 못했다.

반쯤 잘라낸 덕분에 금세라도 깨질 것처럼 위태롭다.

"어때?"

"멋있어 보이긴 하는데…… 이걸 왜 만드신 겁니까?"

태현이 손을 본 무기는 겉모습 하나는 대단했다. 색칠까지 해서 그런지 무슨 오러가 풍겨 나오는 것 같았다.

"길드 동맹 쪽에서 '어떻게 김태현한테 대미지를 줬냐'고 물으면 이렇게 대답해. 어떤 대장장이가 만든 장비가 있는데 그 장비가 김태현한테 아주 제대로 들어간다고."

"오오⋯⋯!"

"그런 방법이!"

어떻게 더 존경할 수 없을 만큼 태현에게 존경의 눈빛을 보내는 길드원들!

'마치 사람을 속이기 위해 태어난 것 같아!'

"대장장이 이름도 정하는 게 좋을 거 같아요."

"그래? 그러면 음. 시진핑으로 할까."

"하필 왜⋯⋯?"

"아니, 이 이름은 길드 동맹도 아는 이름이거든."

저번에 케인과 같이 길드 동맹을 털러 갔을 때 어쩌다가 갖게 된 가명! 태현은 몰랐지만 길드 동맹은 아직도 꾸준하게 마오쩌둥(케인)을 찾고 있었다.

길드의 미래를 위한 인재다!

"아는 이름 나오면 속아 넘어가기 쉽지."

'중국 출신 대장장이 랭커가 만든 전설의 명품 검! 얼마나 강력한지 이건 ㄱ 김태현한테도 대미지가 들어간다!'란 설정을 들고 찍을 생각이었다.

"자. 다들 준비됐지? 간다!"

태현은 실감나게 연기를 했다. 길드원이 검을 휘두를 때마다 '크아악!', '크아아아앗!' 하면서 비틀거렸던 것이다.

"정…… 정말 검이 좋아 보여!"

"전설의 검 같아!"

길드원들도 감탄할 정도!

"현상금 요청이 들어왔습니다. 어떻게 할까요?"

"벌써? 자리에 모인 놈들이 깨져서 도망쳤다고 들었는데. 설마 아무것도 못 하고 도망쳤는데 현상금 달라고 보낸 건 아니겠지?"

"그건 아닌 것 같습니다. 영상을 보면 그 이후에 유적으로 김태현을 쫓아 들어가 공격한 것 같습니다."

"유적으로 김태현을 쫓아갔다고??"

길드 동맹 간부는 그 말을 듣고 기겁했다.

아무리 겁이 없어도 그렇지 미쳤나?

"영상 틀어봐!"

영상을 본 간부들은 경악했다. 김태현이 당황하고 있었던 것이다.

-하하. 그런 공격이 나한테 대미지를 줄 수 있을 리가…… 크윽! 그 무기는 뭐냐?! 일단 물러서자! 케인! 막아라!

"이 무기는 대체 뭐야! 당장 알아내!"

"현상금은 지급할…… 까요?"

"……지금해. 일단 시작한 지 얼마 안 됐고, 이 정도 공을 세웠으면 줘야지."

현상금을 안 주더라도 시작부터 안 주면 안 됐다. 나중에 적당히 써먹은 다음에 잘라내야지! 게다가 이들한테는 물어볼 게 많았다.

"대신 저 무기가 어떤 무기인지, 어떻게 김태현한테 대미지를 바로 넣은 건지 제대로 알아 와. 무슨 저주가 걸린 건지!"

그 소식에 길드 간부들은 특급 명령을 내렸다.

-당장 시진핑이란 대장장이 플레이어를 찾아와! 무슨 수를 써서라도 우리 길드로 끌어들여!

이런 인재가 있었다니, 역시 세상은 넓구나! 게다가 같은 중국인이라니. 마치 길드 동맹을 위해 준비된 것 같은 인재였다.

"크핫핫. 길드 동맹 놈들. 나오지도 못하는군."

"형님. 아직 좋아할 때는 아닌 것 같습니다."

"옛. 지금 홍보 영상 찍고 계시는 중이십니다."

길드 동맹이 비로 반격하지 못하는 걸 틈타, 김태산은 홍보 영상을 닥치는 대로 뿌리고 있었다.

〈길드 동맹이 점령한 마을을 공격해 보았다〉, 〈어렵지 않아요 길드 동맹 요새 공략!〉 같은 주옥같은 영상들을 올리고 있는 중!

"저 요새는 길드원들이 버티고 있다고 했지?"

"네."

길드 동맹의 주력이 수도 근처에 있어도, 오스턴 왕국 외곽이 다 텅텅 빈 건 아니었다.

길드 동맹의 강점은 그 어마어마한 길드원 숫자!

왕국 외곽 곳곳에서 길드원들끼리 뭉쳐 요새를 지키는 모습을 흔히 볼 수 있었다. 고렙 플레이어들이 요새 안에서 버티면 의외로 튼튼했다. 어지간한 산적 플레이어들은 공략하려다가 포기할 정도로.

"좋아. 그거 꺼내 봐라."

"그거 말입니까?"

'그거'는 하나밖에 없었다.

"오오…… 진짜 태현이 같아!"

"저 사악하고 날카로운 눈매 봐!"

김태현의 슬라임 분신! 심지어 김태산 일행은 가마 위에 슬라임 분신을 앉혀 놓았다.

정말 위엄 가득한 모습!

요새 안의 길드원들은 그걸 보고 기겁했다.

"김태현이잖아?!"

"아, 아니. 김태현은 아스비안 제국에 있다고 했어."

"그사이 왔을 수도 있잖아!"

"여기에 뭐 얻을 게 있다고 와? 이 조그만 요새가 뭐라고."

"그러면 저거는 뭔데!"

"닮은 사람일…… 수도…….”

"내가 확인해 보고 온다."

도적 플레이어 하나가 호다닥 밖으로 나갔다.

-진실의 눈! 숨겨진 비밀 확인! 환상의……

각종 확인 스킬을 난사!

"형님. 저놈 잡을까요?"

"아냐. 내버려 둬라."

은신이 들켰지만 김태산은 쫓지 않았다.

온 이유가 뻔했으니까.

돌아온 도적 플레이어는 절망 섞인 목소리로 말했다.

"……진짜야."

"뭐?!"

"도…… 도망치자!"

"야, 여기서 버티기로 했잖아! 이 요새가 아깝지 않아? 이걸 어떻게……."

"지금 이거 챙길 때냐!"

30분 후. 김태산 일행은 텅 빈 요새를 유유히 접수했다.

"크하하하하하핫!"

"흠. 형님."

"?"

"젊은 길드원 애들이 혹시 저 분신으로 용돈 좀 벌어도 되냐고 묻는데요?"

"……뭐 하려고?"

김태산은 의아해했다. 뭐 저걸로 〈김태현 팰 기회 드립니다. 1분에 10골드〉 같은 거라도 하려나?

확실히 인기는 엄청 많을 거 같다!

"쟤네들이 저걸로 현상금을 벌겠다고……."

"??"

사람 생각하는 건 어디에서나 비슷한 법이었다.

[상자 안에서 〈아주 크고 멋진 바퀴 네 개 달린 부릉부릉〉이 나왔습니다!]

"떴…… 떴…… 떴…… 떴다!"

앨콧은 믿을 수가 없었다. 정말로 상자에서 나오다니!

"꿈이…… 아니야! 꿈이 아니라고!"

요즘 행운이 폭발한 기분이었다. 영지를 얻은 것도 모자라 랜덤박스에서 이 탈것까지 나오다니!

영지를 얻은 앨콧은 거기서 나오는 안정적인 수입으로 파워 워리어 길드의 기계공학 랜덤박스를 닥치는 대로 사 모으고 있었다.

절망과 슬픔의 골짜기 투기장에 빠진 적도 있었던 앨콧! 사람은 그리 쉽게 변하지 않았다. 게다가 〈아주 크고 멋진 바퀴 네 개 달린 부릉부릉〉의 스펙이 너무 대단했던 것이다.

어지간한 희귀 탈것들 뺨은 모조리 날려 버리는 강력한 내구도! 탑재된 각종 위력적인 스킬들!

[<작고 귀여운 장난감 인형>이 나왔습니다.]
[<소형 폭죽 발사기>가……]

물론 그 과정은 아주 험난했다. 앨콧은 눈치채지 못했지만, 앨콧이 상자를 깔 때마다 수많은 시청자들이 앨콧 방송에 몰려왔다.
앨콧은 자기가 영주가 되어서 개인 방송 시청자 숫자가 늘어난 거라고 생각했지만 아니었다. 모두가 앨콧이 고통받는 걸 보고 싶어서 몰려온 이들!

-괜찮아! 다음 상자에는 분명 나올 거야!
-맞아요! 더 열어보세요!

이들 중에는 심지어 파워 워리어 길드원들도 있었다.
악독하기 그지없는 상술!
앨콧은 그 응원에 넘어갔다.
"……고맙다! 너희들을 위해서라도 꼭 뽑고 말겠다!"

-파이팅!
-상자를 살 때는 한 개씩 사지 말고 여러 개 확 지르는 게 더 좋다네요!

그러던 와중, 앨콧이 결국 뽑아낸 것이다.

-아아아…….
-안 돼…….
-왜…….

"??"
앨콧은 당황했다. 왜 다들 반응이 이래?
'아니. 그게 중요한 게 아니지. 뽑았다! 뽑았다고!'
앨콧은 양손을 외치고 환호하기 시작했다. 도저히 참을 수 없는 기쁨!
"내가 뽑았다! 내가 뽑았다고 이 ××들아! 김태현 만세다 이 것들아!!"

-어?
-지금 발언은 좀 아니지 않나요?

그러나 앨콧은 기쁨에 취해 자기가 무슨 말을 했는지 알아차리지 못하고 있었다.

"태현 님. 그 랜덤박스 당첨자가 나왔어요."

"뭐? 난 너희들이 당첨자 조작해서 다시 가져갈 줄 알았는데?!"

이다비는 할 말을 잃었다. 사실 길드원들이 그러자고 했었으니까!

그걸 뜯어말린 건 이다비였다. 이건 오래가야 할 장사였다. 그런 짓을 했다가 신뢰를 잃으면 돌이킬 수 없었다.

황금알을 낳는 거위의 배를 가르는 건 멍청한 짓!

"……그랬다가 들키면 안 되니까요!"

"하긴 그것도 그렇다. 누가 가져갔대?"

"앨콧이요."

"앨콧? 걔 운도 좋다."

'운이 아니라…… 실력에 가까운 것 같은데요…….'

앨콧은 진짜 구매 숫자로 따지면 손가락 안에 꼽혔다. 다른 곳은 길드가 힘을 모아서 사는데 앨콧은 개인이 혼자 사 모은 것이다. 진짜 영지에서 나온 수입을 다 쏟아부은 수준!

"다음 건 뭘로 만들까……."

[용의 힘을 느낀 아스비안 제국의 붉은 전갈 부족이 접근합니다!]

[제국의 황제에게 충성하는 붉은 전갈 부족은 용을 절대 용서하지 않습니다. 그들은 상황을 확인하고 황제에게 보고하러 갈 것입니다.]

'헉.'

입에서 절로 '헉' 소리가 나오게 만드는 메시지창! 없애든가 설득하든가 해야 했다. 안 그러면 정말로 망하는 수가 있었다. 황제가 직접 못 오더라도, 황제의 명령을 받은 이세연이 '넌 내가 잘 되는 게 그렇게 보기 싫냐!' 하면서 덤벼들어 올 가능성이 높은 것!

태현은 유적 주변을 둘러보았다. 강력한 드래곤 언데드 군대들이 질서정연하게 서 있었다.

'……설득은 무리겠지?'

이걸 어떻게 설득하나?

그래도 태현은 한번 생각해 보았다.

'일단 유적 안에 다 집어넣고…… 남은 놈들은 모래 속에 파묻고…….'

용아병 데스나이트들은 순진무구한 눈동자로 태현을 쳐다보았다. 태현이 무슨 생각을 하고 있는지는 전혀 모르는 눈동자!

'되려나? 음. 일단 한번 해볼까.'

무엇이든 간에 시도해서 나쁠 건 없었다. 안 되면 그때 치지 뭐!

쿠르르르릉…….

"어, 저거랑 싸워야 하는 건 아니지?"

케인은 태현을 보며 물었다. 저 사막 멀리서 먼지구름을 일으키며 다가오고 있는 붉은 전갈 부족!

태현 일행은 〈붉은 전갈 부족〉이라고 했을 때, 오크 부족 같은 걸 생각했었다. 전사들로 이루어져 있고, 좀 더 강하거나 규모가 크면 말이나 늑대 같은 걸 타고 다니는 정도?

부족 전사들의 레벨이 높더라도 태현 일행은 싸울 각오가 되어 있었다. 근데…….

-꾸르륵. 꾸륵.

"워워. 착하다."

나타난 건 거대한 전갈 몬스터 위에 자리 잡고 앉은 드워프 부족들! 심지어 전갈 위에는 대포와 대형 석궁까지 달고 다니고 있었다. 오크 부족과는 차원이 다른 첨단 기술!

'저게 뭔 혼종이여?!'

붉은 전갈 부족의 드워프들은 멋지게 기른 수염을 쓸어내리며 주변을 둘러보았다. 그 순간 공격이 날아 들어왔다.

쉬쉬쉬쉬쉭!

"……!"

-드워프의 방패!

"갑옷 올려라!"

철커덩철커덩!

거대한 붉은 전갈 위에 순식간에 금속의 갑옷이 생겨나고, 드워프들이 타고 있는 주변에도 벽이 튀어나왔다.

[뛰어난 기계공학 스킬로 만들어진 아이템을 보았습니다. 스킬이 오릅니다.]

[최고급 기계공학 스킬을 갖고 있습니다. <붉은 전갈 기계공학

전투갑옷>의 제작법을 배웁니다.]

　　[<붉은 전갈 기계공학 전투용 제어 의자>의 제작법을······.]

　이게 무슨 굴러다니는 기계공학 모음집이냐!

　공짜로 얻은 제작법에 흐뭇해하던 태현은 문득 이상한 걸 깨달았다.

　"잠깐. 누가 공격했나?"

　태현 일행 중에서 공격을 했을 리가 없는 것!

　정답은 반대쪽에서 나타났다. 아까 도망친 플레이어들이 다시 나타나서 공격을 가해온 것이다.

　"쟤네들이 왜 저러지?"

　"반성하고 우리를 도와주려는 거 아닐까요?"

　베이징 파이터즈 선수 중 한 명이 손을 들고 말했다. 그러자 태현 일행들이 모두 황당하다는 듯이 쳐다보았다.

　"무슨 이유로?"

　"그야 김태현 선수를 직접 보니 소문이 틀렸다는 걸 알고······."

　태현은 무시했다. 케인은 그의 어깨를 두드려 주었다.

　"그건 좀 아닌 것 같다."

　이유는 간단했다. 현상금 사냥꾼들은 붉은 전갈 부족을 태현이 부른 NPC라고 착각했기 때문이었다.

　-원거리 공격 가능한 플레이어들 전부 모여라!

　-김태현의 약점은 원거리다! 붙지만 않으면 한 방에 안 죽

어! 최대한 멀리서 깔짝거리자!

쪼잔하지만 맞는 전략이었다. 현상금을 위해 모인 플레이어들의 성격에도 딱 맞았다. 안전하게 때리고 돈 받자!

그런데 갑자기 붉은 전갈 부족이 나타난 것이다.

-야! 저기서 뭔가 오는데?

-전갈 위에 대포랑 이것저것 올리고서 갑옷 입은 드워프들이 오고 있다고?

-기계공학에 대장장이 기술이면…….

-김태현 특기잖아!

-김태현이 부른 놈들이다! 합치기 전에 잡아야 해!

부족들까지 합치면 정말 건드리지도 못할 거라는 생각에, 현상금 사냥꾼들은 일단 공격부터 날리고 봤다. 붉은 전갈 부족들은 그 공격에 분노했다.

"저놈들이냐! 용의 힘을 사용한 게!"

"드워프의 매운맛을 보여줘라! 발사!"

쿠쿠쿵! 쿠쿵!

드워프들은 가차 없이 대포를 난사했다. 태현은 그걸 보고 의아해했다.

'왜 이렇게 발사 속도가 빠르지? 설마…….'

[<아다만티움을 섞은 합금 대포>를 발견합니다.]

[대장장이 기술 스킬이 오릅니다.]

[기계공학 스킬이 오릅니다.]

'미친!'

태현은 커다란 충격을 받았다. 그 희귀한 아다만티움을 섞은 대포라니. 드라켄 비밀결사도 그렇고 저 부족들도 그렇고, 아스비안 제국은 아다만티움을 이상한 곳에 쓰고 있었다.

저렇게 쓸 바에는 날 줘!

'아니…… 확실히 저걸 섞으면 대포 발사 속도가 엄청 빨라지긴 하겠군.'

엄청나게 튼튼하니 미친 듯이 쏴대도 버텨줄 것이다. 그래도 태현이라면 아까워서 갑옷에 넣을 것 같은데, 저 드워프들은 대포에 넣어버린 것이다.

콰콰콰쾅! 콰콰쾅!

"으아악! 뭐야!!"

"저것들 뭐야!?"

"김태현이 파놓은 함정인가! 김태현! 비겁하다! 폭탄 말고 정정당당하게 싸우자!"

"어디서 개소리가 들리는 것 같은데."

태현은 중얼거렸다. 적들이 알아서 자기 무덤을 파고 망하는 것만큼 즐거운 일도 없었다. 지금 그 일이 벌어지고 있었다. 압도적인 화력으로 현상금 사냥꾼 플레이어들을 접근하지 못하게 만드는 붉은 전갈 부족!

날아오는 화살이나 마법 같은 원거리 공격들은 단단한 갑옷으로 막아내고, 무식하게 쏘아대고 있었다. 처음에는 좀 반격하던 플레이어들도 비명을 지르며 도망치거나 방어에 집중하기 시작했다. 당장 주변이 폭발하는데 방어 마법을 쳐야지, 반격할 마법사는 없었다.

"용을 숭배하는 역겨운 반역자 놈들을 부숴 버리자! 드워프의 이름으로!"

"뭔 용?"

"잠깐. 우리는 용하고 상관이 없…… 으어억!"

완전히 와해돼 도망치는 플레이어들!

주변에 흩어져서 기회를 노리던 플레이어들도 전부 다 도망치기 시작했다.

'여기 더 남아 있다가는 정말 뼈도 못 추리겠다!'

한바탕 싸움이 끝나고 나자, 태현은 재빨리 붉은 전갈 부족 앞으로 달려 나갔다.

"정지! 넌 누구냐?"

붉은 전갈 부족 드워프들은 손에 거대한 머스킷을 들고 외쳤다. 꼬장꼬장하고 성질 가득한 표정들이, 성질이 사납다는 걸 알려주었다.

[최고급 기계공학 스킬을 갖고 있습니다. 붉은 전갈 부족 드워프들이……]

[고급 대장장이 기술 스킬을 갖고 있습니다. 붉은 전갈 부족……]

그러나 태현은 기본적으로 드워프나 고블린이 좋아할 수밖에 없는 플레이어였다. 플레이어 중에서 손꼽히는 대장장이! 게다가 붉은 전갈 부족 드워프들은 전통적인 대장장이가 아닌, 기계공학 스킬에 능한 드워프들이었다.

[……드래곤 리치 상태입니다. 붉은 전갈 부족 드워프들의 친밀도에 보너스를 받습니다.]

태현은 의아해했다. 페널티가 아니라 보너스라고?
태현은 그 이유를 금세 알 수 있었다.
"언데드라니…… 훌륭하군."
"아주 귀족스러운 인간이야."
"게다가 저 손을 봐. 언데드가 되기 전에는 뛰어난 대장장이였을 게 분명해."
'아……'
아스비안 제국은 황제와 귀족들이 전부 다 언데드로 부활한 제국. 다른 나라와 달리 당연히 언데드 대접이 좋았다. 오죽하면 네크로맨서 플레이어들이 '흑흑 네크로맨서라고 구박 안 받은 마을은 여기가 처음이에요'라고 하소연을 했을까.
태현은 드래곤 리치! 드워프들 눈에는 훌륭한 언데드로 보였다.
"너는 귀족이냐?"

"왕이다."

"오오……! 혹시 우이포아틀 황제 폐하에게 인정받은 왕인가?"

"……그렇다고 할 수 있지."

거짓말은 하지 않는다! 태현은 당당하게 말했다.

"우이포아틀 폐하를 뵈었는데 폐하께서 내게 임무를 내려 주셨지."

[붉은 전갈 부족 내에서 당신의 평판이 크게 오릅니다!]

"강력한 언데드다 했더니, 황제 폐하를 모시는 자였군!"

"어쩐지 고귀한 기운이 풍겼지."

"대장장이다운 것도 그렇고."

드워프들은 수군거리며 고개를 끄덕였다.

"앗. 설마 여기 온 건 감히 드래곤의 힘을 빌린 사악한 종자들을 처치하기 위해서였나!"

"……바로 그렇지. 내가 해치우려고 했는데 너희들이 와서 못 해치웠다!"

"역시!"

드워프들은 더욱 좋아했다. 그러는 사이 드워프들은 주변을 뒤지기 시작했다.

"여기 흩어진 용아병 뼛조각을 봐라. 어떤 건방진 놈이 용의 시체를 건드린 게 분명해."

"이 흔적을 봐. 본 드래곤이 짓밟고 지나갔나? 감히 용을 부활시키다니. 천벌을 내려야 해!"

드워프들은 살벌하게 외쳤다. 태현은 살짝 긴장됐다.

안 들키겠지?

지금 보니 들켜도 어떻게든 우길 수 있을 것 같기도 했다. 기계공학+대장장이 기술+왕족+언데드+우이포아틀 퀘스트까지! 처음 봤는데 이렇게 친해지기도 힘들었다. 게다가 붉은 전갈 부족은 딱 봐도 까다로워 보이는 부족이었다.

이런 부족하고 친해진 건 순전히 운!

"김태현 왕! 우리 같이 용의 힘을 빌린 반역자 무리들을 처치하러 가자고!"

"어…… 다 잡지 않았나? 방금 다 쓰러뜨린 것 같은데."

태현은 상황을 덮기 위해 애썼다. 그가 원흉이었는데 누굴 처치하자는 거야?

그러나 붉은 전갈 부족들은 고개를 저었다.

"방금 있던 놈들을 말한 게 아니라, 다른 부족 놈들을 말하는 거다. 놀랍게도 이 땅에는 폐하를 따르지 않는 건방진 부족 놈들이 많지."

"저런. 그런 못된 놈들을 봤나."

"우이포아틀 폐하가 부활하셨다는 소문을 듣고 우리는 결심했다! 황제 폐하를 배신한 놈들을 모두 때려잡기로!"

'귀찮은 놈들이군.'

태현은 빠르게 견적을 냈다.

같이 다니면 100% 피곤할 놈들! 태현은 아키서스의 권능부터 해야 할 게 많은 상황. 이 폭주하는 드워프들과 같이 다니면서 싸울 시간이 없었다.

〈황제에게 충성을-붉은 전갈 부족 퀘스트〉

대대로 아스비안 제국 황가에게 충성을 바쳐온 붉은 전갈 부족. 그들은 이번 우이포아틀 부활의 소식을 듣고 황제에게 바치기 위한 제물로 다른 부족들을 선택했다.

충성파인 붉은 전갈 부족에게 황제에 대한 충성을 버린 다른 부족들은 절대 용납할 수 없는 존재! 붉은 전갈 부족의 세력은 적지만 그 용기와 힘은 대단하니, 손을 잡아 다른 부족들을 친다면 붉은 전갈 부족이 매우 고마워할 것이다.

보상: ?, ??, ??

"거절한다."

"거절한다니. 농담도 잘하는군."

[거절을 실패했습니다.]

"……아니, 내가 하기 싫어서 안 하는 게 아니라, 폐하한테 임무를 받았다니까. 저기 멀리 있는 놈이 폐하의 신성한 물건을 가져가서 되찾으러 가야 해."

태현은 일단 오스턴 왕국으로 떠나는 척까지 할 생각을 했다. 아직 아스비안 제국에서 할 게 많았지만, 이 끈질겨 보이는 놈들과 싸우는 것보단 나을 것 같았으니까.

'따돌린 다음에 다시 와서 권능 찾아야지.'

"그래? 이런. 광산을 되찾기 위해 같이 싸우자고 하려고 했는데. 어쩔 수 없지. 폐하를 위해서라면."

"폐하를 위해서라면!"

드워프들은 무기를 들고 합창했다.

태현은 쿨하게 돌아섰다.

"그래. 다음에 보……"

태현은 뭔가 위화감을 느꼈다. 무언가 놓치고 있는 것 같은 느낌!

'잠깐……'

"무슨 광산이지?"

"뭐라고?"

"무슨 광산을 되찾기 위해 싸우는 건데?"

"세 해골의 광산이다."

"……그 광산에서는 뭐가 나오는데?"

"질 좋은 강철과 석탄이 나오고……"

"흠. 그렇군. 난 바빠서 다시 가봐야겠……"

"……아주 깊은 곳에서는 아다만티움도 나오지."

"……다고 생각했지만 역시 너희들 같은 충신들을 내버려 둘 수는 없군. 눈에 밟혀서 가만히 있을 수가 없었다. 같이 싸우자!"

태현의 말에 드워프들은 기뻐했다.

"오! 그게 정말인가!"

"역시 처음 봤을 때부터 귀족처럼 생겼다 했는데, 책임감이

철철 넘치는군!"

"명예로운 드워프라고 불러줘도 좋을 정도야!"

[붉은 전갈 부족 내 평판이 크게 오릅니다!]

[붉은 전갈 부족이 당신을 동료로 여깁니다.]

[깐깐하고 오만한 붉은 전갈 부족에게 동료로 인정받는 것은 아무나 해낼 수 있는 것이 아닙니다. 아스비안 제국의 다른 부족들은 붉은 전갈 부족의 친구라는 말에 좋게 반응하지 않을 수 있습니다.]

[칭호: 명예 드워프를 얻었……]

-야! 너 지금 드래곤 리치 상태잖아!!

케인은 기가 막혀서 귓속말을 보냈다. 쟤 지금 상황 제대로 파악하고 있는 거 맞아?

……안 들키면 된다!

'그걸 말이라고 하냐?'

케인은 어이가 없었다. 안 들키면 된다니.

지금 태현은 드래곤 리치 상태이고, 이 유적 근처에는 수많은 용아병 언데드들이 숨을 죽이고 묻혀 있었다. 드워프들이 땅만 파도 들키겠다!

'김태현 저 자식은 근데 거기서도 어떻게든 설득할 수 있을

거 같기도 하고······.'

케인은 순간 태현의 말에 흔들리는 자신을 발견했다.

정말 안 들키면 될 거 같아서 무서워!

[카르바노그가 아키서스의 권능은 안 찾냐며 의아해합니다.]

'아키서스의 권능은 어차피 어디 안 가! 그딴 권능 누가 가져 가겠냐!'

태현한테만 의미가 있는 아키서스의 권능보다는, 모두가 탐내고 좋아하는 아다만티움 확보가 우선!

그리하여 기묘한 동맹이 만들어졌다. 드라켄 비밀결사, 용 아병 언데드 군대가 포함된 태현 일행과(심지어 태현 본인은 드래곤 리치!) 붉은 전갈 부족의 동맹!

새삼 맺고 보니 정말 아슬아슬한 구성이긴 했다.

'음······.'

[카르바노그가 이제야 생각을 바꾼 거냐며 반색합니다.]

'그래. 들킬 경우에는 전부 잡아버리지 뭐.'

아다만티움을 얻는 데에는 꼭 한 가지 방법만 있는 게 아니 었으니까!

"우이포아틀 황제는 폭군이었어. 그의 오만함은 드래곤마저 분노하게 만들었지."

"그런……!"

[아스비안 제국의 숨겨진 비밀을 들었습니다. <고대 제국의 백기사>는 정의와 올바름을 수호하는 기사입니다. 이제 당신은 선택할 수 있습니다. 폭군 우이포아틀을 무시하고 아스비안 제국의 사람들을 내버려 두겠습니까, 아니면 폭군 우이포아틀을 상대하시겠습니까?]

"물론 상대하겠다!"

〈전설 직업-고대 제국의 백기사 퀘스트〉
부활한 황제 우이포아틀은 폭군으로 악명 높은 황제였다.

아스비안 제국의 사막에 흩어진 부족들 중에는 아직 우이포아틀의 악명을 기억하고 있는 부족들이 있다.

그들을 도와 우이포아틀의 폭정을 막을 준비를 마쳐라!

보상: ?, ??, ??

아스비안 제국 근처의 부족들을 돌던 스미스는 진실을 찾고 직업 퀘스트를 시작했다. 우이포아틀의 마수를 막는 것!

'이세연과 대립하게 되겠군.'

이세연은 우이포아틀과 손을 잡고 힘을 빌려 네크로맨서로 계속 레벨 업을 하는 게 목적이었다. 그에 비해 스미스는 우이포아틀을 막고 지키는 것이 목적!

스미스는 바로 이세연에게 선전포고를 했다. 이세연은 당황하지 않고 그 선전포고를 받아들였다.

-죄송합니다. 이세연.
-상관없어. 할 수 있으면 해봐.

이세연은 여유만만했다. 둘 다 최상위권의 랭커였지만 아스비안 제국에서는 이세연이 훨씬 유리했다. 갖고 있는 패 자체가 다른 것!

스미스는 처음부터 다른 부족들을 찾아다니면서 설득하고 퀘스트를 깨야 했지만 이세연은 마음만 먹으면 NPC 동원이 가능했다. 게다가 이세연과 스미스가 싸우면 상성적으로 이세연이 유리했다.

-방심하지 않는 게 좋을 겁니다.
-난 한 번도 방심한 적 없거든?

이세연은 허언을 하지 않았다. 그리고 바로 길드원들에게 명령을 내렸다.

-스미스 조심해! 스미스하고 친분 있는 플레이어들 집중 마크해. 퀘

스트 깨려고 하면 바로 보고해. 내가 직접 가서 막을게.

움직이기 시작한 이세연의 길드원들! 그들 중 하나는 붉은 전갈 부족으로 향했다.

'붉은 전갈 부족한테 스미스 이름 말하고 공격하라고 전해 줘. 황제의 명령이면 따를 거야.'

쿠르르릉-

"같이 타지 그러나?"

"걷는 게 편해서."

"이해가 안 가는군!"

드워프들은 전갈 위에서 고함을 질렀다. 저 멀리서 걸어오는 태현 일행이 이해가 가지 않았던 것이다.

드라켄 비밀결사원들은 다급하게 말했다.

"김태현 님. 저놈들은 황제에게 충성하는 사악한 드워프들입니다. 죽여야 합니다!"

"아니. 나도 그러고 싶은데 기회가 있어야 할 거 아니야."

"지금 치시면 되는 거 아닙니까?"

"쟤네들이 저렇게 만만해 보여도 아까 보니까 장난이 아니더라. 최대한 속여서 방심하게 만들어야 해."

아다만티움 광산 위치는 알아내고 죽이겠다는 의지! 태현의 말에 드라켄 비밀결사원들은 불만스러운 표정으로 고개를 끄덕였다.

'아. 얘네 별로 도움 안 되는데 그냥 버릴까.'

태현은 고민했다. 붉은 전갈 부족들은 도움이 되는데, 드라켄 비밀결사는 딱히 별로 도움이 안 됐다.

물론 여기 처음 왔을 때는 각종 고급 정보들을 줘서 이 주변의 지도를 만드는 데 도움을 줬지만, 이제 받을 건 다 받은 상태였다. 솔직히 성가셨다.

'안 그래도 붉은 전갈 부족 드워프 놈들 신경 쓰이는데⋯⋯ 그냥 집에 가라고 할까⋯⋯.'

"김태현 왕. 지금 가는 곳은 녹색 용 부족의 영역이야! 알고 있나?"

"녹색 용 부족?"

"부족 이름부터 아주 건방지고 사악한 놈들이지. 감히 이름에 용을 넣어?"

"설마 용 있는 건 아니겠지?"

"크하하! 농담도 잘하는군. 그냥 이름만 그런 거라고."

태현은 안도했다. 드래곤과 싸우는 건 사양이었다.

"김태현 님. 김태현 님."

"아 왜 또?"

"녹색 용 부족은 저희 드라켄 비밀결사를 지원하는 부족입니다."

"아. 너희 아다만티움이 게네한테서 나온 거였니?"

"예? 뭔 아다만티움을 말하시는 겁니까?"

'아닌가?'

드라켄 비밀결사 애들이 아다만티움으로 조각상을 만들길 래, 아다만티움을 어디서 받는 건가 싶었었다.

"녹색 용 부족은 그런 걸 갖고 있지 않습니다."

"그러면 뭘 갖고 있는데?"

"……그냥 드래곤 님을 숭배하는 부족입니다만."

그냥 적당히 싸울 줄 아는 전사로 구성된 인간 부족!

붉은 전갈 부족에 비해 너무 부족한 부족이었다.

말을 듣던 태현은 뭔가 이상한 걸 깨달았다.

"잠깐. 드워프들. 아까는 아다만티움 나오는 광산을 털러 간 다며? 녹색 용 부족이 그 광산을 갖고 있는 거 맞아?"

"아니다. 그냥 가는 길에 있는 부족이다."

태현의 얼굴이 식었다.

"그냥 두고 가지?"

"무슨 소리! 반역자들은 그냥 둘 수 없다."

"힘 낭비라고."

"만약에 뒤를 기습 공격한다면 어쩔 거냐!"

"이 인원 뒤를 어떻게 기습 공격해? 그리고 그냥 지나가면 눈 치도 못 채겠는데."

태현은 가능하면 싸움을 말리려고 했다. 최대한 빠르게 아 다만티움 광산만 확인한 다음 아다만티움을 챙겨서 떠나려고 했던 것이다. 붉은 전갈 부족이 다른 부족들과 싸우든 말든 태현이 알 바 아니었던 것!

그러나 붉은 전갈 부족들은 완고했다.

"흥! 김태현 왕. 싸우기 싫으면 싸우지 마라. 우리끼리만 가도 충분하니까."

[붉은 전갈 부족 내 평판이 내려갑니다.]
[붉은 전갈 부족장 에이릭의 친밀도가 내려갑니다.]

'귀찮은 놈들 같으니……'

태현은 속으로 인내했다. 까다로운 놈들이지만 아다만티움 광산으로 안내해 줄 놈들이라고 생각하자 인내심이 올라갔다.

조금만 더 참자!

'아다만티움 광산 얻으면 얘네들과 싸워서 뺏을까…… 아니면 그냥 갈라질까……'

광산을 순순히 얻을 수 있을 것 같지는 않았다.

문제는 그 과정에서 태현이 얼마나 손해를 보느냐!

언데드 군대의 피해가 크면 붉은 전갈 부족과 싸우는 것도 좀 고민을 해봐야 했다.

'솔직히 용아병 군대 안 쓰고 점령할 수 있을 것 같진 않은데, 쟤네 시야를 어떻게 가릴지도 미리 생각해 둬야겠군.'

"가자!"

태현이 흉흉한 계획을 꾸미는 사이, 붉은 전갈 부족장은 그것도 모르고 드워프들에게 명령했다. 그러자 전갈을 탄 드워프들이 함성을 지르며 돌진하기 시작했다.

"김태현 님! 저희를 보내주십시오!"

"응? 같이 가서 싸우게?"

"예! 도와줘야죠!"

"저놈들을 왜?"

"……? 무슨 소리십니까. 녹색 용 부족 말입니다."

"아아……."

태현은 그제야 무슨 소리를 하는지 눈치챘다.

'가면 위험할 거 같은데…….'

아무리 봐도 붉은 전갈 부족보다 녹색 용 부족이 강할 것 같진 않았다. 한쪽은 거대 괴수 몬스터를 부리고 다니면서 첨단 기계공학 스킬로 무장한 무기를 들고 다녔고, 다른 한쪽은 별 볼 일 없는 부족!

"가면 죽을 수도 있어."

"죽음이 뭐 그리 두렵겠습니까!"

"저들을 대피라도 시키겠습니다."

"그래. 마음대로 해라. 자. 복장은 좀 가리고…… 맞다. 귀중품 있으면 두고 갈래? 내가 맡아줄게."

드라켄 비밀결사원들을 이미 죽은 사람 취급하는 태현!

"녹색 용 부족의 전사들이여! 저희가 왔습니다."

"오! 드라켄 비밀결사의 사람들이군!"

"모두 피해서야 합니다. 붉은 전갈 부족이 오고 있습니다!"

"걱정하지 않아도 된다."

"?"

녹색 용 부족 전사들이 자신만만하자, 드라켄 비밀결사원들은 의아해했다.

무슨 일이지?

"여기 모험가가 우리를 도우러 왔다. 용이 보낸 사자가 분명하다!"

찬란한 빛이 뿜어져 나오는 갑옷을 입은 채 부족들 사이에 자리잡고 있는 플레이어. 바로 퀘스트를 깨기 위해 온 스미스였다.

스미스는 단호하게 말했다.

"모두 바위 뒤에 숨어 계십시오. 제가 치겠습니다."

일 대 다수의 싸움에서 중요한 건 선빵! 처음 공격에서 상대의 우두머리를 쳐야 했다.

스미스는 갖고 있는 스킬을 총동원해서 지금 접근하고 있는 적들의 우두머리를 칠 준비를 했다.

쿠르르룽-

"가자! 가자!"

"전갈들아! 속도를 올려라!"

"용을 숭배하는 반역자들에게 죽음을!"

쾅! 콰콰쾅! 콰쾅!

전갈 위에서 대포가 발사되고 마법 룬이 새겨진 포탄이 무자비하게 날아왔다.

"크아아악!"

"크악!"

바위 뒤에 숨어 있었는데도 박살 나는 전사들이 나올 정도였다. 마을이 박살 나는데도 아무도 안 나오자 붉은 전갈 부족은 더욱 신이 났다.

"밀고 들어가라! 저 겁쟁이들을⋯⋯."

탁!

그 순간 스미스가 튀어나왔다.

-페가수스의 돌진!

스미스의 말에 버프가 걸리더니 미친듯한 속도로 달리기 시작했다.

-백기사의 광휘! 백기사의 시간, 백기사의 돌진!

스미스는 창을 들고 붉은 전갈 부족을 노려보았다.

여기서 누가 가장 높은 놈이냐!

'저 드워프다!'

스미스는 에이릭을 발견했다. 드워프들은 뛰쳐나온 스미스를 보고 집중 포격을 가했다.

콰콰콰콰콰콰쾅!

[거대한 충격을 받아 갑옷에 타격이……]

[<백기사의 가호>로 스턴 상태를 막아냅……]

[방어가 깨질……]

스미스는 이를 악물었다. 생각보다 상대방의 공격이 어마어마했다. 마치 김태현을 연상시키는 폭격!

그렇지만 여기서 물러설 수는 없었다. 여기서는 반드시 제일 높은 놈을 잡아 사기를 확 깎아야 했다!

-칼날 소나기, 태양의 힘, 고대 제국의 영원불멸한 힘!

일정 시간 동안 받는 대미지를 1%로 줄여 버리는 사악한 사기 스킬! 태현이 보면 '아오 더러운 성기사 새끼들!'이라고 했을 스킬이었다.

스미스는 각종 광역기와 강력한 버프 스킬을 켜고서 치고 들어갔다.

"저놈을 쏴버려!"

투투퉁! 투퉁!

드워프들 머스킷에서 묵직한 탄환이 쏟아져 나갔다.

스미스는 몸으로 버텼다. 끈질긴 생명력과 방어력은 성기사의 자랑!

"하앗!"

"크아아악!"

에이릭 앞에 도착한 스미스는 갖고 있던 스킬들을 닥치는 대로 퍼부었다. 태현처럼 폭딜 위주 직업은 아니어도, 스미스도 숨겨둔 스킬들이 있었다. 총동원하면 어느 정도의 폭딜은 가능!

"족장님을 놓아라, 이 반역자 새끼야!"

"저 인간 놈을 죽여 버려!"

드워프들은 흥분해서 공격했지만 스미스는 버티고 버텼다. 반드시 처치한다!

[붉은 전갈 부족의 부족장 에이릭이……]

'됐다!'

"아, 안 돼!"

"족장님!"

[붉은 전갈 부족의 사기가 크게 떨어집니다. 붉은 전갈 부족이 도주합니다!]

"와아아아아!"

"쫓자! 저 오만한 드워프 놈들을 박살 내버리자!"

"잠깐! 모두 진정하십시오. 저놈들은 절대 만만하지 않습니다. 괜히 쫓아가다가는 크게 다칠 수 있습니다."

스미스는 재빨리 부족 전사들을 진정시켰다. 태현 같은 화술 스킬은 없었지만, 스미스는 방금 보여준 업적으로 친밀도를 꽤 올린 상태였다. 부족 전사를 아끼는 것도 퀘스트 조건 중 하나! 괜한 싸움으로 죽게 해서는 안 됐다.

"으음…… 모험가의 말이 맞아."

"붉은 전갈 부족 놈들은 무섭지."

"저 대포 한 방이면……."

스미스는 안도의 한숨을 내쉬었다. 그리고 도망치는 붉은 전갈 부족의 뒷모습을 쳐다보았다.

'무시무시하다. 아스비안 제국의 수준이 높다지만 저런 부족이 더 많으면…… 〈고대 제국의 영원불멸한 힘〉은 벌써 썼는데…….'

스미스의 높은 방어력과 엄청난 HP를 위협할 정도의 화력! 저런 부족들이 더 있고, 그들이 황제에게 붙으면 솔직히 자신이 없었다. 안 그래도 이세연이 위협적인데…….

"김태현 왕!"

"오. 다 끝났냐?"

기다리던 태현은 하품을 하며 말했다. 매번 직접 싸우다가 이렇게 구경만 하니 지루했던 것이다.

"도와줘야 한다!"

"뭘? 전리품 챙기는 걸? 흠. 내가 부족하지만 그 정도는 도와줄 수 있지."

잡템 계열이겠지만 챙기면 다 쓸 곳이 있는 법.

"아니다! 부족장님이 전사했다!"

태현은 놀랐다. 뭐라고?

'말이 되나?'

녹색 용 부족이 생각보다 엄청 대단한 전사 부족이었나?

"네가 나서야 한다. 황제에게 인정받은 실력을 보여줘라!"

"잠깐 기다리고 있어봐."

태현은 그렇게 말하고 재빨리 달려 나갔다. 녹색 용 부족을 직접 보기 위해서였다.

'뭐지?'

붉은 전갈 부족보다 강한 부족이라면 솔직히 상대하고 싶지 않았다.

'그냥 아다만티움 뺏고 끝낼까…… 잠깐. 저게 누구야?'

태현은 어디서 많이 본 얼굴을 발견했다. 스미스였다.

"그러니까 치고 들어갔는데 갑자기 기습을 당해 죽었다……."

자세한 상황 설명을 들은 태현은 무슨 일이 있었는지 바로 알아차렸다. 스미스가 대기하고 있다가 부족장만 친 것이다. 랭커다운 효율적인 전략!

'스미스는 여기 왜 있대? 퀘스트인가?'

녹색 용 부족을 돕는 퀘스트라도 나왔다면 스미스도 여기 있을 수 있었다.

"다시 쳐야 한다!"

"맞다!"

드워프들은 뿌드득 이를 갈며 외쳤다. 태현은 그걸 보고 생각에 잠겼다.

'음…… 저기 녹색 용 부족은 가진 것도 없는 가난한 놈들인데, 안에는 스미스가 있고……'

계산 완료!

태현은 물었다.

"〈세 해골의 광산〉은 이쪽으로 쭉 가면 나오지?"

"맞다!"

"그렇지만 이대로는 그냥 갈 수 없다. 족장님의 원수를 갚지 않으면 붉은 전갈 부족이 아니다!"

"그냥 가면 안 돼?"

"안 된다!"

[계속해서 설득할 경우 친밀도가 크게 하락할 수 있습니다! 평판이 크게 하락할 수 있습니다!]

"그래. 그러면 싸워야겠군."

"역시 그럴 줄 알았다!"

"대신 내가 지휘해도 괜찮겠지?"

[최고급 전술 스킬을……]
[최고급 화술 스킬을……]
[우이포아틀이 내린 〈아스비안 제국 황실의 저주〉를 갖고 있

습니다.]

전술 스킬까지 최고급인 데다가, 우이포아틀에게 받은 증거까지 갖고 있는 태현이었다. 친밀도와 평판이 조금 깎였어도 붉은 전갈 부족의 지휘를 맡기에는 충분했다.

"그래. 네가 지휘해라."

"좋아. 그러면 이렇게 배치해."

드워프들은 고개를 갸웃거리며 움직였다.

전갈들을 한 자리에 모으는 배치! 서로 거리를 두고 대포를 발사하는 게 주로 쓰는 전법이었는데, 무슨 생각을 하는 걸까?

"다 됐냐?"

"다 됐다."

"좋아. 그러면…… 쳐라!"

태현은 그 순간 본색을 드러냈다.

촤아아아악!

근처 모래에서 대기 타고 있던 용아병 언데드 몬스터들이 우르르 튀어나오기 시작했다. 언데드들은 평소보다 더 사나웠다. 모래 속에 묻혀 있었던 것도 서러운데 그 안에서 헤엄쳐 이동하란 명령까지 받았던 것이다.

동시에 용용이와 흑흑이까지 튀어나왔다. 증오하는 용을 본 드워프들의 눈이 뒤집혔다.

"반격해라! 반격해!"

콰쾅! 쾅!

"멍청아! 쏘지 마! 내가 맞잖아!"

"이 자식들을 밀쳐내!"

가까이 붙은 드워프들은 서로 맞을까 봐 쏘지 못했다. 그사이 언데드들은 재빨리 전갈을 타고 기어오르기 시작했다.

태현은 명령을 내렸다.

"전갈은 죽이지 마라! 〈집단 어둠의 환각〉, 〈집단 실명〉, 〈집단 약화의 저주〉, 〈집단 속박〉……."

드래곤 리치의 본색을 드러내자 마법도 자유로웠다.

각종 저주 콤보!

근거리에서 드래곤 리치의 저주를 직격으로 맞자 붉은 전갈 드워프들은 정신을 차리지 못하고 쓰러졌다.

제대로 쏠 수 없는 상황에서 기습까지 당한 상태.

붉은 전갈 부족들은 그 전의 기세가 거짓말인 것처럼 무너져 내렸다.

-크에에엑! 크에에엑!

가장 날뛰는 건 전갈들이었다. 금속 갑옷으로 무장하고 있는 전갈들은 대포나 머스킷이 없어도 혼자서 잘 싸웠다.

"짙은 어둠의 속박! 〈움직이지 마라〉! 〈움직이지 마라〉!"

태현은 언령 마법까지 써가며 제압에 나섰다. 스켈레톤 주술사들도 지팡이를 들고 힘을 합쳤다.

쿵- 쿵-

결국 붉은 전갈들도 하나둘씩 쓰러지기 시작했다. 스켈레톤들은 신이 나서 전갈 위에 올라타 설치되어 있는 대포들을 부수고 강철 벽들을 치우려고 들었다.

"멈춰라 이것들아!"

태현은 다급히 말렸다. 저게 다 얼마짜린데!

-주인님. 이 대포들은 위험합니다. 다시 드워프들이 손에 넣는다면…….

"너희들이 쏴야지."

-예?

-??

용아병 스켈레톤 전사들은 당황했다.

-저희는 그런 능력이…….

"없으면 가질 노력을 해야지!"

-어…….

-음…… 한번 해보겠습니다.

용아병 스켈레톤 전사 중 하나가 전갈 위에 올라가서 대포를 붙잡았다.

[용아병 스켈레톤 전사가 대포를 잘못 작동시켜서 폭발합니다!]

콰콰쾅!

용아병 스켈레톤 전사는 그대로 폭발해서 사라졌다. 태현은 당황하지 않고 다시 명령했다.

"다음!"

[언데드 군대의 사기가 내려갑니다.]
[언데드 군대의 공포 수치가 올라갑니다.]

공포로 다스리는 지휘!

콰쾅! 콰콰쾅!

[대포를 다루는 데 성공합니다. 기계공학 스킬이 오릅니다.]

-해…… 해냈다!

계속 실패하던 도중 운 좋게 스켈레톤 전사 하나가 성공했다. 태현은 고개를 끄덕였다.

"좋아. 그건 네가 맡는다. 자. 다음! 시간 없으니까 빨리 동시에 올라가라."

드워프들을 치운 이상 이 붉은 전갈들을 다룰 인재들이 필요했다. 그냥 두고 갈 수는 없었다. 빠르게 이동하는 대포 달린 요새 아닌가. 무슨 수를 써서라도 끌고 간다!

다행히 태현에게는 경지에 오른 기계공학 스킬과 대장장이 기술 스킬이 있었다.

덕분에 소환한 언데드들도 보너스를 받았지만…….

'보너스를 받아서 이 정도면, 보너스를 안 받았으면 절대 못 썼겠군.'

태현은 왜 기계공학 스킬이 악명이 높은지 새삼 느꼈다.

스켈레톤 전사들이 하나 성공할 때까지 몇십 기가 갈려 나가고 있었던 것이다. 소환수니까 망정이지 플레이어 입장에서는 욕이 나오는 상황!

붉은 전갈 부족들이 다루는 대포들은 수준이 높아서 난이도도 높았다.

[현재 용아병 스켈레톤 전사들의 기계공학 스킬이 너무 낮습니다. 대포 발사에 페널티를……]

[현재 용아병 스켈레톤 궁수들의 기계공학 스킬이 너무 낮습니다. 대포 발사에……]

드워프들이 몰고 다닐 때보다 성능은 엄청나게 하락했지만, 태현은 어떻게든 굴러가게 만드는 데에는 성공했다.

붉은 전갈 위에 자리 잡는 데 성공한 언데드 군대들!

"데스나이트들은 앞으로! 전갈 조종 팀은 뒤로! 주술사, 궁수들은 가운데로. 이대로 세 해골의 광산을 향한다!"

태현이 붉은 전갈 부족을 털어버린 이유는 하나였다. 얘네하고 같이 나오는 것도 없는 녹색 용 부족을 터느니, 그냥 얘네들을 전부 쓸어버리고 뺏은 다음에 광산을 혼자 치는 게 낫겠다! 어차피 지금 드래곤 리치 상태라 전투력에는 자신이 있었다. 스미스가 부족장을 잡은 게 어떻게 보면 행운!

"이게 무슨 짓이냐!"

"황제께서 알면 네 영혼을 찢어발길 것이다!"

사로잡힌 붉은 전갈 드워프들이 바락바락 소리를 질러댔다.

태현은 말했다.

"항복해서 대포 운용을 도와줄 드워프 있나?"

"저주 받아라!"

"흠. 아키서스해 버린다고 협박해도 너희들은 못 알아들으려나?"

태현은 은근슬쩍 물어보았다. 그러나 붉은 전갈 부족 드워프들은 고개를 갸웃거릴 뿐이었다.

"?"

"그게 뭐냐?"

-저…… 저놈들!

-저런 무식한 것들 같으니!

흑흑이와 용용이는 당황했다. 그 사악하고 섬뜩한 이름을 모른다니!

"뭐 모를 수도 있지. 그럼 그냥 알아듣기 쉽게 하자. 부족장 옆에 갈래, 아니면 대포 쏘는 걸 도울래?"

"멍청한 놈아, 뭐라는 거냐! 부족장님은 죽었다!"

"알아."

[붉은 전갈 부족 드워프들이 공포에 질립니다!]

[협박 스킬……]

[칭호: 악마의 혓바닥을 갖고……]

[화술 스킬이 오릅니다.]

[붉은 전갈 부족 드워프들이 당신의 협박에 굴복합니다!]

[붉은 전갈 부족 드워프들의 사기가 최하로 떨어집니다. 공포가 최대로 오릅니다!]

"따…… 따르겠다."

부족장이 사라진 이상 태현의 협박에 버틸 드워프들은 없었다. 드워프들은 언데드 군대에 둘러싸여 전갈 위로 올라갔다.

[붉은 전갈 부족 드워프들이 대포 발사를 돕습니다.]
[명중률이……]

"좋아! 이제 정말로 〈세 해골의 광산〉으로 간다! 방해하는 놈이 있다면 전부 다 치워 버린다!"

태현은 호쾌하게 외쳤다. 한동안 길드 동맹을 상대하느라 성질을 많이 죽이고 있어서 그렇지, 원래 판온 1 때 태현은 이런 플레이를 더 많이 했다.

한번 시작하면 폭풍처럼 몰아붙인다!

'이번 기회에 아다만티움을 쓸어온다!'

[녹색 용 부족 내 평판이 오릅니다.]

'?'

CHAPTER 2

"붉은 전갈 부족들이 물러갑니다!"

"김태현 님이 설득에 성공한 겁니다!"

드라켄 비밀결사원들이 신이 나서 외쳤다. 그러자 부족 전사들은 의아해했다.

"김태현 님?"

"어? 김태현 씨가 여기 있었습니까?"

드라켄 비밀결사원들의 외침에 스미스도 의아해했다.

김태현이 여기에 있었다고?

"저를 도와준 겁니까? 그렇군요! 김태현 씨는 저와 같이 손을 잡고 이세연 씨를 견제할 생각인 겁니까!"

스미스는 감탄했다. 지금 아스비안 제국에서 가장 세력이 높은 플레이어는 이세연이었다. 스미스도, 태현도 이세연에 비하면 불리했다. 하지만 둘이 힘을 합친다면?

아무리 이세연이라도 쉽게 이기지 못할 것이다. 그걸 알고 있는 태현이 스미스를 도와주러 온 것이다.

"그런데 김태현 씨는 어디 가신 겁니까?"

"……그, 그러게요?"

드라켄 비밀결사원들은 당황했다.

자기들은 안 데리고 가나?

"아, 이 말 안 듣는 부족들!"

김현아는 투덜거리며 발걸음을 멈췄다. 이세연의 부탁을 받고 붉은 전갈 부족들을 데리러 왔는데, 붉은 전갈 부족들이 먼저 떠난 것이다.

-전사들은 붉은 전갈들을 데리고 반역자들을 때려눕히러 갔다! 용을 묻어버릴 것이다!

'좀 같이 갈 것이지……'

김현아는 투덜거리며 이동했다. 붉은 전갈 부족 전사들이 간 곳을 향해.

"어디로 가야…… 〈세 해골의 광산〉인가? 하필 왜 여기를……"

김현아는 눈썹을 찌푸렸다. 세 해골의 광산은 아스비안 제국에서 유명한 광산 중 하나로, 위의 산맥에서 광산 지하까지 온갖 부족들이 호시탐탐 기회를 노리고 있는 곳이었다.

부족 전사들의 레벨도 다른 곳보다 한층 더 높았고, 여기를 들어가려면 랭커들도 각오를 해야 했다.

'여기 안에서 나오는 전사들이 레벨 200을 넘긴다고 들었던 것 같은데.'

어지간한 고렙보다 레벨이 높은 몬스터! 복잡한 미로 지형에서 끊임없이 튀어나오는 고렙 야만전사들과의 싸움이라니.

그런 한 번만 실수해도 죽는 싸움은 사양이었다.

'들어가기 전에 막아야지.'

김현아는 그렇게 생각하고서 빠르게 이동했다.

한편 그리 멀지 않은 곳에서는 스미스가 고개를 끄덕이고 있었다.

"세 해골의 광산입니까. 여기 이세연 씨가 난이도 높다고 했던 기억이 납니다. 김태현 씨가 여기로 간 거군요."

"예."

"알았습니다. 이건 김태현 씨의 메시지군요."

"……?"

"'너라면 말하지 않아도 알겠지. 잘 알아서 따라와라'라고 하고 있는 겁니다."

안타깝게도 여기 있는 건 모두 NPC였다. 플레이어였다면 '그건 좀 아니지 않나?'라고 말했을 테지만, 스미스의 착각을 잡아 줄 사람이 여기에는 없었다.

"정말로 김태현 씨답습니다. 지금 당장 가야겠군요."

"세 해골의 광산은 위험합니다. 모험가! 저희들도 같이 가겠습니다."

[녹색 용 부족이 전사들을 내어줍니다.]
[전사들을 많이 잃을 경우 평판이 깎입니다.]
[전사들을 성장시켜서 돌려줄 경우 평판이 오릅니다.]

스미스가 거절할 이유는 없었다. 어차피 퀘스트를 위해서
는 이 근처 부족들과 친해져야 하는 상황!
"좋습니다. 같이 갑시다!"

[<고리 부족 정예 전사>가 휘두른 원석 몽둥이에 용아병 스켈
레톤 전사가 완전히 파괴됩니다!]

'레벨이 다르다!'
〈세 해골의 광산〉 입구에 도착한 태현은 바로 이 던전의
난이도를 알아차렸다. 부족 전사 하나하나가 준보스급!
-크아아아아! 침입자 놈. 죽어 버린다!
"스켈레톤들 앞으로. 오지 못하게 시간을 벌어라. 대포 발사해!"

[발사가 실패……]

콰콰쾅! 콰쾅!

다행히 한둘을 빼고서는 모두 발사하는 데에는 성공했다. 명중률이 형편없어서 그렇지.

콰지직! 콰직!

용아병 스켈레톤까지 공격해 버리는 상황!

[언데드 군대의 공포가 올라갑니다.]

태현의 전술 스킬이 아니었다면 예전에 언데드들이 도망치거나 박살 났을 상황이었다.

-컥! 크억!

많이 쏘다 보면 한두 개는 맞게 마련. 고리 부족 정예 전사는 포탄을 정통으로 얻어맞고 비틀거렸다.

"데스나이트들 앞으로!"

피해가 날까 봐 일부러 빼놨던 정예 언데드들이 나섰다. 데스나이트들은 활활 타오르는 검을 들고 정예 전사를 공격했다.

푹!

동시에 스켈레톤 주술사들과 궁수들까지 공격을 퍼부었다. 태현도 가만히 있지 않고 각종 저주를 걸어댔다. 다른 마법들을 아끼고 저주만 걸어대는 건, 일부러 언령 스킬과 저주 스킬을 올리기 위해서였다.

'저주 스킬이 올라가면 기본적으로 다른 저주에 대한 저항 확률도 올라가니, 이번 기회에 올려놔야지.'

-크어어억…….

잘 연계된 포위 공격에 두들겨 맞은 정예 전사는 결국 무릎을 꿇고 쓰러졌다.

[아이템을 얻었습니다.]
[아이템을……]

태현은 혀를 찼다. 생각했던 것보다 난이도가 높았다. 억지로 들어갔다가는 분명히 피를 봤다.

-언데드 소환 해제! 언데드 소환 해제!

태현은 일단 스켈레톤 전사들을 소환 해제하기 시작했다. 아까 보니 정예 부족 전사들을 상대로 거의 버티지 못했다.

-언데드 진급, 언데드 강화, 데스나이트의 오러, 데스나이트의 왕관……

'여기는 맵이 상당히 좁고 복잡해. 그런데 이런 저들이 나오면 숫자가 장점인 용아병 스켈레톤 전사들은 불리하다. 차라리 숫자가 확 줄어도 데스나이트로 가는 게 나아.'

태현은 발 빠르게 전략을 수정했다.

[용아병 스켈레톤 전사가 <발빠른 데스나이트>로 진화합니다.]
[용아병 스켈레톤 전사가 <커다란 방패를 가진 데스나이트>로……]

광산 앞을 채울 정도로 몰려 있던 숫자가 확 줄어들었다.

붉은 전갈을 조종할 인원 정도만 남겨놓은 수준!

"너희들도 이제 앞에서 싸워야 할 것 같다."

"예!"

베이징 파이터즈 선수들은 힘차게 대답했다. 그러나 케인은 아니었다.

"……방금 아군한테 대포 쏘지 않았나?"

"하하. 케인 씨. 그건 언데드니까 그런 거고 설마 저희가 있는데 그러겠습니까?"

"아니 너희들이 같이 안 해봐서 그런……."

케인은 자기 직업을 원망했다. 하필 탱커여서 이런 일이 생기면 맨날 앞에 서냐!

케인과 베이징 파이터즈 선수들, 데스나이트로 구성된 1열이 전사를 상대하면 뒤에 있는 유지수나 정수혁, 이다비와 전갈에 올라탄 드워프와 스켈레톤들이 딜을 넣는다! 간단하지만 효과적인 구성이었다. 태현이 발 빠르게 수정한 것이 제대로 맞아떨어진 것이다. 물론 여기서 제일 힘든 사람은 1열에서 버티는 사람이었다.

"으헉! 으허헉!"

케인은 앞에 휘둘러지는 몽둥이에 기겁했다. 그는 탱커라 어지간한 공격은 그냥 맞아주겠는데, 여기 나오는 전사들은 한 대 잘못 맞으면 '괴력에 스턴 상태에 빠집니다' 같은 메시지가 떴다. 어떻게든 방어하거나 흘려보내야 했다.

[힘이 오릅니다.]
[검술 스킬이……]

"그렇군요! 이게 바로 김태현 선수가 하는 훈련이군요!"
"미친놈들아 지금 감탄할 때냐!"
베이징 파이터즈 선수들이 건전한 땀을 흘리며 뿌듯해하자 케인은 기가 막혔다. 미친놈들이 뭘 뿌듯해하는 거야!
"하지만 케인 씨! 이걸 보십시오. 아무나 다 아는 안전한 던전을 공략하는 것보다 이런 던전을 공략하는 게 훨씬 더 도움이 된다! 김태현 선수가 알려주려는 건 이런 거 아닙니까!"
"으악! 앞에! 앞에 봐! 저 자식 버서커 상태다! 미쳐 날뛴다!"
"던전 대회에서 그런 성적을 거둔 비결을 알 것 같습니다!"
"알겠으니까 앞에 좀 보라고!"
태현은 뒤에서 흡족하게 고개를 끄덕였다.
"잘 막는군. 케인이 쟤네들하고 호흡이 맞나 봐."
"되게 친한 거 같네요."
훈훈하게 코밑을 쓱 훔치는 일행들! 태현은 뒤에서 명령만 내리고 있는 것 같았지만, 사실 여기 일행들 중에서 가장 복잡하게 머리를 굴리고 있었다.

리더의 책임! MP 계산하고, 스킬 쿨타임 계산하고, 지금 소환된 언데드들 숫자 계산하고, 떨어지면 보충하고, 전갈 위에 타고 있는 놈들이 실패하면 다시 소환해 주고, 혹시라도 대포나 조종 갑옷이 손상 가면 가서 수리하고, 그러면서도 저주 스킬만 따로 올리고 이후 던전 공략 방법까지 고민하고 있었다. 미친 난이도의 멀티태스킹!

'아다만티움이 지하 깊숙한 곳에 있다고 했지? 길 한번 더럽게 좁고 복잡하군.'

광산 안의 통로는 좁고 구불구불했다. 거의 미로나 마찬가지였다. 태현은 싸울 때마다 간간이 나오는 공터로 적을 끌어들여야 했다. 그래야 잡기가 쉬웠으니까.

더 들어가면 난이도가 높아졌지 낮아지지는 않을 것이다.

"너희들은 무슨 배짱으로 여기를 공격하자고 한 거냐?"

태현은 붉은 전갈 부족의 드워프들을 쳐다보며 어이없다는 듯이 물었다.

생각해 보니 웃기지도 않았다. 드워프들이 강력하긴 했지만 그건 어디까지나 넓은 곳에서 싸울 때의 이야기였다.

이렇게 좁은 곳에서는 어림 반 푼어치도 없는 이야기! 전갈 하나 지나가기 힘든 곳에서는 대포도 제대로 못 쏘고 전사들한테 탈탈 털릴 것이다.

드워프 하나가 민망한 얼굴로 말했다.

"새로 황제가 보내준 사람이 있으니 잘 될 줄……."

"……너희 설마 우리를 앞세우려고 한 건 아니겠지."

'맞군 이 자식들.'

자기네들은 뒤에서 대포를 쏴야 하니 태현 일행에게 탱커 역할을 시킬 속셈이었던 것! 하긴 태현도 기회만 보다가 바로 제압해서 그들을 부려먹고 있었으니 욕할 처지는 아니었다.

'이런 던전에서는 차라리 리치 상태가 아닌 게 나았으려나?'

태현의 원래 스타일이 이런 좁은 던전에서는 더 나았을 수도 있었다.

'아니. 그랬다가는 일행 중에서 몇 명은 로그아웃했겠다.'

지금 태현이 부리는 정예 언데드들과 후방의 대포 전갈 덕분에 피해가 안 나오고 있는 거지, 아니었다면 태현 말고 다른 일행은 벌써 로그아웃됐을 것이다.

그만큼 나오는 전사들이 강력했던 것이다.

'더 들어가면 저주 계열은 포기하고 공격 마법으로 가야겠군.'

태현은 입맛을 다셨다. 언제나 비책을 찾고 해냈던 태현이지만, 이번 던전에서는 딱히 비책이 보이지 않았다.

한 걸음 한 걸음 정직하게 나아가야 할 뿐!

태현은 초조해하지 않았다. 모든 던전을 날로 먹는 건 솔직히 양심 없는 짓이었다.

태현이 비정상적으로 운이 좋았던 거였지 원래 이런 식의 정석 공략이 맞는 것! 게다가 남들은 이런 NPC 도움받으려면 가진 돈을 탈탈 털어 용병을 고용해야 했는데, 태현은 대화로 얻어내지 않았는가.

초조해할 이유가 없었다. 여기서 스킬을 올리고 경험치를 얻으며 천천히 들어가야…….

쿠쿠쿵!

태현 일행은 고개를 돌렸다. 무슨 소리야?

"잠시 물러납시다!"

스미스 일행은 태현 일행보다 훨씬 느렸다. 스미스는 게임에서 손꼽히는 성기사 랭커였지만, 다른 능력들은 태현에게 비교가 되지 않았다.

상황을 파악하고 거기에 맞춰 전략을 짜내는 능력. 갖고 있는 패들을 적재적소에 써먹는 능력. 게다가 스미스가 데려온 전사들은 태현이 부리고 있는 정예 언데드들보다 수준이 낮았다. 덕분에 스미스는 몇 배나 느린 속도로, 혼자 길을 만들며 나아가야 했다.

"아아앗!"

그때 뒤늦게 도착한 김현아가 스미스를 발견했다. 붉은 전갈 부족이 분명 여기로 왔을 텐데, 모습은 보이지 않고 스미스만 있다니.

설마…….

'벌써 쓰러뜨린 거야?!'

김현아는 분노했다. 감히 이세연의 계획을 망쳐놓다니.

용서하지 않겠다!

"스미스--!"

"?!"

"죽어!"

이세연은 김현아를 제대로 가르쳤다. 언제나 싸움은 선빵이 최고! 상대방보다 레벨이 낮으면 더더욱 선빵이 최고였다.

그 가르침에 김현아는 바로 공격을 퍼부었다.

"큭!"

생각지도 못한 뒤에서의 공격. 스미스는 재빨리 방어를 올리고 자세를 굳혔다.

-찌르는 얼음 폭풍!

김현아의 직업은 마법 검사!

김현아는 아낌없이 강력한 마법 스킬들을 사용했다. 스미스 상대로 스킬 아낄 이유가 없었던 것이다.

'스미스 상대로는 근접전 못 해!'

스미스는 걸어 다니는 요새나 마찬가지였다. 그런 상대한테 어설프게 근접전을 걸었다가는 그냥 박살 나는 수가 있었다.

저벅, 저벅-

스미스는 마법을 두들겨 맞으면서도 천천히 전진하기 시작했다.

"김현아 씨. 이길 수 있을 거 같습니까?"

"흥. 어디서 건방이야!"
김현아는 바로 다음 작업에 들어갔다.

-아스비안 마도 골렘 소환!

이세연이 준 골렘들!

[아스비안 마도 골렘이 MP를 빠르게 회복시킵니다.]
[아스비안 마도 골렘이 자동으로 공격을 퍼붓습니다!]

아스비안 마도 골렘은 MP를 빠르게 회복시켜 주고 동시에 공격도 해주는, 아주 귀하고 비싼 골렘이었다. 이런 걸 길드원들한테도 주는 이세연의 저력을 알 수 있었다.

[소란을 듣고 <고리 부족 정예 전사>들이 달려옵니다!]
[소란을 듣고 <녹은 강철 부족 정예 전사>들이……]

스미스와 김현아는 메시지창에 서로 당황했다.
입구에서 싸웠는데 이렇게 바로 메시지가 뜰 줄이야!

"아니, 얘네들 갑자기 미쳤나?"

태현은 어이가 없었다. 한둘씩 나오던 전사 놈들이 뭐라도 잘못 먹었는지 떼거리로 나오고 있었다.

"김태현! 어떻게 하냐?! 튈까?"

"아니. 아직 그 정도는 아니고."

이렇게 되면 저주 마법만 쓰면서 여유 부릴 때가 아니었다. 태현은 쓸 수 있는 마법을 총동원했다.

-어둠의 짙은 장벽, 혼돈의 저주, 죽음의 정수 흡수…….

콰아아아악!

달려오던 전사들이 태현의 마법에 두들겨 맞고 정신을 차리지 못했다.

[데스나이트 골골이가 <부족 정예 전사>의 정수를 흡수하고 더욱더 강해집니다!]

한번 발만 묶으면 그다음부터는 태현 일행의 공격력도 무시무시했다.

"뚫었다. 그대로 들어가!"

한곳에 오래 머무를 수 없었다. 지금 이상하게 전사들이 많이 나오고 있었던 것이다.

"거기 서!"

"서란다고 설 거 같습니까!"

"?"

뒤에서 들려오는 어디서 많이 들어본 것 같은 목소리!

태현은 뒤를 돌아보았다.

스미스가 먼저 달려오고, 그 뒤를 김현아가 쫓아오고 있었다.

'저것들 왜 저기 있어?'

"김태현 씨! 드디어 만났군요. 같이 싸웁시다!"

"뭐? 김, 김태현 너 설마 또⋯⋯! 역시 너만 오면 언니가 이상해지는 게 틀린 게 아니라니까!"

스미스가 태현을 보며 기뻐하고, 그걸 본 김현아는 오해를 했다. 태현은 붉은 전갈 위에 타고 있는 드워프와 스켈레톤에게 명령했다.

"야. 저기 다리 날려 버려."

태현 일행이 건너온 광산 안의 다리! 거기 위에서 떨어지면 그 밑은 잘 보이지도 않는 어둠이었다.

누구 명령이라고 거절하겠는가. 붉은 전갈들을 몰고 있는 스켈레톤들과 드워프들은 바로 대포를 쏘아댔다.

콰콰쾅!

"?!"

달려오던 스미스는 깜짝 놀랐다.

"김태현 씨! 뭐 하시는 겁니까?!"

"뭐 하냐는 건 내가 할 소리인데. 왜 갑자기 친한 척이야? 당황스럽게?"

태현은 스미스와 김현아를 경계의 눈빛으로 쳐다보았다.

이놈들도 아다만티움 광산 때문에 온 건가?

스미스는 당황한 표정으로 말했다.

"같이 손을 잡기로 한 거 아니었습니까?"

"……너 뭐 잘못 먹었냐?"

태현은 진심으로 당황했다. 스미스 쟤가 저렇게 이상한 놈이 아니었는데, 안 본 사이 왜 저런 소리를 하고 있지?

그러나 스미스도 나름 할 말이 있었다.

"저한테 비밀결사 NPC를 보내신 거 아닙니까?"

"어? 아……"

태현은 그제야 스미스가 왜 저런 오해를 했는지 깨달았다.

드라켄 비밀결사 놈들을 보고 오해한 게 분명했다.

"하하. 아니야. 그냥 버릴…… 아니, 자기들이 알아서 간 건데 네가 오해를 한 거 같구나."

"하하하. 그런 거였군요!"

"하하하. 그래."

"그런데 다리는 왜?"

"너희들이 쫓아오니까?"

스미스는 상황을 깨닫고 웃음을 멈췄다. 김태현은 동맹이아니고, 명백한 적인 김현아는 쫓아오고 있고…….

상황이 많이 꼬였다!

"김태현 님! 저희를 데리고 가주십시오!"

드라켄 비밀결사원들이 크게 소리쳤지만, 태현은 못 들은척 고개를 돌렸다.

"김태현 님!"

-주인이여?

"쉿. 못 들은 척해. 들은 거 알면 골치 아파진다."

태현은 재빨리 돌아섰다.

"가자! 시간이 없다!"

"김태현 씨! 잠깐! 손을 잡읍시다!"

태현은 계속 못 들은 척했다.

"이대로면 이세연 씨가 아스비안 제국에서 너무 유리해집니다! 게다가 우이포아틀은 엄청난 폭군입니다! 그 폭군이 힘을 더 찾으면 무슨 짓을 할지 뻔하지 않습니까! 미리 막아야 하지 않겠습니까!"

'흠. 우이포아틀이 힘을 더 찾으면 친하게 지내야겠다.'

미리 줄을 대놔서 다행이야!

김현아는 그 모습을 보고 안도의 한숨을 내쉬었다. 김태현이 무조건 이세연을 방해할 거라고 생각했는데 지금 보니까 아닌 모양이었다.

스미스만 상대하면 된다!

"김태현! 스미스의 말을 듣지 마! 저거 아주 나쁜 놈이야!"

"김태현 씨!"

'아. 시끄러운 놈들 같으니.'

태현만 그렇게 생각하는 게 아니었다.

[시끄러운 소리에 <세 해골의 광산>에 잠든 <생명을 가진 아

다만티움 거인 골렘>이 깨어납니다!]

태현은 고개를 홱 돌렸다. 그러자 비밀결사원이 외쳤다.

"김태현 님! 이제 들리시는 거군요!"

쿠르르릉-

무너져 내린 다리 밑의 어둠이 환하게 밝아지더니, 거기서 거대한 무언가가 솟구치기 시작했다.

철벅, 철벅-

어둠 대신 용암이 차오르고 거기서 거대한 거인의 상반신이 솟구쳐 나왔다.

생명을 가진 아다만티움 거인 골렘!

'잡아야 한다!'

골렘을 본 태현은 본능적으로 생각했다.

[생명을 가진 아다만티움 거인 골렘은 이 광산의 공포 중 하나입니다. 조심하십시오!]

[카르바노그가 상대를 경고합니다! 피하는 게 좋다고 외칩니다!]

메시지창과 카르바노그가 동시에 경고!

이 광산의 난이도를 생각해 봤을 때, 저 골렘이 어느 정도로 강력한지 알 수 있었다.

-시끄러운 놈들…… 전부 녹아버려라!

-골…… 골렘이 깨어났다! 골렘이 깨어났어!

[부족 전사들이 골렘을 보고 기겁합니다! 그들이 도망칩니다!]

다행히 앞뒤에서 덤벼들던 전사들이 도망쳐주긴 했지만, 별로 위안이 되진 않았다. 상대가 얼마나 강한지 짐작하게만 해줄 뿐!

골렘의 앞에는 태현 일행이. 골렘의 뒤에는 스미스 일행과 김현아 일행이 있었다.

'당연히 스미스를 공격하게 만들어야지!'

태현은 스미스를 탱커로 써먹을 생각을 했다.

그 순간 폭음이 들렸다.

쾅!

붉은 전갈 위에 탄 드워프가 대포를 발사한 소리였다.

[공포에 빠진 붉은 전갈 부족 드워프가 대포를 발사합니다!]

"……그냥 다 언데드로 조종할 거 그랬군."

-크오오…….

"김태현 씨! 감동받았습니다. 저희를 위해……."

"쏠까요?"

유지수가 물었다. 아무리 봐도 태현이 스미스를 좋아하는 것 같지는 않았다. 태현은 부정하지 않았다.

"나중에."

콰아앙!

결국 아다만티움 골렘의 첫 공격을 받은 건 태현 일행이었다. 대포를 쏜 붉은 전갈이 아다만티움 골렘의 주먹에 그대로 박살이 났다.

와지끈!

'젠장! 아까운 붉은 전갈이!'

붉은 전갈 자체도 강력한 괴수 몬스터지만 그 위에 이것저 것 올라가 있는 게 많았다.

"데스나이트들! 대포 챙겨라! 절대 잃어버리면 안 된다!"

아다만티움 섞인 대포는 어디 가서 구할 수 없는 희귀 아이템!

데스나이트들은 태현의 명령에 기겁했다. 지금 저기 주먹 한 방에 바닥이 무너지고 용암이 끓어오르고 있는데……!

그러나 태현의 명령은 절대적이었다. 최고급 전술 스킬은 거역을 허락하지 않았다.

-크오옷!

데스나이트들은 용감하게 돌진했다. 그걸 본 붉은 전갈 부족 드워프가 외쳤다.

"구해주러 온 건가!"

물론 데스나이트들은 대포만 챙겼다. 드워프는 분노해서 외쳤다.

"야! 이것들아!"

태현은 골렘을 향해 마법을 걸 준비를 했다.

-가장 깊은 어둠의 저주!

[<생명을 가진 아다만티움 거인 골렘>은 아주 강한 마법 저항력을 갖고 있습니다.]

[<가장 깊은 어둠의 저주>가 통하지 않습니다.]

'역시 그럴 거 같았다.'

최강의 방어력을 가진 아다만티움. 그걸로 만들어진 골렘이라니. 딱 봐도 어마어마한 물리 방어력과 마법 방어력을 갖고 있을 것 같았다. 어지간한 저주는 통하지도 않고 마법도 씨알이 먹히지 않을 것이다.

'그나마 대포가…….'

태현은 통로에 흩어진 언데드들을 보며 생각에 잠겼다.

'일단 알렉세오스의 권능을 해제해야 하나?'

권능을 해제하면, 여기 있는 데스나이트들과 용아병 스켈레톤들은 대부분 사라지게 되어 있었다. 원래 태현의 스킬로는 이만한 소환수들을 유지할 수 없었다.

태현이 약간 불편하더라도 드래곤 리치 상태를 유지하는 데에는 이유가 있는 법! 그렇지만 아무리 생각해도 <아다만티움 거인 골렘>을 상대할 때에는 드래곤 리치보다는 원래가 나았다. 아다만티움 거인 골렘은 노렸다 싶을 정도로 리치와 상성이 안 좋았던 것이다.

각종 마법은 다 막아내고, 일정 레벨 이하의 소환수 공격은 의미도 없고……. 차라리 태현의 원래 모습으로 돌아와 각종 신성 스킬을 쓰는 게 더 대미지를 넣기가 쉬웠다.

'아. 기껏 여기까지 키웠는데……'

태현은 아쉬워서 한 번 망설였다. 그러나 이미 마음은 결정을 내렸다. 아직 알렉세오스의 권능은 기간이 남아 있었고, 아스비안 제국은 넓었다. 지금 해제하더라도 다시 만들 수 있다!

'그래. 일단 해제하자.'

그래도 이제까지 소환한 걸 그냥 버릴 수는 없었다. 태현은 골골이를 불렀다.

"골골아!"

"예! 주인님."

"너한테 힘을 주마."

"저, 저는 괜찮습……"

-어둠의 정수 합체!

[데스나이트의 어둠의 정수를 꺼내 골골이한테 불어 넣습니다. 방패를 든 데스나이트의 어둠의 정수를……]

예전에도 한 번 했던 짓이었다. 수많은 언데드의 힘을 하나로 몰아주는 것! 그래서 강력한 데스나이트인 골골이가 태어났었다.

그렇지만 예전과는 한 가지 다른 점이 있었다. 부리고 있는 언데드 군대의 질도, 드래곤 리치인 태현의 마법 수준도 크게 달랐던 것!

-힘이…… 힘이 끓어오릅니다!

"그래그래."

-막대한 힘이! 막대한 힘이!

"좀 조용히 받으면 안 되냐?"

-죄, 죄송합니다.

태현이 짜증을 내자 골골이가 시무룩해졌다.

[데스나이트 골골이가 어마어마한 어둠의 정수를 받고 일시적으로 변화합니다.]

[골골이가 일시적으로 <죽음마저 거부한 드래곤 나이트>로 변화합니다!]

촤르르륵!

뼈밖에 없던 골골이의 몸이 튼실하게 변하더니, 온몸에 드래곤 장식이 달린 갑주가 생겨났다.

태현은 생각지도 못한 변화에 당황했다.

"저런 변신은 케인만 하는 줄 알았는데?"

"야……."

골골이를 본 드라켄 비밀결사원들은 다리 반대편에서 기뻐 외쳤다.

"저것은 드래곤 나이트! 가장 영예로운 기사입니다! 용에게 허락을 받은 강력한 기사!"

붉은 전갈 부족 드워프들은 그 모습에 질색했다.

"더러운 용과 붙어먹은 놈이라니!"

"끔찍하다 끔찍해!"

-주인님!

"응?"

골골이가 자신감 넘치게 외쳤다.

-저를 태워주십시오!

"으…… 응?"

태현은 당황했다. 살면서 소환수가 자기 태워달라고 하는 건 처음 겪는 경험! 보통 반대 아니냐?

-주인님께서는 용으로 변신하실 수 있으십니다.

'아. 그랬지.'

드래곤 리치의 원래 형태! 본 드래곤 비스름한 형태였다.

일반적인 플레이어들은 이 형태로도 근접전을 붙어 이길 수 있었지만, 아다만티움 거인 골렘 상대로는 뼈째로 박살 날까 봐 생각도 하지 않고 있었는데…….

-저를 태워주십시오! 지금 저는 강합니다! 드래곤을 타면 더 더욱!

"음. 그냥 용용이나 흑흑이를 태우면 안 될까?"

-주인이여!

-주인님!

"야. 그러면 내가 쟤를 태우고 돌격하리?"

아무리 봐도 가장 위험한 역할! 태현이 실력에 자신이 있다지만, 익숙하지 않은 거대한 몬스터의 몸으로 어두운 광산 허공을 돌며 아다만티움 거인 골렘의 공격을 피하는 건 사양이었다.

-저는 여전히 언데드라서 신수들은 좀…….

"젠장. 그래. 가자."

콰르릉!

어차피 할 거라면 빠르게 간다! 태현은 재빨리 드래곤의 형태로 돌아왔다.

-용용이, 흑흑이! 너희들은 날아서 거인의 신경을 끌어라!

-예!

"나머지는 전부 공격 준비해! 케인. 떨어진 대포들 갖고 와서 닥치는 대로 발사해라."

[<죽음마저 거부한 드래곤 나이트> 골골이가 드래곤 리치 위에 올라탔습니다! 골골이의 능력치가 크게 증가합니다!]

-이랴!

"뒤지고 싶니?"

-아, 아니…… 갑시다! 주인님!

골골이는 검을 뽑아 외쳤다.

-혼돈과 어둠의 검!

화르륵!

짙은 자주색 불꽃이 검에서 피어오르자, 아다만티움 골렘이 울부짖었다.

-크오오오…….

철벅, 철벅!

용암 속에 손을 넣어 거대한 암석을 던지는 골렘!

태현은 회피 기동을 하며 닥치는 대로 마법을 퍼붓기 시작했다. 허공을 뒤덮는 장엄한 흑마법의 연속!

거기에 언령 마법까지 사용했다. 그걸 본 스미스와 김현아는 깜짝 놀랐다.

"아니 왜 마법을?!"

"마법은 언제 익힌 거야?!"

태현은 못 들은 척했다. 그러고는 재빨리 방향을 꺾었다.

-주인님. 골렘은 반대쪽입니다!

-나도 알아.

쉬이익!

태현이 날아가자 골렘은 재빨리 방향을 돌려 쫓아갔다.

태현이 가는 방향은 스미스와 김현아가 있는 통로!

이제까지 태현 때문에 골렘의 주목을 받지 않았던 둘은 기겁했다.

-태양의 힘이 깃든 방패!

-절대 얼음 결계!

콰지직! 콰직! 콰직!

이세연이 있었다면 '너 일부러 한 거지!' 하며 눈치를 챘겠지만, 둘은 설마 태현이 일부러 했다고는 생각지도 못했다.

이런 긴박한 와중에 그런 치사한 짓을 할 수 있을 리가!

그러나 태현은 언제나 여유가 있는 사람이었다. 보스 몬스터를 상대하면서, 다음 적을 위한 계획도 준비하고 틈틈이 얄미운 놈들도 괴롭힐 수 있는 사람!

"하이앗!"

스미스는 기합을 지르며 덤벼들었다.

쾅!

검광이 번쩍 빛나더니 아다만티움 골렘의 몸에서 무언가 떨어졌다.

[부서진 아다만티움 조각이……]

'저건 주워야 해!'

-주인님!! 으아아아앗!

덕분에 위에 타고 있는 골골이는 비명을 질렀다. 뭔 놈의 탈것이 말은 하나도 안 듣고 제멋대로 돌아다니냐!

태현은 놀라운 반응 속도로 떨어진 아다만티움 조각을 챙겼다.

쿠쿠쿵!

"김태현 씨! 도와주시려고 한 겁니까!"

갑자기 다시 날아온 태현의 모습에 스미스는 반색했다. 물론 태현은 다시 두고 날아갔다.

-주인님. 저를 놈에게 가까이 붙여주십시오.

-아무리 생각해도 너보단 내가 더 많이 맞을 것 같은데…….

태현은 떨떠름했다. 덩치 크기 차이를 봤을 때 아무리 봐도 태현이 더 많이 맞을 것 같았다. 그래도 태현은 골렘에게 돌진했다. 기회를 놓칠 수는 없었으니까.

[회피에 성공했습니다.]

[드래곤 리치가 된 것으로 인해 회피력이 약해졌습니다. 커다란 충격에 이동 속도가 내려갑니다!]

쾅!

아무래도 다 피할 수는 없었다. 태현은 몇 대 맞아주면서 붙었다.

-크아아앗!

골골이는 고함을 지르며 검을 휘둘렀다. 검을 뒤덮은 자주색 불꽃이 아다만티움 골렘의 몸을 녹이고 불태웠다.

"야! 저걸 녹이면 어떡해!"

-주…… 주인님. 그냥 잡을 수는 없습니다!

〈혼돈과 어둠의 검〉은 현재 골골이가 쓸 수 있는 최강의 공격력을 가진 스킬! 이걸 쓰지 않으면 저 단단한 골렘에게 대미지를 줄 수가 없었다.

"잡을 거면 좀 깔끔하게 잡아야지 왜 태우고 녹이냐. 네가 사디크냐?"

옆에서 날며 공격을 퍼붓던 흑흑이가 움찔했다.

사디크의 화염 퍼붓고 있었는데 이러면 안 됐나?

-언니. 스미스가 여기 있어요.

-그래? 조심해서 싸우고 문제 있으면 말해줘. 내가 도와주러 갈게.

-네!

이세연은 그렇게 걱정하지 않았다. 김현아는 자기 할 일 알아서 잘하는 애였으니까.

스미스가 강하긴 하더라도, 김현아는 알아서 적당히 상대할 것이다. 김현아가 마음만 먹으면 스미스한테 죽지는 않겠지!

-언니. 여기 세 해골의 광산이라고 했었잖아요.

-응. 스미스 있다며. 가서 도와줘?

-아니요. 여기 김태현도 있는데요.

……내가 가서 도와줄게! 기다려!

이세연은 바로 대답했다. 갑자기 확 올라가는 불안감!

-전 괜찮은데요.

-아니야! 가서 도와줄게! 그리고 김태현이 무슨 소리를 하든 믿지 마. 아무리 그럴듯한 소리여도 믿으면 안 돼!

필사적인 이세연의 외침! 김현아 입장에서는 황당할 뿐이었다.

'역시 언니는 김태현만 엮이면……!'

-걱정 마세요. 김태현이 스미스하고 같이 손잡은 줄 알았는데, 아닌 것 같아요.

-김태현은 적일 때보다 아군일 때가 더 걱정된다고!

-?!

광산 안에서의 공방. 힘들고 느린 전투였지만 태현 일행은 차근차근 아다만티움 골렘의 HP를 깎아갔다.

아다만티움 골렘이 비명을 지르며 몸에서 조각을 뿌릴 때마다 태현의 마음도 비명을 질렀다.

'젠장……! 지금까지 떨어진 것만 챙겼어도 갑옷 하나는 나왔겠다!'

판온 1에서 대장장이로 오래 지냈다 보니, 저런 재료들이 날아가는 걸 보면 가슴이 아팠다.

일종의 직업병!

그래도 어쩔 수 없었다. 솔직히 아다만티움 골렘을 상대하면서 수단을 가릴 정도로 여유가 있지 않았으니까.

태현 일행도 필사적으로 싸우고 있었던 것이다.

'내 남은 HP가 지금 50% 정도인가. 아직 괜찮군.'

참 오랜만에 겪는 현상! 판온 1 때만 해도 이렇게 치고받으며 아슬아슬하게 싸웠던 게 보통이었는데, 판온 2에 들어와서 어느새 잊고 있었던 것이다.

회피가 내려가고, 워낙 덩치가 커져서 태현이 아무리 신묘한 컨트롤로 난리를 쳐도 할 수 있는 데에는 한계가 있었다. 검술로 튕겨내기도 못하고, 할 수 있는 건 최대한 마법으로 막아내는 것 정도!

그래도 태현이니까 이 정도였지 다른 사람들이었다면 벌써 저 아래 용암에 처박혔을 것이다. 지금 태현 일행에서 아무도 로그아웃당하지 않은 건 태현 덕분이었다.

골렘의 공격을 대부분 태현이 막아내고 있었던 것!

'보통 이런 건 다른 놈 시키는데…….'

평소와는 정반대가 된 상황!

콰직!

그러는 사이 골골이가 힘차게 날아올라 검을 휘둘렀다.

-크오오아아!

아다만티움 골렘이 비명을 지르며 팔을 휘둘렀다. 주변 암반이 박살 나고 용암이 튀어 올랐다.

[<생명을 가진 아다만티움 거인 골렘>이 더 이상 싸우지 않고 도망치려고 합니다!]

차아악!

아다만티움 골렘은 용암에 몸을 처박더니 안으로 들어가려고 했다. 그걸 놓칠 태현이 아니었다.

"들어간다!"

-주인님. 저희는 아다만티움이 아닙니다! 저기 용암입니다!

-어둠의 가호!

-결계 몇 개 건다고 될 일이 아닙니다. 주인님!

그러나 태현은 무시하고 따라서 용암으로 뛰어들었다.

[뜨겁게 끓어오르는 세 해골의 광산 용암에 뛰어들었습니다!]
[칭호: 용암에 뛰어들기를 얻었습니다!]
[화염 속성 관련 NPC들을 대할 때 친밀도에 보너스를……]
[빨리 용암에서 벗어나지 않으면 위험합니다!]

부글부글-

-크아아악! 주인님! 주인님!

골골이가 태현 위에서 괴로워했다. 태현은 용안 속을 헤엄치며 도망치는 아다만티움 거인을 쫓았다.

-걱정 마라. 저놈도 오래 있지 못할 테니까.

-저놈은 아다만티움이고 저희는 아니잖습니까!

-……그건 그렇긴 하지!

좌아아악!

다행히 태현의 예상이 맞아떨어졌다. 아다만티움 골렘이 용암 속을 헤엄치며 나아가더니 다른 쪽으로 빠져나온 것이다.

좌아악!

-살…… 살았다!

골골이는 기겁을 했다. 솔직히 정말 죽는 줄 알았는데!

[<세 해골의 광산>에 숨겨진 장소, <아다만티움 골렘의 은거지>를 발견했습니다.]

[대장장이 기술 스킬이 크게 오릅니다.]

[명성이……]

정상적인 방법으로는 찾을 수 없는 장소! 오로지 아다만티움 골렘이 나타났을 때 그 용암을 통해 가야 찾을 수 있는 곳이었다. 태현이 미쳐서 쫓아오지 않았다면 절대 오지 못했을 것이다.

"이런 행운도 있군!"

-주인님! 아다만티움 골렘을 쫓아가면 놈이 지내는 곳이 있을 거라고 생각하신 겁니까!

골골이는 감탄했다. 그 판단을 믿고 용암에 몸을 던지다니, 정말 태현의 배짱은……

"아니. 그냥 별생각 없이 쫓아왔어. 놓치면 너무 억울하잖아. 그 난리를 치면서 싸웠는데."

정말 태현의 배짱은……

-그런데 저희 둘밖에 없는데 괜찮습니까?

-뭐 네가 알아서 잘하겠지. 난 널 믿는다 골골아.

'골골이 죽으면 드래곤 리치 풀고 원래 상태로 돌아와서 막타 넣어야겠다.'

마법 스킬을 올렸으니 이제 검술 스킬도 올려야 할 때!

보스 몬스터 상대하면서 정말 알뜰살뜰하게 다 뽑아먹는 태현이었다.

-주인님. 주인님의 믿음을 실망시켜 드리지 않겠습니다!

-그래. 그래. 적당히 해. 너무 열심히 할 필요는 없고.

[<죽음마저 거부한 드래곤 나이트> 골골이가 당신의 믿음에 감격합니다!]

[주인의 믿음으로 <기사의 충성> 버프가 걸립니다!]

아까 할 것이지 왜 지금 와서…….

-쿠오오……!

아다만티움 골렘은 드래곤과 그 위에 탄 기사를 처다보았다. 그러고는 주먹을 움켜쥐었다.

'다음 라운드인가!'

그러나 그런 일은 벌어지지 않았다. 아다만티움 골렘이 무릎을 꿇고 주먹을 흔들기 시작한 것이다.

-저거 뭐 하는 거냐?

-너희를 부숴 버리겠다고 말하는 것 같습니다.

-그럴듯하군.

[카르바노그가 저 골렘이 협상하려는 것 같다고 말합니다.]

"협상을? 골렘이?"
물론 저 골렘이 생명을 가진, 다른 골렘들과는 다른 존재긴
했지만 설마 협상을 하려 할 줄이야.
태현은 잠시 당황했지만 곧 정신을 차렸다.
"협상 같은 건 없다!"
아다만티움 골렘을 내버려 두기에는 나오는 보상이 너무 아
쉬웠다. 게다가 상대가 협상을 하려 한다는 건, 상대가 많이
불리하다는 뜻. 이럴 때 양보하는 건 바보나 하는 짓!
그러자 아다만티움 골렘은 결사의 눈빛으로 몸을 일으켰다.
-쿠오오……!

[<아다만티움 골렘의 은거지>에 흐르는 광맥이 아다만티움
골렘을 완전히 회복시킵니다!]
[<아다만티움 골렘의 은거지>에 흐르는 광맥이 아다만티움
골렘의 힘을 증폭……]

보스 몬스터는 자기 영역에서 버프를 받는 법. 아다만티움
골렘은 아직 시작도 하지 않은 상태였던 것이다.
"……하지만 나는 관대하니 협상을 받아주도록 하지."

-쿠오!

아다만티움 골렘은 고개를 끄덕였다. 표정은 없지만 기뻐하는 것 같았다.

'그런데 저놈은 왜 협상을 한 거지?'

처음에는 자기가 불리해서 협상을 했다고 생각했는데, 그게 아니었다. 다친 HP는 한 방에 회복되고 추가 버프까지 들어가서 훨씬 더 유리한 상황!

그런데도 약한 모습을 보인다는 건······.

'여기 장소 자체가 약점이다!'

[카르바노그가 감탄합니다. 역시 아키서스는 남의 약점을 찾는 데에는 아무도 따라올 수 없다고 말합니다.]

이 장소를 태현이 발견했기에 약한 모습을 보이는 것이 분명했다.

'여기가 파괴될까 봐 그런 건가? 확실히······.'

태현은 주변을 확인했다. 어두컴컴한 광산이었지만 얼핏 봐도 광맥이 있는 건 확인할 수 있었다.

[<상급 황금 광맥>을 발견······.]
[<질 좋은 흑철 광맥>을 발견······.]

왠지 모르게 여기 어딘가 아다만티움도 있을 것 같다!

"혹시 여기 좀 캐도 괜찮겠지?"

-쿠오오.

아다만티움 골렘은 고개를 저었다. 태현의 얼굴이 대번에 찌푸려졌다.

"협상이라며? 아무것도 양보 안 하면 안 되지!"

-쿠오오!

다시 싸울 태세를 하는 아다만티움 골렘! 그러나 아까와는 달랐다. 태현은 바로 입을 벌리고 광맥을 겨냥했다.

-쿠오오!!

그러자 아다만티움 골렘은 허겁지겁 달려와 막아섰다.

"왜. 계속 싸워볼까?"

-쿠오오…….

[카르바노그가 악당 같다고 합니다.]

태현은 아랑곳하지 않고 사납게 외쳤다.

"아다만티움 내놔!"

-쿠오오. 쿠오오.

아다만티움 골렘은 눈물을 뚝뚝 흘리며 고개를 흔들었다. 그러나 태현은 완강했다.

"내가 여기를 무너뜨려도 괜찮다 이거냐?"

[<생명을 가진 아다만티움 거인 골렘>이 광산에서 아다만티

움 광맥을 꺼내 당신에게 건넵니다!]

[현재 대장장이 기술 스킬인 낮습니다. 아다만티움 광석을 완전히 다룰 수 없⋯⋯.]

태현의 대장장이 기술 스킬로도 완전히 다룰 수 없는 금속!

'생각해 보니 지금 내 앞에 완전히 정제된 아다만티움이 있긴 한데⋯⋯.'

태현은 골렘을 빤히 쳐다보았다.

"혹시 몸에서 좀 떼어내 줄 생각은 없니?"

-크오오오오!

"알겠어. 알겠어. 까칠하기는."

태현과 골골이가 용암 속으로 다이빙을 하자, 남은 사람들은 당황했다.

우리는 어쩌라고?

"일단 안으로 이동하죠."

이다비는 상황을 수습하기 위해 말했다. 붉은 전갈 드워프들은 태현이 사라지자 슬슬 눈치를 보기 시작했다.

"아차. 쟤네들도 붙잡아요!"

"에에잇. 이거 놔라!"

케인과 베이징 파이터즈 선수들은 우르르 몰려가 드워프들을 다시 묶었다. 내버려 두면 무슨 사고를 칠지 모르는 놈들!

"저기…… 여러분. 다리 좀 다시 놔주시겠습니까?"

스미스가 반대쪽에서 곤란한 목소리로 말했다. 아까 태현이 다리를 날려 버린 덕분에 오도 가도 못 하고 있는 스미스!

그러자 다른 사람들은 수군거렸다.

"놔줘도 되나?"

"태현 님이 스미스 별로 안 좋아하잖아요."

"근데…… 무시하면 뒷감당이 좀……."

케인은 말끝을 흐렸다. 스미스한테 원망을 사고 싶진 않다! 원래 착한 놈이 화나면 무섭다고, 스미스처럼 착하고 성격 좋은 놈한테 한 번 찍히면 오래 갈 것 같았다.

"뭐 어때요."

"그, 그치? 스미스는 착하니까 못 들은 척 무시해도 뭐라고 안 할 거야."

'……케인 씨라면 찍혀도 괜찮지 않냐는 소리였는데…….'

이다비는 그렇게 생각했지만 입 밖으로 내지는 않았다.

괜히 설명해 줘봤자 겁만 먹을 거 같다!

"여러분?"

스미스는 고개를 갸웃거리며 다시 불렀다.

왜 대답이 없지?

"크흠! 이 주변이 시끄러워서 그런지 소리가 잘 안 들리는군!"

"앗! 정말 그렇습니다!"

실제로 이 주변이 시끄럽긴 했다. 그렇지만 저 멀리서 크게 말한 스미스의 목소리가 안 들릴 정도는 절대 아니었다.

실제로 김현아도 황당해했다.

"지금 못 들은 척하려고 저러는 거 아니지?"

정곡을 찔린 케인과 정수혁은 움찔했다.

그러나 스미스는 둘을 믿었다.

"시끄러우니 못 들을 수도 있었을 겁니다. 여러분! 다시 한 번⋯⋯."

"내가 그걸 두고 볼 줄 알아? 다리 절대 놔주지 마! 놓으면 내가 공격할 테니까."

김현아는 본색을 드러냈다. 방금까지는 아다만티움 거인 골 렘이라는 강력한 적이 있어서 참았지만, 이제는 참을 필요가 없었다. 스미스를 더 안으로 들어가게 해서는 안 된다!

"순순히 밖으로 나가지 그래? 그러면 목숨은 살려줄게."

"김현아 씨. 절 너무 우습게 보는 거 아닙니까. 제가 김태현 씨나 이세연이면 몰라도 그쪽을 상대하는 걸 겁내진 않습니다."

스미스는 예의 발랐지만 철벽같았다. 뒤로 돌아서며 단호하 게 말했다. 여기 광산을 공략해서, 안에 있는 부족들을 설득 해 제국을 공격하게 만들겠다!

김현아는 혀를 찼다. 스미스가 가만히 서 있었는데도 벌써 긴장이 됐다.

'시간만 끌어야지.'

스미스가 이 광산 안의 부족들을 설득하는 건 막아야 했다. 둘 이 팽팽하게 노려보자 케인은 살았다는 듯이 한숨을 내쉬었다.

"우리 까먹은 거지? 그치?"

'이 사람도 나름 최상위권 랭커로 손꼽히는 사람인데……'

정수혁은 짠하다는 듯이 케인을 쳐다보았다.

케인도 분명 인기가 많고, 대회 성적도 확실하게 내고 있는 최상위권 랭커 중 하나였다. 그런데 왜 이렇게 허술해 보일까? 스미스나 김현아만큼 날카로운 기세는 찾아볼 수가 없었다.

"왜 그런 눈으로 쳐다보는 거지? 설마……."

'아차.'

"내 임기응변이 존경스러웠던 건가? 헤헤. 김태현만큼은 아니었지만 나도 좀……."

"그건 아니거든요."

"그건 아닌 거 같아요."

유지수와 이다비가 냉정하게 말했다.

"무조건 갑옷인데…… 물론 부츠도 만들고 팔찌도 만들고 귀걸이도 만들고 반지도 만들고…… 사실 마음 같아서는 몸을 통째로 덮고 싶긴 해."

아다만티움 망토, 아다만티움 손수건, 아다만티움 속옷까지 만들고 싶다!

-쿠오오…….

아다만티움 골렘이 이상한 소리를 내며 태현을 쳐다보았다.

그 눈빛은 왠지 모르게 경멸 같았다.

'더 뜯어내고 싶은데 이제 무리겠지.'

태현은 이미 아다만티움 골렘한테서 뜯어낼 수 있을 만큼 뜯어낸 상태였다.

-더 내놔!

-쿠오오…….

[아다만티움 광석을……]

-더 내놔! 여기를 아키서스해 버리기 전에!

-쿠오, 쿠오오…….

눈물을 흘리며 아다만티움을 내놓는 골렘!

[아다만티움 광석을……]

[더 이상 설득이 불가능합니다. 만약 더 협박을 했다가는 아다만티움 골렘이 공격해 올 것입니다.]

뜯길 만큼 뜯기자 골렘도 더 이상 물러서지 않았다. 물론 지금 뜯어낸 양으로도 태현이 전신 세트를 갖춰 입고도 남을 양이긴 했다. 지금 플레이어들 중에서 이만큼 아다만티움을 모은 사람은 없을 정도!

사실 양보다는 다른 게 문제였다.

'지금 내 수준으로 완전히 다루기가 힘들어.'

그랬다. 아다만티움은 그 희귀함만큼이나 다루는 난이도가 높았다.

'갑옷을 만들면 페널티도 페널티지만 도중에 손실되는 양이 생길 텐데…….'

아다만티움 한 조각이 사라질 때마다 피눈물이 날 것 같았다. 어떻게든 아다만티움을 잘 다루는 방법을 찾아야 한다!

[지속시간이 끝나 골골이가 <정예 드래곤 데스 나이트>로 돌아옵니다.]

[<정예 드래곤 데스 나이트>는 드래곤을 타고 있을 경우 막대한 추가 효과를 받습니다.]

슈우욱-!

골골이의 몸에서 연기가 솟구치더니, 덩치가 줄어들었다. 온갖 언데드를 흡수해서 생긴 강력한 버프는 끝났지만, 데스 나이트에서 한층 진화한 것은 사실!

그렇지만…….

"……어, 너 근데 드래곤은 어떻게 타고 다니냐?"

문제는 드래곤이 없다는 것!

드래곤 데스 나이트는 드래곤을 타고 다니는 죽음의 기사였는데, 드래곤이 없으면 데스 나이트랑 크게 차이가 없었다.

-예? 주인님…….

"지금 날 계속 타고 다닌다는 거 아니지?"

태현의 말에는 살기가 담겨 있었다. 골골이가 급히 말했다.

-주인님이 소환해 주시면 되지 않냐는 소리였습니다!

본 드래곤도 드래곤은 드래곤! 드래곤 리치와 비교하면 초라할 정도의 몬스터였지만, 본 드래곤도 나름 강력한 몬스터였다. 그리고 본 드래곤 정도면 지금 태현이 소환할 수 있는 드래곤이었다.

"어……."

태현이 망설이자 골골이는 의아해했다.

"……나 이제 곧 드래곤 리치 상태 풀고 아다만티움 다룰 건데."

-……본 드래곤 소환해 주시고 풀면 되지 않습니까?

"드래곤 리치 상태 풀면 본 드래곤 유지 못 하지."

지금 태현이 드래곤 리치 상태라서 본 드래곤을 우습게 보는 거지, 네크로맨서 플레이어 중에서 본 드래곤을 소환하고 유지할 수 있는 플레이어는 손에 꼽혔다. 골골이 같은 특수한 경우가 아니라면, 안 그래도 MP가 부족한 태현이 본 드래곤까지 유지하고 다닐 수는 없었다.

다른 스킬 쓸 MP도 아까운데!

-그, 그러면 저는…… 어떻게 합니까?

"음…… 용용이나 흑흑이는……."

-저 데스 나이트입니다 주인님!

언데드가 어떻게 신수를 타!

"……그냥 걸어 다니자."

골골이는 충격받은 표정을 지었다. 기껏 온갖 정수를 흡수하고 전투를 치러 이렇게 진화했는데!

-주인님! 주인님!

태현은 못 들은 척 고개를 돌렸다. 그러다가 아다만티움 골렘과 눈이 마주쳤다. 아다만티움 골렘은 꼭 '저놈 아까 풀렸으면 아까 죽이는 건데'란 표정이었다.

"왜 그렇게 살벌하게 쳐다보냐?"

-쿠오······.

골렘은 모르는 척 고개를 흔들었다. 태현은 어깨를 으쓱하고서 〈알렉세오스의 권능〉을 풀었다. 뒤에서 골골이가 애타게 울부짖었다.

-주인님!

[〈알렉세오스의 권능〉을 해제했습니다.]

[골골이의 능력이······.]

[MP······.]

온갖 버프가 사라지고 각종 마법들도 사라졌지만, 태현은 홀가분했다. 권능은 다시 쓸 수 있고, 〈아키서스의 화신〉 상태가 더 마음이 편했다. 역시 안 하던 짓은 하는 게 아니다!

-쿠오오!

아다만티움 골렘은 깜짝 놀랐다. 골렘은 일어서더니 펄쩍 뛰었다. 한 번 뛰자 바닥이 울리고 용암이 솟구쳤다.

"뭐야. 공격인가?"

-주인님! 드래곤 리치 상태를 풀면 안 됐습니다. 놈은······!

태현은 무기를 들었다. 어디 한번 해볼······.

'음. 그냥 골골이 버리고 용암 속을 헤엄쳐서 튈까······.'

행운이 높으니 어떻게든 용암 속에서 버틸 수 있지 않을까?

그러나 아다만티움 골렘은 태현을 공격하려고 일어선 게 아니었다.

-쿠오오오!

"뭐라는 거야?"

[네가 아키서스의 화신이냐고 하는 것 같다고 카르바노그가 말합니다.]

다른 플레이어들이라면 말 안 통하는 상대와 말하기 위해서 온갖 짓을 해야 했지만, 태현에게는 카르바노그가 있었다.

썩어도 신은 신!

"내가 아키서스의 화신이다. 아까 아키서스한다고 말했잖아."

-쿠오!

아다만티움 골렘은 그 말을 듣고 다시 한번 놀라 펄쩍 뛰려고······.

"아, 그만 뛰어 이 자식아!"

-쿠오······.

골렘은 용암 속에 손을 넣어 뒤적거리더니 무언가를 꺼냈다. 그건 거대하게 타오르는 용암 망치였다.

[아다만티움을 제련하는 걸 도와주겠다고 하는 거라고 카르바노그가 말합니다.]

"오…… 혹시 몸에 있는 건 좀 안 떼어주나?"
-쿠오오오!

[싫다고……]

"그건 해석 안 해줘도 알 것 같으니까 괜찮아."

[아다만티움 골렘이 당신을 도와줍니다. 아다만티움 제련에 막대한 보너스를 받습니다!]
[대장장이 기술 스킬이 오릅니다!]

'지금 대장장이 기술 스킬이 고급 8 초반이니까…… 아다만티움으로 다 만들고 나면 고급 9를 찍을 수 있을지도 모르겠는데.'
어느새 보이는 최고급 대장장이 기술 스킬! 대장장이 직업도 아닌 태현이 최고급 기계공학을 찍고 최고급 대장장이 기술 스킬을 눈앞에 두고 있었다.
대장장이 랭커들이 안다면 기가 막힐 일이었다.

쾅! 콰콰쾅!

"으윽!"

"케인 선수! 대단합니다!"

"역시 케인 선수!"

"그런 소리 할 여유 있으면 돕기나 해 이것들아!!"

케인은 비명을 질렀다. 태현이 사라지자 던전의 난이도는 순식간에 몇 배로 올라갔다. 다행히 적들이 많이 안 나와서 그렇지, 많이 나왔다면 진짜 위험했을 것이다.

그럼에도 불구하고 제일 고생하는 건 역시 케인이었다.

별생각 없이 맨 앞에 선 게 화근이었다.

점점 길이 좁아지더니…… 갑자기 적이 등장!

덕분에 케인 뒤에 있는 사람들은 맞지도 않고 케인 혼자서 두들겨 맞고 있었다. 한 대 맞으면 내구도가 떨어지고 스턴 상태에 걸리고……. 물론 케인이 탱커긴 했지만, 넓은 곳에서 같이 싸우며 탱커 역할을 하는 것과 이런 좁은 곳에서 혼자 억지로 두들겨 맞는 건 기분이 달랐다.

콰콰쾅!

뒤에 있던 드워프들이 대포를 발사했다. 대포알 중 하나가 케인의 등을 갈겼다.

"크아아악! 어떤 자식이야!"

"미, 미안하다. 고의가 아니다!"

"노예의 쇠사슬!"

케인은 앞에서 달려드는 부족 전사를 향해 쇠사슬을 걸었다. 그 순간 다른 전사가 덤벼들었다.

"으헉!"

케인은 급히 몸을 비틀었다. 그러자 쇠사슬에 끌려오던 부족 전사가 몸을 튼 방향에 따라 몸이 돌아갔다.

그리고 거기는 절벽 위였다.

-으아아아아!

쇠사슬을 걸어 용암 속으로 던져 버린 케인!

뒤에 일행은 감탄했다.

"역시 케인 선수!"

"케인 씨⋯⋯! 감탄했습니다. 그런 사용법이!"

"아니, 일부러 한 게⋯⋯."

-이런 비겁한 놈 같으니! 정당하게 싸우지 않고!

[아짓 부족 전사들이 더더욱 분노합니다!]
[<광전사의 분노> 버프가⋯⋯]

"아오! 진짜!"

케인은 이를 갈았다. 뭐 이리 일이 꼬이냐!

그러나 거기서 끝이 아니었다. 통로 저편에서 새 NPC들이 나타난 것이다.

[아키서 부족 전사들이 나타납니다!]

"망했다. 튀자!"

케인은 깔끔하게 포기하고 말했다.

"예? 케인 선수. 설마 도망을……."

"안 되면 도망쳐야지 이 자식들아! 그러면 싸우리??"

케인은 베이징 파이터즈 선수들을 의심했다.

'이 자식들 지들이 맞는 거 아니라고 나 엿 먹이는 거 아냐?'

물론 베이징 파이터즈 선수들은 순수한 존경심으로 한 말이었지만…… 케인에게 그렇게 들리지는 않았다.

그러나 케인의 예상은 빗나갔다.

차차차창!

새로 나타난 아키서 부족 전사들이 아짓 부족 전사들과 싸우기 시작한 것이다.

한 맵에서 나온 NPC들끼리 꼭 친하리라는 법은 없다!

케인은 안도의 한숨을 내쉬었다. 죽는 줄만 알았는데 숨통이 트였다.

"쟤네 싸우는 거 기다렸다가 이긴 놈 공격하자."

어부지리를 노리는 케인! 싸우고 나면 누가 이기든 간에 다치고 지쳤을 테니 좋은 생각이었다.

그러나 케인의 예상은 다시 한번 빗나갔다.

-뭘 노는 거냐! 아키서스의 노예! 와서 도와라!

"??"

케인은 생각지도 못한 부름에 기겁했다. 어떤 놈이야!?

-아키서스의 노예! 빨리 와서 도우라니까!

"어떤 자식이야?!"

케인은 울컥해서 외쳤다. 옆에서 베이징 파이터즈 선수들이 수군거리는 게 가슴 아팠다.

"방금 노예라고……."

"잘못 들은 거 아니야? 직업이 〈노예〉일 리가……."

"그런 직업을 고르는 사람이 어디 있겠어. 하하하."

케인을 부른 건 새로 나타난 부족 전사들이었다.

아키서 부족 전사들!

'잠깐. 부족 이름이 뭔가 불길한데?'

케인은 부족 이름에서 뭔가 이상하다는 걸 깨달았다.

-행운을 위하여! 아키서스 님 만세!

-행운을 위하여!

[아키서 부족 전사들이 〈노예의 함성〉을 사용합니다!]

[아키서 부족 전사들이 〈노예의 돌진〉을 사용합니다!]

케인은 깨달았다. 이놈들, 〈아키서스의 노예〉 직업 스킬을 쓰고 있다!

그 순간 퀘스트창이 떴다.

〈광산의 노예들-아키서스의 노예 직업 퀘스트〉

지금은 사라진 아키서스 교단이지만, 그렇다고 아무 흔적도 남기지 않은 것은 아니다. 당신은 아스비안 제국에서 아키서스가 남긴 흔적을 발견했다.

아키서스를 따르는, 〈아키서스의 노예〉를 영광으로 여기는 아키서 부족! 아키서 부족을 만나 그들을 돕고 그들에게서 배워라!

보상: 〈아키서스의 노예〉 직업 스킬.

이렇게 하기 싫은 퀘스트 이름도 드물 것이다.

선배 노예들이라니!

'으윽…… 직업 퀘스트니 안 할 수도 없고…….'

예전에 갈락파드를 만났을 때가 떠올랐다. 매번 '노예야! 와서 도와라!' 하고 구박하던 갈락파드.

졸지에 케인은 머슴의 기분을 느껴봐야 했던 것이다.

설마 지금도 그래야 하는 건…….

"간다! 가!"

안 할 수는 없었다. 케인은 투덜거리며 돌진했다.

[같은 아키서스의 노예들과 싸웁니다!]

[능력치에 보너스를 받습니다.]

[명성이 오릅니다!]

[아키서스의 축복이 내려집니다!]

-아키서스! 아키서스를 위해!

-날 쳐봐라! 네 공격은 빗나간다!

'뭐 이리 버프가 좋아?!'

케인이 오자 아키서 부족 전사들은 더 날뛰기 시작했다.

아짓 부족 전사들은 결국 도망쳤다.

-이런 잡신을 믿는 미친놈들이!

-두고 보자! 이 미친놈들!

수많은 욕들 중에서 하필이면 '미쳤다'라고 말하는 게 신경 쓰였지만······. 케인은 일단 무기를 휘둘렀다.

-잘했다! 아키서스의 노예!

-반갑다! 노예 동지!

"아, 아니. 난 노예가 아니라······."

-뭐?

그 순간 아키서 부족 전사들의 눈빛이 희번덕거렸다. 케인은 움찔했다.

[아키서 부족 전사들은 아키서스와 상관이 없는 이들을 좋아하지 않습니다. 계속해서 주장할 경우 공격당할 수 있습니다!]

"······아키서스의 노예란 이름은 나한테 너무 과분한 이름이라······."

-아하. 그런 거군!

-하하. 같이 아키서스를 섬기는 노예끼리 그런 겸손은 필요 없어. 노예 동지!

-노예 동지! 노예 동지!

아키서 부족 전사들은 케인을 번쩍 들어 올리더니 행가래를 쳐주기 시작했다.

[<노예의 헹가래>를 받았습니다.]
[일시적으로 행운이 크게 오릅니다.]

-좋아! 우리 부족으로 안내해 주지. 저 뒤에 있는 놈들은 누군가? 아키서스 님의 노예는 아니지만 아키서스 님이 느껴지는군. 저놈들은 빼고.

아키서 부족 전사들은 베이징 파이터즈 선수들을 쳐다보았다. 그러자 선수들에게 메시지창이 떴다.

[아키서 부족 전사들은 아키서스를 믿지 않는……]

"저, 저는 믿으려고 고민 중이었는데……."
"저도 요즘 생각은 했습니다."
-그러면 믿어!
-왜 고민을 하나! 고민할 필요도 없는 일인데! 지금 당장 믿어!
"아, 아니. 그게. 이게 원래 믿던 교단도 있고……."
-믿으라고! 믿을 테냐, 아니면 저 용암으로 갈 거냐?

아키서 부족 전사들은 거대한 무기를 들고 와서 으르렁거렸다. 갈락파드가 봤다면 '아, 전도는 저렇게 해야 하는데!'라고 감탄했을 모습!

선수들은 고민했다. 지금 싸워야 하나?

아키서 부족 전사들은 결코 약하지 않았다. 〈세 해골의 광산〉에서 사는 부족답게 강력한 레벨을 자랑했다. 게다가 다른 사람들은 다 아키서스를 믿고, 케인도 퀘스트를 진행하는 것 같은데 그들이 방해해도 되나?

결국 그들은 어처구니없이 믿던 교단들을 포기했다.

"믿…… 믿겠습니다!"

그 순간 아키서 부족 전사들이 호탕하게 웃었다.

-그래야지!

-그래! 믿고 있던 쓰레기 신보다는 아키서스가 최고지!

-자. 아키서스를 믿기 전에 '믿고 있던 신 개자식!'이라고 외쳐보게.

"네?"

-그래야 아키서스 님이 좋아하셔!

'왜 내가 창피하지?'

케인은 속으로 생각했다. 그러는 사이 부족 전사들은 다른 일행들을 확인했다.

-허어억!

부족 전사 중 하나가 정수혁을 보고 펄쩍 뛰었다.

-아키서스의 마법사시군요!

"네? 아, 네. 그렇습니다."

-애들아! 대단하신 분이시다!

부족 전사들은 갑자기 가마를 하나 꺼내더니 그 위에 정수혁을 앉히기 시작했다.

"아, 아니. 이런 거 필요 없습니다."

-아닙니다! 그냥 둘 수 없습니다!

"저기…… 나도 나름 아키서스 교단 최측근인데……."

-넌 우리하고 동지잖아.

-맞아. 같이 가마나 들자.

케인은 시무룩해졌다. 〈아키서스의 노예〉는 뭐 이래?

'앗. 생각해 보니 이다비는 아키서스의 노예도 마법사도 아니니 나보다 낮은 처지겠지?'

얄팍한 생각을 하는 케인! 그러나 케인의 예상은 빗나갔다.

-허어어어어어어억!

이다비를 보더니 더 펄쩍 뛰는 부족 전사!

-저, 저건 아키서스 님의 갑옷!

-저런 걸 입고 계시다니!

-애들아! 더 대단하신 분이시다!

아까보다 더 큰 가마를 꺼내는 부족 전사들!

이다비는 얼떨떨한 표정으로 가마 위에 탑승했다.

"아. 여기 귓속말이 안 되네."

태현은 입맛을 다셨다. 아다만티움 골렘의 은신처는 귓속말도 안 되는 곳이었다.

'뭐, 괜찮겠지.'

밖에 있는 일행은 그렇게 멍청하지 않았다. 이다비도 있고, 베이징 파이터즈 선수들도 있고, 드워프 놈들도 있고, 케인도 있고…….

'음. 갑자기 불안해지지만…….'

[골렘이 집중하라고 한다고 카르바노그가 전해줍니다.]

"아. 미안."

태현은 다시 망치를 휘둘렀다. 지금 나갈 수는 없었다. 최대한 잘 만들어서 갖고 나가야 한다!

아다만티움 골렘은 직접 아다만티움 원석을 들어 용암에 푹 집어넣어 약하게 만들고, 다시 들어 온몸의 열기로 녹여냈다. 이런 도움 없이 태현이 그냥 다루기는 힘들었다.

대장장이 플레이어라면 각종 대장장이 직업 스킬로 어떻게 해보겠지만, 태현은 일단 대장장이가 아니었으니까!

[대장장이 기술 스킬이 크게 오릅니다.]
[대장장이 기술 스킬이 매우 크게 오릅니다!]
[기계공학 스킬이……]
[사디크의 화염 스킬의 위력이 오릅니다.]

아다만티움은 정말 꿈의 금속이었다. 만지고 녹일 때마다 스킬이 쫙쫙 오르는 게 소름이 돋을 정도였다.

모든 대장장이들이 꿈꾸던 곳이 여기 있다!

"근데 넌 왜 아키서스 이름을 듣고 도와주지?"

움찔!

골렘이 움찔했다.

-쿠오.

[그냥 도와주는 거라고 카르바노그가 말합니다.]

"개소리하지 말고."

물론 숙련된 태현이 그런 어설픈 거짓말에 넘어갈 리 없었다.

-쿠오…….

[예전에 아키서스에게 신세를 진 적이 있다고 카르바노그가 말합니다.]

아다만티움 골렘이 갓 태어나서 작고 약할 때, 아키서스가 골렘을 도와주고 간 것이다.

'아스비안 제국에 권능이 잠들어 있는 건 아키서스가 왔다 가서인가?'

태현은 그렇게 추측했다.

근데 골렘은 왜 도와줬지?

'설마…… 그때는 작았으니까 키워서 아다만티움을 빼먹으려고…….'

[카르바노그가 설마 그러겠냐고 합니다.]

'아니야. 충분히 가능성 있어.'

화신으로서 냉정한 판단! 그것도 모르고 아다만티움 골렘은 아키서스를 좋게 말해주고 있었다.

빚진 걸 갚으려고 태현을 도와주기까지 하고 있었으니까!

'흠. 말하지 말아야지.'

사실을 안다면 아다만티움 골렘이 별로 행복해하지는 않을 것이다.

"그런데 처음에는 왜 그냥 도와준다고 했냐?"

-쿠오.

[여기에는 아키서스를 믿는 다른 미친놈들도 있다고 카르바노그가 전해줍니다.]

"뭐?"

-아키서스의 신수시다!

-으허헉! 감히 두 눈으로 볼 수가 없다! 저희가 봐서 죄송합니다!

아키서 부족 전사들은 넙죽 엎드려서 벌벌 떨었다.

정수혁→이다비를 지나, 용용이까지 온 것이다.

그것까진 좋았다. 좀 과하긴 해도, NPC한테 극진한 대접을 받는 게 나쁠 건 없었으니까. 공격받는 것보단 낫지!

문제는…….

-노예 동지. 뭐 하냐! 머리 숙여!

-너 왜 이래? 못 배운 노예처럼!

-밖에서 다른 놈들이 보면 흉 본다! 못 배웠다고!

그걸 자꾸 케인한테 강요한다는 점!

"크으윽…… 크으으으윽……."

"죄, 죄송합니다. 케인 씨."

정수혁은 당황해서 말을 걸었다. 그러자 아키서 부족 전사들이 달려와서 외쳤다.

-아닙니다! 마법사님!

-모시고 섬기는 게 저희의 기쁨입니다!

'너희끼리 하라고!'

왜 그걸 나한테 강요하는데!

케인은 속으로 외쳤다. 아키서 부족 전사들은 같은 노예라고 케인과 뭐 하나도 같이 하려고 했다.

-그런데 저놈은…… 아무리 봐도 아키서스의 신수 같지가 않은데…….

아키서 부족들은 흑흑이를 노려보았다. 매우 수상쩍은 눈빛이었다.

-힉!

-아키서스의 신수는 아니지만 아키서스를 따르는 놈 맞습니다!

-아. 그렇습니까.

용용이의 말 한마디에 전사들은 바로 납득했다.

이다비는 그 모습을 보고 속으로 생각했다.

'태현 님 만나면 기절하는 거 아니야?'

흑흑이는 용용이에게 감사의 눈빛을 보냈다.

위기 상황에서 싹트는 우정!

[<아키서 부족의 영역>에 도착했습니다.]

[여기서부터는 아키서 부족의 허락을 받지 않은 사람들이 들어갈 수 없습니다. 만약 허락을 받지 않고 들어올 경우 아키서 부족은 끝까지 쫓아올 것입니다.]

[행운, 명성이 오릅니다.]

[<세 해골의 광산> 내 세력이 오릅……]

-자. 여기서 기도하고 들어가자.

케인은 의아해했다.

기도라니?

'여기도 신전이 있나?'

이건 좀 신기했다. 중앙 대륙에도 그렇게 많지 않은 아키서스 교단 신전이 여기에도 있나?

그러나 케인의 예상은 다시 한번 빗나갔다.

"……이, 이게 뭔데?"

-기도하는 곳이지.

"미친놈들아! 함정이잖아!"

케인은 기겁해서 외쳤다. 부족 전사들이 가리킨 장소에 서자, 위에서 창칼이 쏟아져 내리기 시작한 것이다.

자살하기 딱 좋은 곳!

-어허. 그런 불경한 소리를 하면 쓰나. 저기 가면 아키서스님에 대한 믿음이 진실해진다.

"그야 진실해지겠지!"

제발 빗나가라고 빌게 될 테니!

케인은 들어가기 싫어서 안간힘을 썼다. 그러나 부족 전사들의 힘 스탯은 대단했다.

-자! 너도 가서 기도해라!

[<아키서스의 간이 시험대>에 들어섭니다!]
[성공할 경우 랜덤으로 스탯이 증가합니다.]

파파파파팍!

"으아악! 으아악!"

-가만히 서서 빗나가길 빌어!

-어허. 그렇게 하는 게 아니야!

옆에서 훈수를 두는 전사들까지!

"헉, 헉……."

[힘 스탯이……]

-다시 하고 싶나?

"미쳤냐?!"

-어차피 다시 못 해. 하루에 한 번씩만 할 수 있는 귀한 기회거든.

"……."

-후후. 이런 걸 말해주다니. 나도 좀 수다스러워진 거 같군. 밖에서 우리 같은 노예가 찾아올 줄은 몰랐거든.

전사는 쑥스럽다는 듯이 코밑을 훔쳤다. 물론 케인은 전혀 기쁘지 않았다.

-밖에서 찾아온 노예 동지를 위해서라면 이런 기회를 양보할 수 있지.

-맞아. 나도 불만 없어.

-역시 동지들!

"나 그냥 나가면 안 되나?"

케인은 직업 스킬이고 뭐고 포기하고 싶어졌다.

마을 안으로 들어가면 진짜 죽을지도 몰라!

그러나 아키서 부족들은 케인이 도망치게 내버려 두지 않았다. 양팔 양어깨를 꽉 잡고 안으로 끌고 들어오는 그들!

케인은 문득 떠올라서 외쳤다.

"잠깐! 쟤도 아키서스 직업 아니야!"

혼자 죽기는 억울하니 유지수를 끌어내 보려는 속셈!

그러나 부족 전사들은 별 반응이 없었다.

-아키서스를 믿는데 노예가 아니라니 불쌍하군.

-하지만 어쩌겠나. 우리는 노예고 저자는 아닌데. 불쌍해라.

-노예 동지. 노예 동지는 노예의 재능이 있어. 우리와 같이 싸우고 훈련하면 더 강한 힘을 얻을 수 있을 거야.

〈아키서스의 노예 직업 퀘스⋯⋯〉

'진짜 하기 싫다.'

이렇게 하기 싫은 직업 퀘스트도 드물 것!

케인은 한숨을 푹푹 쉬며 받아들였다. 그래도 스킬은 얻어야 하지 않겠는가.

"아다만디움이 잘 녹았군."

준비는 끝났다. 태현은 〈아키서스의 아티팩트 제자〉을 준비했다. 이번 아다만티움으로 만드는 갑옷은 걸작이 될 것이다. 아니, 걸작이 되어야 했다.

'안 그러면 이 고생이 의미가 없어!'

권능도 내버려 두고 여기 왔는데!

태현의 눈빛은 열정으로 불타올랐다. 반드시 본전을 뽑고 말겠다!

촤아악!

녹은 아다만티움이 갑옷의 모양을 잡아가고, 태현은 〈신의 예지〉 스킬, 〈천사의 날개 부채〉를 포함해서 사용할 수 있는 스킬은 총동원했다. 〈아키서스의 신성 영역〉을 사용하고, 골렘한테 〈아키서스의 축복〉까지 쓸 정도!

정말 갖고 있는 걸 총동원하고 있었다.

땅, 땅, 땅-

대장장이 기술로 아이템을 만드는 건, 난이도가 높아질수록 시간이 오래 걸렸다. 그리고 지금 태현이 만드는 건 플레이어가 만드는 아이템 중에서 가장 고난이도라고 봐야 했다.

그런데도 집중력을 잃지 않았다. 원하는 걸 얻기 위해서는 24시간 동안 똑같은 동작을 똑같은 자세로 할 수 있는 집중력과 끈기! 그것이 태현의 강점이었다.

시간이 얼마나 지났을까. 메시지창이 태현의 눈앞에 떴다.

[아키서스 화신의 아다만티움 갑옷이 완성되었습니다!]
[찬란한 전설 등급의 아이템을 만드는 데 성공했습니다!]
[칭호: 전설 등급의 제작자를 얻습니다.]
[서버 최초로 〈전설 등급의 제작자〉를 얻었습니다.]
[전 스탯이 크게 오릅니다!]
[레벨 업 하셨습니다.]

태현은 스탯창을 확인했다.

HP : 89,970, MP : 74,455.

힘 : 795, 민첩 : 810, 체력 : 945, 지혜 : 890, 행운 : 6,210.

각종 버프를 제외한 스탯들이 이 정도! 최상위권 랭커들과 비교해도 밀리지 않고, 오히려 압도하는 강력한 스탯이었다.

게다가 명성, 신성으로 가면 더 대단했다.

명성 : 61,100, 악명 : 36,160, 신성 : 19,995.

한때 악명 스탯이 명성 스탯을 넘길까 걱정했던 게 까마득하게 느껴졌다. 이제는 너무 격차가 벌어져서 쫓아오지도 못하는 악명 스탯! 마치 '마음껏 나쁜 일을 해도 괜찮아!'라고 말해주는 것 같았다.

'신성 스탯 5만 더 올리면 2만이군.'

2만을 찍으면 무언가 관련 스킬이 하나 나올 가능성이 컸다. 그러나 아직 메시지창은 끝난 게 아니었다.

[대장장이 기술이 크게 오릅니다. 고급 대장장이 기술이 최고급 대장장이 기술로 바뀝니다!]

[<고급 날카롭게 갈기>, <고급 녹 없애기>의 스킬이 사라집니다. <최고급 장비의 힘 끌어내기> 스킬을 얻습니다.]

드디어 찍은 최고급 대장장이 기술! 서버 최초가 아니라서 추가 보상은 없었지만 이 정도면 차고 넘쳤다. 이 정도면 권능 스킬을 내버려 두고 이 광산에 와서 아다만티움을 찾아 헤맨 보람이 있다! 〈최고급 장비의 힘 끌어내기〉는 〈날카롭게 갈기〉나 〈녹 없애기〉 스킬을 대신하는 스킬이었다.

〈최고급 장비의 힘 끌어내기〉
장비의 성능을 일시적으로 올립니다. 스킬을 중첩할 수 있습니다. 스킬을 중첩할수록 실패 확률이 올라갑니다.

태현은 설명을 읽고 깜짝 놀랐다.
뭐라고?
얼핏 보면 별로 강력해 보이는 스킬이 아니었다.
대장장이라면 개나 소나 갖고 있는, 장비 버프 스킬!
그러나 그 뒤의 문장이 중요했다.
'스킬을 중첩할 수 있다고?'
버프를 건 상태에서 다시 버프를 걸 수 있다!
대부분의 스킬들은 이게 불가능했다. 이게 가능한 건 몇몇 소수의 스킬들이었고, 그것도 페널티를 달고서였다. 그런데 〈최고급 장비의 힘 끌어내기〉는 페널티 없이 중첩이 가능했다. 과연 최고급 대장장이 기술에 걸맞은 버프 스킬!
'대장장이 랭커는 파티 안 끼고 던전에서 좌판만 깔고 있어도 레벨이 오른다는 말이 있었지…….'

[〈강화〉 스킬이 〈완벽한 강화〉 스킬로 바뀝니다.]

강화석을 사용해 장비를 영구적으로 업그레이드하는 강화 스킬. 판온 1에서는 주야장천 썼지만, 판온 2에서는 실패 시 박살 나는 게 부담스러워 자제했던 스킬이었다.

태현은 안전한 강화 레벨 4까지만 올리고 더 이상의 도박을 하지 않고 있었다. 이제 시간이 좀 지나서, 다른 대장장이들도 피와 눈물과 골드를 갈아 넣어 더 높은 강화 레벨 아이템을 만들었지만…… . 여전히 고강 희귀 장비는 드물었다. 여차하면 부서지는데 전 세계에 하나밖에 없는 장비를 넣을 수는 없는 것이다. 그런데 〈완벽한 강화〉라니.

태현은 판온 1 때 생각이 나서 살짝 가슴이 두근거렸다.

설마 안 부서지게 해주나?

〈완벽한 강화〉
강화보다 엄청나게 많은 재료를 사용해 아이템을 강화시킵니다. 실패 시 페널티가 있습니다.
현재 스킬 레벨 5.

뭐야?
태현은 의아해했다. 강화와 달라진 게 별로 없었다.
재료가 더 많이 들어가고…… . 스킬 레벨도 그대로고…… .
'페널티도 그대론데?'
가끔 스킬 설명이 좀 불친절해서 직접 해봐야 알 수 있는 스킬들이 있었다. 이 스킬이 바로 그랬다.

'필요 재료가…… 미친, 뭐 이리 많아?'

들어가는 강화석이 수십 배! 레벨마다 들어가는 숫자가 두 배로 뛰는데 이러면…….

'아니, 페널티도 그대로인데 재료만 올라갈 리가 없는데? 뭐지?'

태현은 일단 넘겼다. 다른 것도 확인할 게 많았으니까.

아키서스 화신의 아다만티움 갑옷:

내구력 ∞/∞, 물리 방어력 500, 마법 방어력 500.

스킬 '아키서스의 비전 방어', '아키서스의 마법 해제', '아키서스의 마법 흡수', '아키서스의 광역 결계', 피격 시 스킬 '아키서스의 반격' 발동.

'아키서스의 화신'이 착용 시 주변 아키서스 관련 직업에게 전체 보너스, HP 회복 속도, MP 회복 속도에 보너스, 물리 저항력 50% 상승, 마법 저항력 50% 상승, 일반적인 방법으로는 파괴되지 않음.

아키서스의 화신이 아다만티움에 신성력을 불어넣어 만든 갑옷이다. 흔히 볼 수 없는 아다만티움을 녹여 만든 이 갑옷은 재료, 신성력, 기술이 모두 합쳐져야 나올 수 있는 시대의 걸작이다.

아름답다!

태현은 장비의 스탯을 보고 감탄했다. 감탄이 나올 수밖에 없었다. 이걸 보고 감탄하지 않는 플레이어는 없을 것이다.

물리 방어력, 마법 방어력이 사이좋게 500! 보통 물리 방어력이 높으면 마법 방어력이 낮고, 마법 방어력이 높으면 물리 방어력이 낮아야 하는 법인데…… 이 갑옷은 둘 다 기존 장비들의 한계를 뛰어넘었다.

태현이 갖고 있는 〈오스턴 왕가의 비전 갑옷〉도 플레이어들이 정상적인 수단으로 구할 수 없는, 매우 희귀한 장비였지만……. 이 아다만티움 갑옷 앞에서는 한 수 아래였다.

갑옷으로 막으면 회피가 필요 없을 정도!

'아차. 정신 차려야지.'

지금 놀 시간이 없었다. 남은 아다만티움을 최대한 활용해서 더 장비를 만들어야 했다.

'일단 케인 갑옷 하나 만들어줘야겠다. 아다만티움 양이…… 음. 부족하겠군.'

탱커인 케인은 갑옷에 들어가는 재료 양도 많아질 수밖에 없었다.

태현은 빠르게 머리를 굴렸다. 판온에서 대장장이로 잔뼈가 굵은 태현이었다. 재료가 부족하다고 장비를 못 만드는 건 하수였다.

재료가 부족하면 섞어서 갖고 오면 되지! 이곳은 아다만티움만 많은 게 아니었다. 다른 금속들도 넘치는 곳이었다.

아다만티움 때문에 그렇지, 다른 금속들도 밖에 나가면 엄청나게 구하기 힘든 희귀 금속들!

"저기……."

-쿠오?

"아다만티움 좀 더 주면 안 돼?"

-쿠오!

카르바노그가 해석을 하지 않아도 말뜻을 알 수 있었다.

태현은 어쩔 수 없다는 듯이 말했다.

"그러면 어쩔 수 없지. 다른 금속은?"

-쿠오……

"아키서스한테 도움을 받아놓고 설마 다른 금속도 아끼려는 건 아니겠지?"

-쿠오오……

골렘은 어쩔 수 없다는 듯이 고개를 끄덕였다.

[화술 스킬이 오릅니다.]

태현은 흐뭇하게 웃었다.

"고맙다."

'흑철 섞어서 케인이 쓸 아다만티움 판금 갑옷 하나 만들고, 진은 섞어서 유지수가 쓸 아다만티움 사슬 갑옷 하나 만들까……'

머릿속에서 빠르게 나오는 견적!

[카르바노그가 감탄합니다. 장사해도 될 것 같다고 합니다.]

-쿠오.

그러는 사이 아다만티움 골렘은 바윗덩이를 찾아 늘어놓기 시작했다. 태현이 여기를 떠나면 밑의 용암으로 통하는 입구를 아예 막아버릴 생각이었다.

외부인 출입 금지!

CHAPTER 3

-노예 동지! 이 광산에는 다른 부족들이 많다. 그 부족들을 모두 때려눕혀 아키서스의 이름을 알려주는 것이다.

"어…… 게네도 너희처럼 세던데. 무리 아닐까?"

여기가 다른 던전이었다면 케인도 '그까짓 거 해주지 뭐'라고 했겠지만, 여기는 보통 던전이 아니었다. 보통 던전보다 몇 배는 크고, 등장하는 부족들 레벨도 상상을 초월했다.

지금 플레이어 수준으로 이런 던전을 공략하는 건 무리!

그러나 아키서 부족 전사들은 호탕하게 외쳤다.

-아키서스 님이 보고 계신다. 괜찮다!

"안 보고 있거든. 걔 지금 다른 곳에 있거든."

-그런데 노예 동지. 장비가 너무 무거운 거 같은데.

케인은 의아해했다. 탱커인데 장비가 너무 무겁다니. 뭔 소리야?

-장비를 다 벗고 가볍게 입게. 노예 동지.

"아니…… 그러면 방어력이 내려가잖아!"

-빗나가길 빌게.

"……."

케인은 슬슬 정신이 혼미해지기 시작했다. 그가 과연 제정신인 놈들 사이에 있는 걸까?

"아니, 그거 믿다가는 맞아 죽겠다!"

-그런 시련을 겪고 극복해야 진정한 노예가 될 수 있는 거야.

-고럼. 고럼.

그러는 사이 다른 일행들은 화기애애하게 아키서 부족 마을을 즐기고 있었다.

-이 활을 한번 써보는 게 어떤가?

"앗. 정말 써도 되나요?"

-물론. 아키서스 님을 믿는 사람은 우리 부족의 친구지.

유지수는 공짜로 활을 받고 신나 했다. 이런 걸 그냥 주다니!

-마법사님. 이 목걸이를 한번 걸쳐보십시오.

"아니, 뭘 이런 걸 다……."

케인 빼고 모두가 다 행복!

"나 왔어! 김태현 어디 있어!"

"어…… 사라졌는데요."

"어디로?!"

"저 밑으로······?"

김현아는 용암을 가리켰다. 그 말에 이세연은 황당해했다.

"뭐라고?"

"그러니까······."

김현아는 있었던 일들을 설명했다.

"······."

말을 다 들은 이세연은 할 말을 잃었다. 어떻게 된 게 얘는 정말 퀘스트를 평범하게 하는 경우가 없어!

"아. 그리고 김태현 보니까 리치 상태던데요."

"또? 이번에는 뭘 쓴 거지?"

태현은 마법사가 아니었다. 그런데 리치 상태였다는 건 뭔가 특별한 아이템을 쓴 게 분명했다.

"언니, 그런데 스미스 저기 도망치는데······."

"아!"

이세연은 고개를 돌렸다. 스미스가 저 멀리 달려가고 있었다. 김현아를 몰아붙였지만, 이세연이 올 때까지 끝내지 못하자 스미스는 깔끔하게 미련을 버렸다. 둘을 같이 상대해서 이길 수는 없었다.

게다가 여기는 이세연에게 유리한 곳!

스미스는 돌아서서 달려 나갔다.

"스미스 님!"

드라켄 비밀결사원들과 쫓아온 부족 전사들이 스미스의 뒤를 쫓아갔다.

"스미스 님. 그런데 다리가 없는데……."

"뛰어서 건너면 됩니다."

"예? 뛰어서요?"

비밀결사원들과 부족 전사들이 스미스를 미친놈 보듯이 쳐다보았다.

여길 어떻게 뛰어서 건너?

밑에는 용암이 펄펄 끓는 데다가 저 반대쪽 절벽까지의 거리도 어마어마했다.

"스미스! 거기 서!"

"서란다고 설 거 같습니까!"

"비겁하게 도망치냐! 네가 그러고도 랭커야?"

"당신이 유리하다고 그런 소리 하는 거잖습니까!"

스미스는 이세연의 도발을 무시했다. 태현과 맞붙은 게 몇 번인데, 이세연 정도의 도발은 통하지 않았다.

탓!

-백기사의 활력!

일시적으로 전체 스탯을 올려주고 이동 속도를 올려주는 강력한 버프 스킬. 아끼려고 했지만 절벽을 건너려면 써야 했다.

"핫!"

스미스는 일행들을 붙잡고 뛰어올랐다. 데리고 온 NPC들을 버리지 않는 게 과연 스미스다웠다. 물론 이세연은 그걸 그냥 두고 볼만큼 착하지 않았다.

"어딜!"

이세연은 닥치는 대로 마법을 난사했다. 엄청나게 빠른 속도였다. 그것도 그냥 공격 마법이 아닌, 이동 속도를 느리게 만드는 저주 마법들!

날아가던 스미스는 이를 갈았다.

"이런 비열하고 악랄한 사람 같으니!"

"응? 안 들려!"

이세연은 못 들은 척했다. 그걸 본 김현아는 경악했다.

'김태현 일행이랑 하는 짓이 똑같아⋯⋯!'

존경하던 언니가 저런 모습을 보여주다니!

"이러지 맙시다! 저 말고 다른 NPC들도 있단 말입니다!"

"안 들린다니까?"

"흥. 김태현 같으니!"

"⋯⋯〈최고급 혼동의 저주〉, 〈최고급 이동 감속의 저주〉, 〈최고급 악령의 저주〉, 〈최고급 빙결의⋯⋯.'"

도발은 매우 효과적이었다. 이세연은 미친 듯이 저주를 난사해댔다. 아까보다 몇 배는 빠른 속도였다.

결국 날아가던 스미스는 착지하지 못하고 추락하기 시작했다.

"큭! 〈암석을 부수는 일검〉!"

스미스는 절벽 가운데에 스킬을 날려 부수기 시작했다. 착지할 공간을 만들기 위해서였다.

쾅! 쾅! 쾅!

[<숨겨진 동굴 입구>를 발견했습니다!]

콰지직!

절벽 위는 아니었지만, 용암이 아닌 절벽 가운데에 착지하는 데 성공했다. 게다가 동굴 입구까지 발견!

스미스는 안도의 한숨을 내쉬었다.

"이세연! 두고 봅시다!"

"네가 김태현이야? 얌전히 떨어지지 왜 그런 곳을 발견해!"

"언니, 진정하세요."

김현아는 당황해서 이세연을 말렸다. 이세연이 점점 망가지고 있었다.

"미안. 현아야."

"괜찮아요. 이제 어떻게 할까요?"

스미스가 이 광산의 부족들을 설득해서 좋을 게 별로 없었다. 부족들을 설득하면→반란이 일어나고→제국에 타격!

이세연 입장에서는 피해야 할 일이었다.

"김태현이…… 먼저 들어갔으니까…… 스미스를 막아주면 좋긴 한데……."

이세연은 두뇌를 풀가동했다. 이론상 스미스와 김태현은 같은 편이 아니었다. 그러면 둘이 같은 던전에 있는 이상 서로 싸우고 견제할 게 분명했다.

가장 좋은 방법은 굿이나 보고 떡이나 먹는 거지만…….

'불안해!'

과연 김태현이 자기가 원하는 대로 행동해 줄까? 사실 태현은 이세연과 동맹을 맺고 길드 동맹을 상대하고 싶어했지만, 이세연은 그런 의도를 몰랐다. 일단 의심부터 하고 보자!

태현이 해온 일들의 부작용이었다.

"후. 다 됐군."

이 장소에서 할 수 있는 모든 건 씹고 뜯고 맛보고 즐긴 것 같았다.

아다만티움 골렘이 태현을 빤히 쳐다보았다. 카르바노그가 해석해 주지 않는데도 '너 언제 가나?'라는 속마음이 느껴졌다.

"그러면 이제 내보내 줄래?"

-쿠오오!

아다만티움 골렘 거인은 신이 나서 외쳤다.

"이제 나가야 하니 광석도 더 달라고 안 할게."

-쿠오!

"만드는 거 도와달라고도 안 하고."

-쿠오!

당연한 것들을 늘어놓는 태현이었지만, 골렘은 신이 나서 무조건 좋아했다.

-싸우는 거 좀 도와줄래?

-쿠오! ……쿠오?

[방금 분명히 알겠다고 했다고……]

"좋다고 했다?"

-쿠, 쿠오. 쿠오오.

골렘은 손을 내저었다. 광산 안의 싸움에 끼고 싶지 않은 눈치였다.

"후. 잘 들어봐. 이게……."

태현은 설득을 시작했다.

5분 후.

-쿠오오…….

골렘은 정말 하기 싫은 얼굴로 고개를 끄덕였다.

"좋아! 가자!"

이제 원하는 것도 대충 다 얻었겠다, 태현은 일행을 찾아 데리고 광산을 빠져나갈 생각이었다.

일행이 아키서 부족을 만났나는 선 상상하지도 못했다.

[갑옷을 벗고 아슬아슬하게 버티는 데 성공합니다.]

[체력이 오릅니다.]

태현이 지금 케인의 모습을 봤다면 '케인 녀석. 이제야 뭘 좀 아는구나!' 하며 감탄했을 것이다.

몸을 사리지 않는 스탯 성장법! 저렇게 아슬아슬하게 죽을 위기를 겪어야 스탯이 팍팍 늘었다.

"갑옷 입게 해줘!! 갑옷 입게 해달라고!"

-아키서스 님을 믿어라! 빗나가길 빌어!

"크아아악!"

예전에 갈르두를 잡고 얻은 〈영원한 불사의 목걸이〉를 착용하고 있어서 정말 다행이었다. 이 HP와 HP 회복력을 올려주는 강력한 목걸이가 아니었다면 벌써 쓰러졌을 것이다.

-노예 동지! 내가 간다!

-네 옆에 내가 있다!

부족 전사들은 케인 옆에 어깨를 붙이고 같이 섰다. 감동적인 장면이었지만 케인은 울고 싶었다.

'이 자식들이 앞뒤로 붙어서 도망칠 수도 없잖아……!'

뒤로 물러서서 거리 좀 벌리고 싶은데, 전사들이 바짝 붙어서 움직일 수가 없었다. 할 수 있는 건 오로지 전진뿐!

그 순간 옆의 용암이 부글부글 끓기 시작했다.

촤아아아악!

-아다만티움 거인이다!!

-비상! 비상!

"어? 저건 피하냐?"

-저건 아키서스 님의 가호로 버틸 게 아니다!

-맞다! 맞다!

당황하는 전사들을 보니 케인은 왠지 모르게 골려주고 싶어졌다. 너희들도 당해봐라!

"이런 믿음이 부족한 놈들 같으니. 그러니까 안 되는 거다! 아키서스를 진정 믿는다면 저런 거인의 공격도 피할 수 있어!"

-개소리 마라!

-맞다! 맞다!

"무섭냐?"

마법의 대사! 겁먹은 사람도 저 대사를 듣는 순간 '안 무서운데?'라고 말할 수밖에 없었다.

부족 전사들은 발끈했다.

-그러면 네가 한번 해봐라!

"어?"

케인은 당황했다.

내가 해보라고?

"아, 아니. 그게…… 이론상 피할 수 있다는 거지. 내가 하겠다는 게 아니라……."

"뭐 하나?"

"그러니까 하겠다는 게 아니라…… 어?"

방금 말은 뒤에서 들려왔다. 케인은 고개를 확 돌렸다.

태현이 아다만티움 거인 골렘 위에 타고서 황당하다는 듯이 케인을 쳐다보고 있었다.

"쟤네는 누구고? 그 사이 부족 퀘스트 깬 거야?"

태현은 감탄했다. 그가 없어도 부족 퀘스트를 깨서 친해지다니! 서당개도 삼 년이면 풍월을 읊는다던데, 케인도 드디어…….

-아…….

"아?"

-아키서스 님!!

-아키서스 님!!

-쿠오! 쿠오!

골렘은 질색하며 고개를 저었다.

[이놈들하고 상종하고 싶지 않다고 카르바노그가 전해줍니다.]

골렘은 부족 전사들에게 많이 시달렸는지 보자마자 질색했다. 그러거나 말거나 부족 전사들은 신이 나서 태현 앞에 엎드려서 절을 하기 시작했다.

[아키서스를 믿는 아키서 부족 전사들을 마주했습니다!]

[교단 명성이 오릅니다.]

[교단 영향력이 오릅니다.]

-뭐 하냐? 너도 해야지!

"아니 난…… 아오, 힘이 뭐 이렇게 세냐 이것들!"

저항하던 케인은 양옆에서 누르는 탓에 강제로 절을 하게 됐다.

"김태현! 이 자식들 좀 말려줘!"

"응? 잘 안 들리는데?"

"야!!"

시간이 조금 지나고 나서야 태현은 설명을 들을 수 있었다.

"그러니까 아키서스를 믿는 부족들을 만나 마을로 갔는데 다른 애들은 다 신이 나서 대접받고 있고 너 열심히 사냥하고 열심히 스탯이 올라서 너무 괴롭다?"

"……아니, 그렇게 말하니까 이상하게 들리잖아."

케인은 부루퉁한 얼굴로 말했다. 저렇게 말하니 고생도 좋게 들렸다.

"그러니까 내 말은, 정수혁 같은 애는 〈아키서스 교단 마법사〉 같은 대우 받는 직업 주고 나는 〈아키서스의 노예〉 받아서 괴롭다 이거지. 나도 좀 좋은 거 달라고. 〈아키서스 교단 성기사〉 같은……."

"〈아키서스 교단 성기사〉보다 〈아키서스의 노예〉가 더 좋을 텐데?"

〈아키서스의 노예〉는 무려 영웅 등급 직업! 놀랍게도 〈아키서스 교단 성기사〉보나 성능이 더 좋았다.

할 말을 잃은 케인은 화제를 돌렸다.

"……꼭 성기사는 아니더라도 좀 폼 나는 게 좋지 않았냐 이거지! 그리고 우리는 열심히 싸우는데 너 그냥 그렇게 가면 어떡하냐! 내가 얼마나 고생했는데!"

"가서 네 갑옷 만들어왔는데."

"……하지만 그렇게 자유로운 게 네 매력이지! 그리고 난 고생하는 걸 좋아해!"

케인은 다급하게 화제를 다시 돌렸다. 옆에서 부족 전사들이 케인을 쳐다보며 수군거렸다.

"불만 많은 거 같은데 다음에 줘야겠다."

"아니야! 나 불만 없어! 그리고 얘네들이랑 같이 사냥해서 너무 즐거웠어! 스탯도 팍팍 늘었고!"

-후후. 그렇게 말할 것까지는.

-노예 동지. 훌륭한 정신이다.

"쟤네 좀 일어나라고 하면 안 되나?"

케인은 부담되는 눈빛으로 옆을 쳐다보았다. 부족 전사들은 아직도 엎드린 상태였다.

"왜. 좋은데."

"……근데 무슨 갑옷이야?"

케인은 슬쩍 물었다.

그사이 그렇게 좋은 갑옷을 만들 수 있었을까?

케인이 입고 있는 갑옷도 나름 명품이었다. 나름 이름난 대장장이 랭커가…….

"아다만티움이랑 이것저것 섞어 만든 갑옷이지."

"아…… 아…… 아…… 아다만티움?! 이름난 대장장이 랭커 꺼지라고 그래! 김태현이 짱이다!"

"?"

"아, 아니. 좀 흥분했어."

-화신님. 저놈 데리고 갈까요?

전사들이 눈치를 보며 물었다. 케인이 너무 건방지게 구는 것 같았던 것이다. 그러나 태현은 자연스럽게 말했다.

"아니야. 그럴 필요까진 없지."

-오오!

-역시 화신님! 역시 화신님이시다!

케인은 이제 부족 전사들을 신경도 쓰지 않았다. 갑옷을 받고 신이 나서 착용해 보려고…….

"어……."

"?"

"나, 나 이거…… 힘 스탯이 부족해서 못 입는데."

태현은 한심하다는 듯이 케인을 쳐다보았다. 얼마나 힘 스탯을 안 키웠으면…….

물론 태현의 기준이 너무 가혹한 거였지만, 공짜로 갑옷을 받은 케인은 할 말이 없었다.

"딱 7 부족해! 많이 부족한 거 아니라고!"

"흠. 그러면 키워야겠네."

-저희가 도와드리겠습니다!

-같은 노예 동지로!

"아주 좋은 생각이야."

"별로 안 좋은 생각 같은데……!"

'이야. 잘 싸우네.'

아키서 부족은 태현을 감탄하게 만들었다. 케인에게서 장비만 뺀 것 같은 놈들이 우르르 몰려다니면서 두들겨 패니, 그 기세가 보통 사나운 게 아니었다.

-아키서스 믿는 놈들은 어딘가 하나 모자라고 아쉬운 놈들이다!

태현은 이걸 일종의 법칙으로 생각했다. 이제까지 틀린 적 없는 법칙!

그런데 아키서 부족은 아니었다. 잘 싸우고, 충성심 높고, 할 줄 아는 것도 많은 놈들! 왜 이런 놈들이 아키서스를 믿는 거지?

'밖에 데리고 나가고 싶다!'

밖에 데리고 나가면 귀족 기사단 하나 정도는 충분히 상대할 수 있을 수준이었다.

'아키서스 교단 만들 때 이런 놈들이 있었어야 했는데……'

펠마스나 그런 놈들 말고 이런 부족이 있었다면 얼마나 편했을까.

'아차. 정신 차리자.'

태현은 고개를 흔들었다.

[카르바노그가 고개를 끄덕이며 동의합니다. 신도들은 모두 소중한 법이니, 실력으로 구분할 필요가 없다고 말합니다.]

'저놈들도 분명 이상한 점이 있을 거야.'

아키서스를 믿는 놈이니 분명 이상한 점이 있을 것이다!

태현은 믿었다. 법칙이 틀릴 리 없었다.

카르바노그의 따가운 시선은 무시하고, 태현은 사냥에 몰두했다. 이상한 점과 별개로 사냥은 잘 돌아갔다.

'든든하군.'

[부족 정예 대전사가 <노예의 시선>으로 움직임이 느려집니다.]

[부족 정예 대전사가 <노예의 시선>으로 움직임이 더욱 느려집니다.]

[부족 정예 대전사가 <노예의 시선>으로 움직이지 못합니다!]

다 같이 〈아키서스의 노예〉 스킬을 사용하자, 그 효과는 케인의 몇 배였다.

[8케인 정도 되는 것 같다고 카르바노그가 말합니다.]

'아니. 10케인 정도는…….'

'뭔가 불쾌한데.'

케인은 씁쓸한 얼굴로 무기를 휘둘렀다. 왠지 모르게 기분이 찜찜했다. 누군가 그를 갖고 노는 기분!

[같은 <아키서스의 노예>가 쓰는 스킬을 보고 새 스킬을 얻었습니다.]

[힘이 오릅니다.]

-노예 동지. 벗고 싸우니까 좋지?

-역시 진정한 힘은 갑옷 없을 때 나오는 법이지.

-노예 동지 좋아서 말도 못 하는 거 봐. 후후. 고맙다는 말은 됐어.

"아니 나 이제 갑옷 입고 싶은데……."

"아주 좋은 성장법이군."

태현은 감탄했다. 일부러 갑옷을 벗고 싸우다니!

실수하면 죽기 딱 좋은 전투법이었지만, 장점이 확실했다.

일단 아슬아슬하게 싸우면서 스탯 보너스가 더 들어갔고, 집중력과 컨트롤도 향상됐다. 죽기 좋지만 안 죽으면 그만 아닌가!

'케인을 저렇게 키웠어야 했는데!'

태현은 스스로 반성했다. 너무 착하고 인정이 많아서 케인을 제대로 도와주지 못했구나!

"야! 나 이제 힘 스탯 더 올라서 갑옷 입을 수 있어!"

"아냐. 더 그렇게 싸워라."

케인은 황당해했다. 태현마저 저놈들 편을 들기 시작한 것이다.

"보니까 스탯하고 컨트롤 키우기 딱 좋은 방법이다. 진작 했어야 했는데."

"그럼 너도 그렇게 싸우던가!"

-어허! 어디서 불경하게!

-이놈!

우당탕!

말 한마디 잘못했다가 케인은 바로 제압당했다.

태현은 당당하게 말했다.

"난 어지간하면 다 회피 떠서 그 방법을 못 써."

"……."

"그리고 난 저걸로 오를 컨트롤도 없다."

'그건 그렇긴 하지.'

재수 없지만 사실은 사실이었다. 태현이 이제 와서 저런 걸 한다고 더 실력이 오를 것 같지는 않았다. 아니, 더 오를 수가 있나?

"그러니까 감사하는 마음을 갖고 하라 이거야. 세상에는 그런 스탯 성장을 하고 싶어도 못하는 사람이 있으니까!"

케인은 떨떠름한 표정으로 고개를 끄덕였다. 논리만 듣고 맞는 말인데, 왜 이렇게 기분이 억울할까?

-쿠오…….

[자기는 가면 안 되냐고 카르바노그가 전해줍니다.]

"아직 안 된다니까. 너 갔다가 우리끼리 죽으면 어쩔 건데!"

태현은 아다만티움 거인 골렘을 따끔하게 혼냈다.

지금 딱히 쓸모는 없지만 널 보낼 수는 없다! 언제 어디서 쓸 수 있을지 모르니까! ……라는 이유였지만, 이걸 솔직하게 말했다가는 아무리 착한 골렘이라도 난동을 부릴 것이다.

-쿠오오…….

[저 부족들 정말 싫다고 카르바노그가 전해줍니다.]

아다만티움 거인 골렘은 정말 아키서스 부족이 싫은 모양이었다. 전사들은 틈만 나면 아다만티움 거인 골렘에게 말을 걸었다.

-아다만티움 골렘! 그 몸을 아키서스 님에게 바쳐라!

-맞다! 맞다! 그렇게 덩치가 큰데 몸 좀 잘라도 괜찮겠네!

-조각상 만들게 내놔라! 아니, 네가 조각상이 되어라!

싫어할 만도 하다!

-화신님! 화신님이 온 것은 아키서스의 계시입니다. 이 광산에 있는 불신자 놈들에게 아키서스 님을 가르쳐 주라는 계시!

"어?"

태현은 살짝 당황했다. 여기 온 건 아다만티움을 얻기 위해서였다. 이제 얻을 만큼 다 얻었으니 나갈 생각!

아다만티움 거인 골렘을 어떻게 꼬드겨서 조금 더 얻을 수 있지 않을까 정도만 생각했지, 광산을 정복할 생각은 없었던 것이다.

'게다가 여기 광산은……'

잘못 건드렸다가는 이세연한테 오해받기 딱 좋았다. 아스비안 제국과 황제를 따르는 부족들은 이세연이 지켜야 하는 세력이었으니까!

역시……! 김태현 너! 날 방해하려고 온 거였어!

오해였지만 변명하기 매우 힘든 상황!

그런 상황은 피하고 싶었다.

"아니. 꼭 가르쳐 줘야 하나? 난 너희들만 있으면 되는데."

-아닙니다! 아키서스의 규칙은 하나. 죽느냐 아키서스냐! 그 뿐입니다!

태현도 처음 듣는 강렬한 규칙!

-죽느냐 아키서스냐!

-죽느냐 아키서스냐!

-여기 모든 부족들에게 아키서스를! 그렇지 않는다면 죽음을!

-전부 죽여 버리자!

그리고 그때, 반대편 골목에서 최정예 언데드 몬스터를 이끌고 온 플레이어가 나타났다. 이세연이었다.

"역시……! 김태현 너! 날 방해하려고 온 거였어!"

이세연은 태현을 가리키며 외쳤다. 태현은 천장을 쳐다보며 한숨을 푹 쉬었다. 이다비의 말이 귓속에서 맴돌았다.

-태현 님! 이세연 씨와는 싸우시면 안 돼요! 길드 동맹도 있는데 두 분끼리 싸우시면……!

'아니. 잘 생각해 보자. 정확히 이런 말이 아니었던 것 같은데.'

-태현 님! 이세연 씨와는 최대한 싸우시면 안 돼요! 싸우실 거면 이세연 씨가 갖고 있는 걸 전부 뜯어 내세요!

물론 이다비는 이런 말을 하지 않았다. 궁지에 몰린 태현이 기억을 왜곡하고 있는 것이었다.

"김…… 김태현! 믿었는데! 너 진짜 나쁜 놈이야!"

김현아는 배신감에 떨리는 목소리를 냈다. 김태현을 믿고 그렇게 말해줬는데 여기서 그런 흉악한 음모를 꾸미고 있었다니!

태현은 마음을 다잡고 진지하게 이세연을 쳐다보며 말했다.

"이세연."

"……왜?"

그 모습에 이세연은 움찔했다.

"오해야."

"오해는 무슨 오해! 한다는 소리가 고작 '오해야'가 다냐!"

-화신님. 죽일까요?

-저 흉흉해 보이는 네크로맨서는 보기만 해도 불쾌한…….

아키서 부족은 옆에서 오해를 더 부추겼다. 이세연과 김현아는 벌써 무기를 든 상태였다.

"잠깐. 저거 아다만티움 골렘이잖아?! 저건 대체 어떻게 부리고 있는 거야?!"

이세연은 정말 깜짝 놀랐다.

아다만티움 골렘은 처음 봐!

김현아도 마찬가지로 놀랐다.

"아까까지 싸우던 건데?! 저걸 어떻게 부리고 있는 거야?!"

"어…… 친해졌어."

당장에라도 공격할 것 같은 이세연을 상대로, 태현은 최선을 다해서 상황을 설명했다.

　"그러니까 여기 왔는데 아키서스 믿는 부족이랑 아키서스한테 신세를 진 아다만티움 골렘이 있어서 이렇게 된 거라고?"

　"응."

　이세연은 '이 자식이 날 케인으로 보는 건가' 하는 눈빛을 보냈다. 아무리 봐도 믿기지 않는 거짓말!

　"얘네들이 다른 부족들 아키서스 믿게 해달라고 난리라서 그런 말을 한 거야. 다른 부족들을 전부 쓸어버릴 생각은 없다고."

　"진짜? 진짜지? 정말이지?"

　"언니. 방송으로 맹세하라고 해요."

　"쟤는 그런 거 신경 안 쓰는 애라 의미가 없어."

　"다 들리거든?"

　둘의 대화를 듣던 태현은 어이가 없다는 듯이 말했다.

　"잘 생각해 봐라. 내가 스미스랑 손을 잡았으면 여기 부족들을 설득해야지 왜 쓸어버리겠냐."

　"확실히 그건 그래."

　처음에는 '전부 죽여 버리자!'만 듣고 오해했는데, 듣고 보니 태현의 말도 일리가 있었다.

　"그러면 이해한 거겠지? 난 이만."

　"잠깐. 뭐 하려고?"

　"가서 아키서스 전도 좀 하고 가려고."

　"게네가 말 안 들으면?"

"……설득?"

"퍽이나 설득하겠다!"

이세연은 어이가 없었다. 설득은 무슨! 공격하겠지!

"이렇게 하자. 내가 가서 설득하는 걸 도와줄게."

-화신님. 저 더러운 네크로맨서가 아키서스를 믿는 겁니까?

"……쟤네 좀 닥치게 해줄래?"

이세연은 아키서 부족의 모습에 머리가 지끈지끈 아파 왔다. 어디서 저런 걸…….

"잠깐. 저거 케인이잖아?!"

이세연은 깜짝 놀랐다. 장비를 벗고 같이 앉아 있어서 몰랐는데 케인이었다.

"이야기가 기니까 넘어가자."

"……그래. 어쨌든 내 제안은 이거야. 여기 부족들 중에 황제한테 충성하는 부족들이 있거든?"

이세연은 품속에서 〈황제 우이포아틀의 칙서〉 아이템을 꺼냈다. 황제의 이름으로 충성 부족에게 명령을 내릴 수 있고, 공격을 받지 않는 아이템이었다.

태현은 눈빛을 빛냈다. 저거 하나면…….

"……훔치면 죽는다."

"누, 누가 훔친다고 그래?"

"내가 가서 아키서스 믿으라고 설득할 테니, 너는 내 일을 도와줘."

"네 일이 뭔데?"

"스미스 잡아야 해. 아까 스미스를 놓쳤거든."

태현과 달리, 스미스는 확실하게 이세연과 반대편이었다. 중립 부족들과 충성 부족들을 설득해 황제 반대 부족으로 만드는 게 퀘스트 목표!

"스미스 잡으면 아이템은…… 흠. 서로 잘 맞는 장비 가져갈까?"

"야……"

이세연은 속 보이는 제안에 태현을 노려봤다. 스미스 장비는 네크로맨서인 그녀보다 당연히 태현이 더 잘 맞겠지!

"그냥 주사위 굴려."

"……그러자!"

태현은 방긋 웃었다. 그 웃음에 이세연은 무언가 실수를 한 것 같은 오싹함이 들었다.

"근데 중립 부족은 네가 설득 못 하지 않아?"

"그런 애들은 싸워도 상관없어."

-죽음! 죽음! 죽음!

-아키서스냐 죽음이냐!

이세연은 질린 눈으로 태현을 쳐다보았다.

"너 정말 취향이 점점……"

"내 취향 아니거든."

[숨겨진 동굴 입구에 입장했습니다.]

[<해골 광산 동굴 고블린 부족>이 침입자를 경계합니다.]

'고블린인가.'

스미스는 가방에서 고블린들이 좋아하는 아이템들을 꺼냈다.

'황금이 좋겠군.'

남들이 보면 아까워 죽으려고 하겠지만, 스미스는 랭커였다. 이 정도 아이템은 쓸 수 있었다. 게다가 지금은 시간이 없었다. 이세연이 나타난 이상 최대한 빠르게 부족들을 설득해야 했다.

'빠르게 설득하고 김태현 씨와 손을 잡아야……'

스미스는 아직 태현이 이세연과 손을 잡은 걸 모르고 있었다.

헛된 꿈!

"고블린 여러분! 여기 황금이 있습니다. 이걸 받으시고 제 말을 들어주십시오!"

샤샤샥-

멀리서 움직이는 소리와 함께 작은 그림자들이 나타났다. 손에 작은 화약 바람총으로 무장한 고블린들이 나타나더니, 내려놓은 황금 조각들을 탐욕스럽게 낚아챘다.

[<해골 광산 동굴 고블린 부족>이 황금을 보고 좋아합니다. 친밀도가 아주 조금 오릅니다.]

[<해골 광산 동굴 고블린 부족> 내 명성이 오릅니다.]

저렇게 황금을 바쳐도 아주 조금 오르는 친밀도와 부족 내

명성!

그러나 스미스는 당황하지 않았다. 원래 처음 만나는 NPC들은 이러는 법이었으니까.

만나자마자 서로 친해지는 태현이 이상한 거였지, 스미스가 이상한 게 아니었다.

-무슨 일이냐?

"다름이 아니라, 아스비안 제국의 폭군 우이포아틀이……"

스미스는 길게 설명을 시작했다. 태현과 달리 스미스는 정직하게 상황을 다 설명했다.

-하암!

듣고 있던 고블린들이 하품을 할 정도!

[장황한 말로 인해 화술에 페널티를 받습니다.]
[고블린들을 설득하는 난이도가 올라갑니다.]

-그래서?

"저와 같이 싸웁시다! 그러지 않으면 폭군 우이포아틀이 다시 제국을 불행으로 빠트릴 겁니다."

-관심 없다. 여기 광산은 폭군 우이포아틀이라고 해도 못 올 테니까. 그리고 이 동굴은 아무도 찾지 못하지.

"제가 찾았잖습니까."

[친밀도가 내려갑니다.]

'……너무 어려워!'

스미스는 속으로 한탄했다. 이렇게 화술 스킬로 친해지는 건 너무 어려운 일이었다. 차라리 그냥 퀘스트를 주고 깨오라고 하면 마음이 편할 것 같았다. 하지만 스미스는 포기하지 않았다.

이제까지 어려운 퀘스트들은 다 이러지 않았던가.

매번 못 믿고 의심하는 NPC들. 그런 NPC들을 조금씩 설득하고, NPC들의 궂은일들을 맡아서 해결해 주고, 그러면서 더 나은 퀘스트를 받아가면서 친해지고……. 이러는 게 바로 새 지역의 퀘스트 아니겠는가!

-저 인간 놈 재수 없다.

-맞다.

고블린은 받은 황금은 벌써 잊었는지 스미스를 욕했다.

-하지만 황금은 많이 갖고 있는 것 같으니…….

"저 황금 많습니다. 여러분!"

스미스는 기회라고 생각했는지 외쳤다. 그러나 태현이 옆에 있었다면 '어허! 그렇게 하면 안 되지!'라고 외쳤을 것이다.

협상에서 약점을 보여주는 건 위험한 짓! 특히 고블린처럼 탐욕스러운 상대라면 더더욱 그랬다.

-우리는 밖의 일에 관심이 없다.

-하지만 황금이라면 생각이 좀 달라질 수 있겠지.

스미스는 바로 이해하지 못했다. 지금 무슨 소리를 하는 거지?

그러자 고블린들이 답답하다는 듯이 말했다.

-황금을 주면 용병으로 뛰어주겠다는 뜻이다.

"아……! 얼마나 드리면 됩니까?"

-얼마까지 알아보고 왔나?

[<해골 광산 동굴 고블린 부족>이 부족을 용병으로 고용하는 값을 받으려고 합니다. 주의하십시오! 탐욕스러운 고블린들은 절대 양보를 모릅니다.]

-아키서스! 아키서스!

-용암 끓는 이 땅에~ 아키서스께서 터 잡으시고~

-화신님. 이 〈펄펄 끓는 용암맛 음료〉 좀 드셔보시겠습니까? 드시면 화끈하고 좋습니다.

그거 괴식 요리 아니냐?는 질문이 나올 만한 음료 이름!

그래도 태현은 받았다. 공짜로 주는 게 어디냐!

[<펄펄 끓는 용암맛 음료>를 마셨습니다. 레시피를 완전히 이해합니다.]

[화염 저항이……]

[요리 스킬이 오릅니다.]

[괴식 요리 스킬이 오릅니다.]

'괴식 맞네!'

옆에서 보던 이세연이 황당하다는 듯이 말했다.

"볼 때마다 느끼는 건데, 넌 NPC들하고 진짜 빨리 친해지는 거 같다?"

"뭐? 무슨 소리야. 나 별로 안 친한데?"

-아키서스! 아키서스!

-노예 동지! 목소리가 작다!

"아…… 아키서스! 아키서스!"

강제로 갑옷을 벗고 어깨동무를 한 채 아키서스 이름을 외치고 있는 케인! 누가 봐도 엄청나게 친한 모습이었다.

"네가 사람하고 친해지기 좋은 성격은 아닌데……."

"얘가 은근슬쩍 시비를 거네. 나 친구 많거든?"

"친구 이름 여섯 명만 대봐. 1초 내로."

"최상윤, 케인, 정수혁, 이다비, 유지수…… 펠, 펠마스."

"마지막 이름은 NPC 이름 같은데?"

이세연은 의심스러운 눈빛을 보냈다.

"외국인 플레이어 이름이야."

"아닌 것 같은데…… 그보다 게임에서만 만난 친구는 안 돼. 현실에서도 만난 적 있어야 해."

"뭐? 게임 친구 무시해? 사람들한테 말해야겠군. 이세연이 게임 인연 무시한다고."

"안 통하거든. 여섯 명. 1초 안에."

"최상윤, 케인, 정수혁, 이다비, 유지수, 어…… 이세연."

1초 안에 말하려다 보니 어쩔 수가 없었다. 태현은 이세연을 집어넣었다. 현실에서 만나긴 했잖아!

"……양심이 없으세요?"

이세연은 어이가 없었지만 더 이상 뭐라고 말하지는 않았다.

"언니, 지금 얼굴 붉어지신……."

"현아야, 조용히 하렴. 이야기 중이잖아."

꽉!

어깨를 파고드는 손!

"언, 언니. 아파요."

[<세 해골의 광산>의 <악마 숭배 드워프 부족>의 영역에 들어섰습니다!]

[<악마 숭배 드워프 부족>은 악마를 숭배하는 드워프들로, 사악하고 강력한 기술들을 다룹니다.]

"오옷!"

"……왜 좋아해?"

기뻐하는 태현을 보며 이세연은 찜찜해했다.

여기서 얻은 제작법을 설마 나한테 쓰지는 않겠지?

그러거나 말거나 태현은 기대 가득한 얼굴로 앞을 쳐다보았다. 붉은 전갈 부족도 쏠쏠했는데, 악마 숭배 드워프 부족은 뭘 주려나?

'악마 조종 개목걸이 같은 거…… 아니, 더 좋은 게 있을지

도 몰라.'

일반 플레이어들에게 악마는 최대한 피해야 하는 보스 몬스터였다. 그렇지만 태현에게 악마는 든든하고 소중한 밥줄이었다. 만날 때마다 밑천을 다 퍼주는 착한 종족!

"아. 여기는 황제 따르는 부족인가?"

"아니. 여기는 중립이야."

"쯧. 별로 도움이 안 되는군."

"다 들리거든?"

"들리라고 한 소리거든? 그러면 경고 보내고 싸우자. 선봉은 아다만티움 골렘이 맡을게."

-쿠오?

처음 듣는 소리! 아다만티움 골렘은 왜 그런 걸 멋대로 정하냐는 듯이 태현을 쳐다보았다.

"네가 가장 튼튼하잖아. 여기 모두를 지켜줘야지."

'네가 들어가서 두들겨 맞으면 아다만티움이 또 떨어져 나올 수도 있겠지.'

[카르바노그가 정말……]

-쿠오오…….

아다만티움 골렘은 어쩔 수 없다는 듯이 고개를 끄덕였다.

태현은 큰 목소리로 외쳤다.

"들어라! 〈악마 숭배 드워프 부족〉들아! 아키서스의 화신이 왔다!"

-악마보다 더 끔찍하고 사악한 아키서스의 화신이 왔다!

옆에서 추임새를 넣는 아키서 부족!

"……굳이 도와줄 필요는 없는 거 같다."

-아닙니다! 도와드리겠습니다!

뭔가 미묘한 도움이었지만, 태현은 계속했다.

"악마를 믿든 말든 상관하지 않는다!"

-악마를 계속 믿으면 다 용암 속으로 밀어 넣을 테니까!

"아니. 그런 소리는 안 했…… 에이, 됐다. 싸우면 좋지 뭐.
어쨌든 아키서스를 믿어라! 아니면 전쟁이다!"

원래는 '너희 믿던 거 다 믿어. 거기에 아키서스 하나 추가하
면 돼' 같은 관대한 제안이었는데, 어쩌다 보니 빡빡한 제안으
로 변했다.

'싸워서 이기면 많이 뜯어먹을 수 있으니 좋지.'

슈우우욱-

"?"

콰아아앙!

활활 불타는 마력탄이 날아와 아다만티움 골렘의 가슴팍
을 후려갈겼다.

-쿠오오!

"저건 〈상급 지옥 마력 포탄〉이네!"

이세연은 마법 스킬로 날아온 게 뭔지 바로 알아보았다.

"악마의 마력을 빌려서 시전하는 아주 강력한 마법이야. 보

통 고위 악마들이 시전하는 건데 여기서 보게 될 줄이야."

"오, 그러니까 저 드워프들은 저걸 다루는 방법을 안다 이거지?"

이세연과 태현은 화기애애하게 상황을 관찰했다.

그러는 사이 골렘은 비명을 질렀다.

-쿠오! 쿠오!!

쾅! 쾅쾅!

저 멀리 보이지도 않는 곳에서 드워프들은 닥치는 대로 마력 포탄을 발사했다.

일행들은 무사했다. 앞에 선 골렘의 덩치가 너무 커서 공격을 다 막아주고 있었던 것이다.

-힘내라, 골렘!

-그러게 아키서스를 진작에 믿었으면 그 포탄이 다 빗나갈 게 아니냐!

아키서 부족 전사들은 골렘 뒤에서 훈수를 뒀다.

-쿠오오오!

견디다 못한 골렘은 머리를 팔로 감싸고 뒤로 피하기 시작했다. 태현은 외쳤다.

"아니! 벌써? 조금만 더 버티지 그래?"

-쿠오!

[욕설이니 굳이 번역해 주지 않겠다고 카르바노그가 전합니다.]

"그만 놀고 들어가자. 〈유령 어새신 소환〉!"

이세연은 정면으로 들어가지 않았다. 정예 암살자 언데드들을 소환한 다음 옆으로 빙 둘러서 침투시켰다.

그뿐만이 아니었다. 앞에는 시선을 끌기 위해 언데드 마법사들과 주술사들을 소환해 각종 마법으로 방어막과 연막을 쳤다. 날아오던 마력 포탄들이 방향이 틀어지거나 꺾여나갔다. 다 셀 수 없을 정도로 다양한 언데드 소환수들을 부릴 수 있는 이세연이기에 가능한 전법!

"언니, 대단해요!"

"내가 좀 대단하지."

김현아의 감탄에 이세연은 고개를 끄덕였다.

옆, 뒤, 위에서 각종 특수 언데드 소환수로 흔들고, 그사이 정면에서도 천천히 압박해 들어간다. 저 앞의 고지에 요새를 만들고 있는 드워프들을 공략하는 정석적인 방식!

"김태현. 어때? 너라도 이 방법에는 흠을 잡을 수는 없겠지?"

"응?"

태현은 바닥에 떨어진 아다만티움 조각을 줍고 있었다.

"아!"

"아. 미안. 대단해. 대단해."

"언니. 저 사람 제대로 보지도 않았어요!"

"아니. 제대로 봤다니까? 그…… 언데드 소환했잖아."

"네크로맨서가 당연히 소환했겠지! 어디서 대충!"

그때 옆에서 고함이 들렸다.

-아키서스!!

-돌진하라!

아키서 부족 전사들이 갑자기 자리를 박차고 나가더니 정면을 향해 돌격하기 시작했다.

'저것들이 미쳤나?'

태현은 황당해했다. 상대 부족은 높은 곳에 요새를 만들고 위에서 마력 포탄을 빵빵 쏴대고 있는데…….

심지어 케인도 사이에 끼어 있었다. 물론 케인은 가고 싶어서 가는 게 아니었다. 앞, 뒤, 양옆에서 도망치지 못하게 붙잡고 있어서 그렇지!

-아키서스 님이 지켜주신다!

"후. 그래. 아키서스 믿는 놈들이 멀쩡할 리가 없지."

아무리 레벨이 높더라도 저 공격을 맨몸으로 받으면서 가다가는 죽기 딱 좋았다. 태현은 한숨을 쉬며 따라 들어갔다.

-아키서스의 축복!

[화신이 이끄는 사람들에게 일시적으로 행운을……]

슈우웅-

일시적으로 태현의 행운 스탯을 공유하는 강력한 버프 스킬!

[회피에 성공했습니다!]
[회피에……]

-봐라! 아키서스 님이 지켜주신다!

"아니거든."

-쏴 봐라! 하하! 몇 번을 쏴도 빗나갈 테니까!

"아니라니까."

태현은 시큰둥한 목소리로 뒤에서 말했다. 어쨌든 덕분에 드워프 부족 코앞까지는 도착했다.

-앗! 화신님! 저희를 지켜주신 거군요!

"그래."

-앞으로 더욱더 과감하게…….

"……그보다 저 위는 어떻게 올라갈 셈이지? 기어 올라갈 건가?"

-던져!

부족 전사 둘이 하나를 잡고 위로 집어 던졌다. 그러자 올라간 전사가 노예의 쇠사슬을 사용해 부족 전사를 끌어 올렸다.

슈슈슈숙!

'저런 방법이!'

순식간에 위로 올라가는 부족 전사들을 보며 태현은 감탄했다. 그래도 여기서 오래 살아남은 긴 다 이유가 있구나!

'앗. 지금 내가 감탄할 때가 아니지.'

태현은 기회라는 걸 깨달았다.

이세연은 저 멀리 뒤에 있었으니, 이세연이 오기 전에 최대한 먼저 많이 아이템을 얻을 기회!

"바로 들어간다! 내가 앞에 설 테니 날 믿고 따라 들어와라!"

[<최고급 전술> 스킬을 가지고 있습니다.]
[<폭군의 지휘> 스킬을……]
[막대한 보너스를 받습니다!]

-와아아아아!
"이세연 오기 전에 최대한 챙겨야 한다!"

-다 들려!

이세연의 귓속말이 날아왔다.

각종 버프를 받은 데다가 태현이 직접 앞에서 이끄는 아키서 부족은 강력했다.
드워프들은 허둥지둥하며 도망치다가 그대로 항복했다.
-아키서스를 믿을 테냐! 안 믿을 테냐!
-믿…… 믿겠다.
"하는 김에 황제에게 충성도 해."
-하…… 하겠다.
드워프들은 웅성거리다가 눈치를 보며 물었다.
-그런데 우리는 악마를 모시는데…… 아키서스를 믿는다는

건 좀······.

"둘 다 믿으면 되지 뭘."

태현은 쿨하게 대답했다.

아키서스의 화신이 인정해 주는 지위!

"그보다 너희 악마 어떻게 관리하고 있냐? 나도 좀 알려줘라."

드워프들은 기겁했다.

이놈, 아키서스의 화신이라면서 왜 악마를 찾아?!

드워프들은 태현을 미친놈 보듯이 보며 안내했다.

-여······ 여기 악마를 가두고 힘을 뽑고 있다.

평범한 감옥처럼 생겼지만, 안에는 덩치 큰 악마가 갇혀서 으르렁거리고 있었다.

'생각해 보니 예전에 대악마 에슬라도 이런 장치에 갇혀 있었던 것 같은데.'

물론 에슬라를 가둔 장치는 이것보다 훨씬 더 커다랗고 복잡했지만.

-크르릉. 인간. 나를 풀어라. 나를 풀어주면 미천한 너한테 힘을 주마.

[악마를 숭배하지 않습니다. 제작법을 이해하는 데 페널티가 들어갑니다.]

[신성 스탯이 너무 높습니다. 제작법을 이해하는 데 페널티가 들어갑니다.]

[<악마의 기계공학 비전> 스킬을 가지고 있습니다.]

[<악마 마력 추출기> 제작법을 완벽하게 파악합니다.]
[<악마 구속기> 제작법을 완벽하게 파악합니다.]

"오오……!"

태현은 감탄해서 고개를 끄덕였다. 원래라면 불가능했지만 <악마의 기계공학 비전>을 갖고 있던 덕분에, 제작법을 보는 것만으로 얻어낼 수 있었다.

-크르릉. 인간. 내 말이 들리지 않느냐?

"드워프들. 이거 내가 갖고 가도 되지? 이대로 들고 다니면서 써도 되나? 하루에 몇 시간 이상 쓰면 안 된다거나 하는 주의사항 있어?"

완전한 무시!

-하, 하루에 너무 힘을 많이 뽑아 쓰면 악마가 쓰러질 수 있다.

"이런. 하긴 그렇겠군."

-옆에 눈금을 보면…….

드워프들과 태현은 머리를 맞대며 쑥덕거렸다. 방금까지 서로 죽이겠다고 치고받았다고는 상상할 수도 없는 모습!

태현은 기본적으로 드워프나 고블린들에게 사랑을 받을 수밖에 없는 플레이어였다.

-그런데 정말 악마를 다뤄도 되나?

"아키서스는 악마도 받아들이는 신이지."

-그런 좋은 신이!

[<악마 숭배 드워프 부족>들의 신앙심이 오릅니다.]

[<악마 숭배 드워프 부족>들이 아키서스 신앙을 깊게 믿기 시작합니다.]

[악명이 오릅니다.]

태현은 사용설명서를 주의 깊게 들었다.

-옆에 있는 눈금을 보면 알 수 있지만 초록색일 때는 괜찮고 빨간색일 때는 그만 뽑아 써야 한다. 악마한테는 하루 다섯 끼 먹을 걸 줘야 하는데 뭐가 좋냐면……

마치 복잡한 가전제품 같은 사용설명서!

"이 악마가 있으면 대포도 쓸 수 있나?"

-이론상 그렇다.

"이론상?"

-우리 같은 드워프가 아니라면 이 대포를 다룰 수 없을 것이다.

악마 숭배 드워프 부족들은 자부심 넘치는 목소리로 말했다.

확실히 맞는 말이었다. 붉은 전갈 드워프들의 대포를 쓰려다가 얼마나 많은 언데드들이 자폭했던가!

"그러면 너희들이 따라오면 되겠네."

-어…… 어?

"대포 들고 따라와라."

말 한마디 잘못했다가 밖으로 끌려가게 된 드워프들!

-크르릉. 인간! 내 말을 무시하지 마라!

-저 악마 놈 말은 무시해라. 수다스러운 놈이다.

"걱정 마. 무시하고 있으니까."

보통 플레이어라면 악마가 누구인지, 왜 이렇게 갇혀 있는지 신경이 쓰였을 것이다. 판온에서 악마 종족은 쉽게 볼 수 없는, 존재만으로 위엄 넘치는 종족이었으니까.

그러나 태현에게 악마는 길가에 굴러다니는 돌멩이 같은 것! 마계의 한 층을 지배하는 악마 공작도 만나봤고, 그 밑에서 일하는 악마 놈들도 지금 영지에서 구르고 있었다.

그런데 이제 와서 이런 광산 구석에 갇혀 있는 악마 정체가 궁금하지는 않았다. 보나 마나 별거 아닌 놈이겠지!

-크르릉!! 인간! 인간!!

"저거 뭘 줘야 조용히 하나? 성수 뿌려도 되냐?"

촤아악!

태현은 갖고 다니던 성수를 뿌렸다. 악마가 비명을 질렀다.

-크아악!

[신성이 오릅니다.]

-앗! 고장 난다! 고장 난다니까!

드워프들은 당황하며 태현을 말리려 들었다.

"세금은 없다! 던전 이용료도 공짜다!"

"와아아아!"

"김태산! 김태산! 김태산!"

사방에서 터지는 환호성!

오스턴 왕국의 토우크 성이 함락된 것이다.

이번 전쟁에서 가장 커다란 성과!

김태산과 김태산의 길드원, 그리고 김태산을 따라온 온갖 부류의 플레이어들은 기뻐 날뛰었다. 아직 길드 동맹의 핵심 전력은 그대로 남아 있었지만, 벌써 전쟁에 이긴 기분이었다.

"여러분! 주변 사람들에게도 일어서라고 하십시오! 오스턴 왕국에 와서 한몫 챙겨 가라고 하십시오!"

적극적으로 다른 플레이어들도 오스턴 왕국에 부르려는 길드원들! 길드 동맹의 힘은 어마어마한 숫자. 그 힘을 쓰지 못하게 하려면 사방팔방에선 날뛰고 휘저어야 했다.

"앗. 저기 김태현 님인가요?"

플레이어들이 수군거리며 태현을 쳐다보았다.

"김태현 아스비안 제국 갔다고 들었는데?"

"어라? 그사이 돌아왔나?"

"자! 보십시오! 김태현 님이 손을 흔들어주십니다!"

분신이 느릿하게 손을 흔들었다. 팔에는 실이 묶여 있었다.

"야. 잘 좀 흔들어!"

"이 분신이 느려서……."

다들 기뻐하며 축제를 벌이고 있었지만, 김태산과 아저씨들은 냉정했다. 리×지 때부터 온갖 사선을 넘어온 그들이었다. 이런 승리에 기뻐할 애송이가 아니었다.

"다음은 어디를 공격할까요?"

"노엘 요새? 여기 물자 많다고 제보 들어왔는데. 점령 못 하더라도 몰래 들어가서 태우기는 하자."

"길드 동맹 주력 애들은 어디 있대? 아직 수도 근처인가?"

"네. 수도와 수도 영지 주변에 우선으로 있다고."

"음……."

김태산은 찜찜했다.

길드 동맹의 의도를 알 수가 없었다. 물론 길드 동맹의 상황은 잘 알고 있었다. 그걸 유도한 게 김태산이었으니까.

지금 상황은 오스턴 왕국 전체에서 반란이 일어난 것이나 마찬가지!

워낙 치안이 낮은, 아슬아슬한 상태에서 오크 대군세가 쳐들어오고 산적 플레이어들이곳곳에서 날뛰니, 조금만 밀어줘도 순식간에 반란 퀘스트가 떴다.

수도 주변을 제외하고 멀쩡한 곳이 드물 정도였으니…….

그런 만큼, 수도 주변을 먼저 지키는 것도 이해는 갔다. 지금 오스턴 왕국에 그나마 남은 기둥이었으니까.

여기마저 털리면 길드 동맹 간부들은 정말 다 같이 손을 잡고 한강을…… 아니, 장강을 갈지도 몰랐다.

'그래도 그렇지 너무 수동적인데…….'

사방에서 반란이 일어난다고 하더라도 길드 동맹 길드원 숫자는 어마어마했다. 그 길드원들을 조금만 묶어서 보내도, 방해를 하거나 시간을 끌 수 있을 터.

'설마 길드원들이 말을 안 듣나?'

김태산으로서는 상상할 수도 없는 상황!

사실 김태산의 추측은 절반만 맞았다. 저 방법을 쓰지 않는 건 길드원들이 말을 듣지 않아서긴 했다.

-아니, 랭커들은 왜 수도에 있으면서 우리만 가?

-미쳤냐? 현상금? 아니, 그거 받자고 가게 생겼어? 지금 바깥에서 길드 동맹 마크 걸고 다니면 세 걸음마다 공격받는데.

-그보다 김태현 현상금 건 거 언제 주는 거냐? 나 화살 맞혔는데 왜 안 주지? 원래 바로 주는 거 아니었어?

-지급이 좀 밀렸다는데.

-설마 먹튀를…….

-에이, 설마 그러겠어?

그러나 그것 때문만은 아니었다. 다른 방법이 있었던 것이다. 길드 동맹 간부들은 온갖 패배와 조롱과 모욕과 기타 등등에도 꾹꾹 참았다.

게시판에는 '길드 동맹 뭐 하나! 자살해라!' 같은 비아냥이 올라오고, 길드 동맹에 투자한 스폰서들한테도 '아니, 뭐 하십니까? 투자를 받았으면 멋진 모습을 보여줘야지 왜 탈탈 털리고 있어요?'란 연락이 오고 있었지만…….

쑤닝은 참고 참았다. 정말 대단한 인내심이었다. 길드 간부들이 감탄할 정도였다.

'쑤닝 님 인내심이 이 정도였나?'

'정말 대단하시다!'

김태현과의 싸움으로 단련된 쑤닝! 그는 어느새 자신도 모르게 크게 성장해 있었던 것이다.

"학카리아스 설득이 끝났습니다!"

"드디어!"

쾅!

쑤닝은 발을 구르며 외쳤다. 길드 동맹에서 화술 스킬 높고 용과 좀 친하다 싶은 놈들은 지금 모조리 블랙 드래곤 학카리아스를 설득하기 위해 가 있었다.

그 결과가 바로 지금 나오고 있었다.

"전부 태워 버리라고 해! 전부 다!"

'근데 저기 원래 우리 영지 아니었나?'

갑자기 하늘이 어두워졌다. 토우크 성에 있던 플레이어들은 위를 쳐다보았다. 그리고 경악했다.

"드…… 드…… 드래곤이다!!"

[검은 묘비 산맥의 지배자, 블랙 드래곤 학카리아스가 나타났습니다!]
[공포 상태에 빠집니다!]
[절망 상태에……]

나타나자마자 온갖 디버프부터 주고 시작하는 학카리아스!
자리에 있는 모든 플레이어들이 직감했다.
이건 잡을 수 있는 보스 몬스터가 아니다!
-감히 오스턴 왕국에 발을 들이민 침입자들아. 나 학카리아스의 분노를 맛보아라!
"형님!!"
"전부 대피! 성 지하로 들어가!"
김태산은 바로 명령을 내렸다.
'길드 동맹이 노린 게 바로 이거였군!'
길드 동맹이 이제까지 버티고 버틴 게 이걸 위해서였다면, 지금 블랙 드래곤과 싸우는 건 멍청한 짓이었다. 천만다행으로 여기 성은 지하 통로가 있었다.
"대피! 대피!"
"지하로 피해!"
"길마님! 안 싸웁니까?"
"저거랑 어떻게 싸워! 헛소리하지 말고 피하자!"

김태산의 명령이 떨어지자, 길드 채팅을 들은 길드원들은 일제히 성을 포기하고 지하로 튀기 시작했다.

그러나 몇몇 플레이어들은 그러지 않았다.

"드래곤이다! 쏘자!"

"비늘 하나만 주워보자!"

여기 모인 플레이어들은 김태산의 길드원들만 있는 게 아니었다. 한몫 챙기러 온 플레이어들부터 시작해서 온갖 부류의 플레이어들이 있는 것! 당연히 겁 없는 플레이어들도 있었다.

-건방진…… 것들!

화르륵!

검은 불꽃이 타오르더니 닥치는 대로 떨어지기 시작했다.

[<학카리아스의 검은 불꽃>이 모든 것을 태우기 시작합니다!]

[토우크 성의 주민 회관이 파괴됩니다.]

[토우크 성의 여관이 파괴됩니다.]

[토우크 성의 대장간이……]

현재 영주 김태산에게 뜨는 메시지창. 자기 영지가 박살 나고 있다는, 영주였다면 피눈물을 흘릴 메시지창이었지만…….
김태산은 담담했다.

'점령한 지 몇 시간도 안 됐는데 뭘…….'

어차피 남의 땅! 마음 같아서는 역병 폭탄 뿌리고 가고 싶었다.

"찍어! 찍어!"

"이것이 길드 동맹에 저항한 놈들의 최후다!"

저 멀리, 언덕 위에서 길드 동맹 길드원들이 학카리아스의 위엄을 촬영하고 있었다. 잘 편집해서 게시판에 질릴 때까지 퍼뜨릴 생각! 계속 욕만 먹고 비웃음만 사던 길드 동맹의 이미지를 반전시키리라!

"근데 학카리아스 저놈…… 너무 많이 태우는 거 아닙니까?"

"그 정도는 해줘야지 다들 겁을 먹지!"

"아니, 다 도망간 것 같은데, 그만해도 되지 않나……."

-크오오오! 크오오오오오!

"저, 저거 성벽까지 박살 내버리면……."

학카리아스는 신이 났는지 성벽 위 탑을 발톱으로 잡아서 무너뜨리고 성벽을 걷어찼다.

"괜찮아. 괜찮아. 위엄 있고 좋네."

'정말 괜찮을까?'

길드원은 걱정스러운 눈으로 성을 쳐다보았다. 저 성을 나중에 되찾아도 풀 포기 하나 남지 않을 것 같았다.

[<세 해골의 광산>에 아키서스 신앙이 점점 더 퍼져 나갑니다.]

[절반이 넘는 부족들이 아키서스 신앙을 믿기 시작합니다. <세 해골의 광산> 안에서 추가 보너스를 받습니다.]

[아키서스 관련 설득에 추가 보너스를 받습니다.]

태현은 이세연과 같이 돌면서 설득, 혹은 싸움으로 부족들을 설득시켰다. 그리고 그 과정에서 뭔가 좋아 보이는 걸 들고 있으면 뺏었다.

그 결과…….

"너 페널티 없어?"

이세연은 신기하다는 듯이 물었다.

태현 뒤에 따라오고 있는 정체불명의 무리들! 아키서 부족 전사들, 악마 숭배 드워프 대장장이들, 도중에 아키서 부족에 들려서 다시 데리고 온 붉은 전갈 드워프 전사들, 등등……. 보통 이렇게 많은 인원을 데리고 다니면 페널티를 받게 마련이었다.

그러나 태현은 아니었다.

최고급 전술 스킬!

"나 최고급 전술이라 괜찮아."

"뭐…… 뭐!? 전술을?"

이세연은 '얘는 왜 그런 스킬을 최고급까지 찍은 거지' 하는 눈빛으로 쳐다보았다.

"이게 올리려고 한 게 아니라……."

"아니, 변명은 됐고. 잘못한 것도 아닌데 왜 변명을 해? 어쨌든 최고급까지 찍었으면 페널티는 없겠네."

다시 봐도 신기하다! 이세연은 뒤에 따라오고 있는 수많은 무리들을 보며 신기해했다. 나름 판온을 오래 했지만, 이렇게 다양한 NPC들을 데리고 다니는 건 태현밖에 없을 것이다.

"그런데 스미스는 어디 갔지?"

"우리 피해서 돌고 있거나…… 아니면 벌써 나갔을 수도 있겠네."

"스미스 성격에 나가지는 않았을걸."

이세연은 스미스가 그렇게 쉽게 나갔을 것 같지는 않았다.

랭커들은 다들 끈덕지고 포기를 몰랐다. 방해가 있다고 퀘스트를 바로 포기할 거라면 랭커의 자격이 없다!

스미스도 나름 방법을 고민하고 있으리라.

쿠쿠쿠쿠쿵-

광산을 돌던 일행의 귀에 묵직한 소리가 들려왔다.

[<세 해골의 광산>의 심층부가 폭발합니다! 용암이 끓어오르기 시작합니다. 주의하십시오!]

"??"

갑자기 뜨는 메시지창. 세 해골의 광산 밑바닥부터 용암이 차오른다는 알림이었다.

이세연은 당황해서 태현을 쳐나보며 말했다.

"너 설마……!"

"언니! 정신 차리세요! 아무리 그래도 이것까지 김태현이 했을 리는…… 있나?"

말하던 김현아도 멈칫했다.

태현이라면 정말 했을지도 모른다! 이제까지 계속 같이 다니긴 했지만 그래도 김태현이잖아!

물론 태현 입장에서는 어이가 없었다.

"너무 말이 심한 거 아니냐!"

아직도 혼자 아키서 부족 전사들 사이에 있던 케인이 나섰다.

"김태현이 물론 온갖 사건들을 일으키긴 했지! 역병을 터뜨리고 리치를 만들어내고!"

'저거 도와주는 거 맞나?'

"그렇지만 아무리 그래도 이것까지 어떻게 해! 같이 동맹을 맺었으면 좀 믿어줘야지!"

"으읏."

이세연은 움찔했다. 완전히 맞는 말이었던 것이다.

김태현과는 서로 이런 말을 던지던 친한 사이여서 그렇지, 원래 다른 파티였다면 이런 말을 하는 순간 싸움이 났을 것이다. 파티를 맺은 이상 일단 상대방을 믿어주는 척이라도 해야 하는 것!

"미안해. 내가 괜한 말을 했어."

"신경 안 써. 넌 언제나 그러잖아."

이세연과 김현아가 태현을 빤히 쳐다보았지만 태현은 흔들리지 않았다.

그사이 케인이 슬쩍 다가왔다. 그러고는 작은 목소리로 물었다.

"근데 진짜 어떻게 한 거냐? 계속 같이 있었잖아?"

방금 살짝 케인한테 감탄한 게 후회되기 시작했다.

CHAPTER 4

-흐음. 우리가 꽤 많이 돌아다닌 것 같은데 더 황금을…….

"더 달라고 하면 저도 참지 않겠습니다."

고블린 부족들이 은근슬쩍 말을 건네자 스미스는 경고했다. 스미스는 착하긴 했지만 호구까진 아니었다.

-아. 인간 놈 까칠한 거 봐.

-맞아. 말도 못 하나? 솔직히 여기 돌아다니면서 같이 싸워주는 게 얼마나 고된 일인데. 저기 용암 봐. 얼마나 더워.

스미스는 울적해졌다. 퀘스트 방향을 잘못 잡은 것 같은 우울함!

'창피해서 방송도 못 하겠어.'

랭커들은 보통 실시간으로 생방송을 하는 경우가 드물었다. 저격을 당할 수도 있고, 퀘스트를 방해당할 수도 있었으니까.

퀘스트를 다 깬 다음 중요한 걸 편집해서 내보내는 게 일반

적! 그런 면에서 이번 퀘스트는 방송으로 내보내기 좀 창피한 퀘스트였다. 계속 삽질만 하고 있는 느낌이었던 것이다.

-저기 〈벌레먹은 부족〉이다. 저놈들은 황제를 안 믿었지.

"……? 부족 이름이 그겁니까?"

-왜?

"아닙니다. 일단 가서 설득해 보겠……."

접근하는 순간, 상대한테서 뜨거운 환영이 쏟아져 나왔다.

-황제 만세! 반역자들은 꺼져라!

콰콰콰쾅!

온갖 마법이 쏟아져 내리자, 고블린 부족들은 기겁해서 도망쳤다.

-어? 저놈들은 황제 안 믿었는데?

"……."

-그렇게 쳐다보지 마라! 인간! 진짜다!

-우리 같은 고블린은 거짓말을 하지 않는다! 우리를 못 믿는 거냐!

"못 믿겠습니다만."

고블린과 어울린 지 얼마 안 됐지만, 믿음이 싹 사라진 스미스였다.

"……일단 다른 곳 좀 더 돌아봅시다."

스미스는 고블린 용병들을 데리고 이곳저곳 돌아다니기 시작했다. 방금 부족을 공격해도 됐겠지만, 일단 황제를 싫어하는 부족들을 먼저 설득하는 게 빠를 것 같았다.

-저기 놈들은 확실하게 황제를 싫어한다.

-황제 만세! 반역자 꺼져라!

그러나 가는 곳마다 문전박대!

-이, 이럴 리가 없는데?

"……."

-그렇게 쳐다봐도 황금은 못 돌려준다! 황금은 우리 거다!

"이게 지금 뭐 하자는 겁니까?"

스미스가 살벌하게 묻자 고블린 용병들은 고개를 흔들었다.

-우, 우리도 모르겠다. 저놈들은 분명히…….

스미스는 아차 싶었다. 고블린들이 수작을 부린다고 생각했
는데, 생각해 보니 여기는 이세연도 와 있었다.

이세연이 먼저 왔다 갔을 수도 있다!

스미스는 주변을 급히 확인했다.

-사악한 기운 탐지!

언데드가 소환된 흔적이 나오고, 그 근처에서는 싸운 흔적
까지 보였다. 이세연이 왔다 간 게 확실했다.

'한발 늦었다!'

이세연이 그보다 훨씬 더 빠르게 움직인 것이다.

'어떡한다?'

이세연이 먼저 돌고 있는 이상 다른 부족들을 잡고 섭외해
봤자 늦은 상황이었다.

'광산을 빠져나가야 하나……'

스미스는 고민했다. 그냥 이 광산은 버려야 하나?

이 정도로 기울면 뒤집기도 힘들었다.

-인간. 좋은 방법이 있다.

"……말해보시죠."

스미스는 일단 의심부터 했다.

못 믿겠다!

-그렇게 의심하는 눈으로 쳐다보지 마라!

-맞다! 맞다!

"그래서 뭡니까?"

-광산 밑바닥에 아주 강력한 몬스터가 있다. 그 몬스터를 붙잡아서 길들이면 여기 부족들이 다 널 경외할 거다.

"……알겠습니다."

스미스는 미심쩍었지만 가보기로 했다. 해서 안 되면 그때 포기해도 됐으니까.

그러자 고블린들은 사악하게 웃었다.

-킥킥킥. 그래. 가자! 가자!

[주변의 온도가 매우 높습니다!]

[이동 속도에 페널티가……]

[HP가 지속적으로……]

[열기가……]

이글이글!

광산의 지하는 정말 미친 듯이 뜨거웠다. 스미스는 인상을 찌푸리며 물었다.

"여깁니까?"

-그래! 그래! 봐라.

고블린들은 폭탄을 꺼내더니 용암 속으로 집어 던졌다.

콰콰콰쾅! 콰콰쾅!

시끄러운 소리와 함께 용암이 위로 솟구쳤다.

-봐라! 이제 곧 나온다!

말과 함께 고블린들은 일제히 스미스의 등을 쏴버렸다.

-공기 대포 발사!

뻥!

시원한 소리와 함께 스미스는 그대로 용암 속으로 밀려났다.

-백기사의 방어막!

촤아악!

기습을 당해 밀려 나는 순간에도 스미스는 스킬을 사용했다. 랭커다운 반응이었다.

[펄펄 끓는 용암에 빠졌습니다!]

[지속적으로 대미지가……]

[화상 상태에 저항……]

"이게 뭐 하는……!"

스미스는 고블린들이 속였다는 걸 깨닫고 이를 갈았다.

이 자식들 진짜!

-크하하! 바보 같은 인간 놈! 속았다! 속았다!

-여기 괴물이 널 죽일 거다! 네 황금 우리가 가져간다!

고블린들은 신이 나서 바위 뒤로 피하기 시작했다.

이제 곧 괴물이 나와 바보 같은 인간을 죽일 거고, 그러면 인간 놈이 가진 황금을…….

"……?"

스미스는 당황해서 뒤를 돌아봤지만, 몬스터는 나오지 않았다.

"뭡니까?"

-……폭, 폭탄 더 던져라! 안 들렸나 보다!

-거인 놈 왜 안 나오냐! 골렘 거인 나와라!

쾅! 콰쾅쾅!

고블린들은 폭탄을 던졌지만 아다만티움 거인 골렘은 나오지 않았다.

-이 자식 왜 안 일어나냐!

"……여러분?"

-……인간. 화해하자!

"……죽어!"

스미스는 외치며 달려들었다. 고블린도 포기하고 무기를 꺼냈다.

쾅! 콰쾌쾅!

-크아악! 인간! 잔인하다!

"지금 누가 누구한테!"

-저 인간 너무 강하다!

근접전에서 스미스를 이길 수 있을 리 없었다. 분노한 스미스는 고블린들을 썰어버리며 날뛰었다.

고블린들의 폭탄이 폭발했지만 스미스는 견뎌냈다.

쾅! 콰콰쾅!

[너무 많은 폭발이 일어났습니다. 주의하십시오.]

메시지창이 떴지만 분노한 스미스는 그걸 넘겼다.

그리고…….

[<세 해골의 광산>의 심층부가 폭발합니다! 용암이 끓어오르기 시작합니다. 주의하십시오!]

"스미스가 한 거 아닌가?"

태현은 그렇게 추측했다. 이 광산에서 그런 일을 할 사람은 스미스밖에 없었으니까.

그러나 다들 부정적이었다.

"에이, 스미스는……."

"맞아. 스미스가 그렇게까지 하려고."

"스미스는 그럴 사람이 아니지. 암."

이세연, 김현아, 케인까지 입을 모아 말했다.

"그러면 나는 그럴 사람이냐?"

"어…… 어…… 음……."

"으으음……."

"크흐흠……."

"……됐다. 어쨌든 난 스미스가 의심스러운데."

"스미스가 이런 짓을 할까 싶은데…… 하긴, 사람은 변하게 마련이니까. 스미스도 너한테 많이 당했으니 널 보고 배웠을지도……."

이세연은 고개를 끄덕이며 납득했다. 자기가 불리할 때 판을 뒤집는 건 스미스의 방식이 아니었지만, 태현한테 당한 적 있는 스미스가 보고 배웠어도 놀랄 건 없었다.

그녀만 해도 던전 대회에서 폭탄을 사용하지 않았던가.

태현은 부족들에게 물었다.

"용암이 끓어오르면 어떻게 돼?"

-모두 죽죠?

상큼하게 대답하는 아키서 부족 전사들.

태현은 당황해서 다시 물었다.

"아니. 뭐 어디까지만 오른다거나 하지 않나?"

-아닌데요?

"……진짜야?"

태현은 거인 골렘한테 물었다. 거인 골렘도 고개를 끄덕였다.

-쿠오.

"그런데 왜 이렇게 태연해?"

-저희는 용암 속에서도 살 수 있습니다.

"뭐? 진짜?"

-아키서스만 믿으면…….

"그래. 뭔 소린지 알겠다."

태현은 아키서 부족을 무시하고 다른 부족 NPC들에게 시선을 돌렸다.

-큰일 났다! 종말이 찾아온다!

-여기서 벗어나야 한다!

-부족에게 전해라! 도망쳐야 한다고!

펄쩍펄쩍 뛰며 호들갑을 떨고 있었지만, 왠지 모르게 안도가 되고 납득이 되는 모습!

태현은 흐뭇하게 웃었다.

-쿠오?

[왜 웃냐고 카르바노그가 전합니다.]

"그게 다 이유가…… 그보다 여기 부족 놈들은 도망을 칠 거 같은데, 너는 어떡하냐?"

-쿠오!!

골렘은 깜짝 놀랐다. 생각해 보니 용암이 차오르면 골렘의 본거지도 용암에 파묻히는 셈!

골렘은 용암에 대미지를 받지 않지만, 계속 용암 속에서 살수는 없었다.

-쿠오! 쿠오!

"아니, 그렇게 말해도 내가 어떻게 막아. 내가 신이냐?"

-쿠오…….

"답은 하나밖에 없다."

-쿠오?

"짐 싸 가지고 나와."

-…….

"아다만티움 광맥 꼭 찾아가지고 와! 그거 두고 나오면 안 된다!"

왠지 골렘의 눈빛이 사납게 변한 것 같았다.

그러나 어쩔 수 없었다. 용암이 차오르기 시작하는 건 거인 골렘이라고 막을 수 있는 게 아니었다. 거인 골렘은 결국 용암 속으로 들어가 자기 본거지에서 광맥을 짊어지고 나왔다.

-쿠오…….

"혹시 그거 너무 무거우면 여기 케인이 대신 들어줄 수 있는데."

-쿠오!

골렘은 짜증을 냈다. 순하던 골렘이었지만 어느새 감정을 표현하는 법을 배우고 있었던 것이다.

"와…… 이거 뒷감당 어떻게 하지……."

이세연은 골치가 아픈 얼굴로 주변을 둘러보았다.

광산 입구 밖으로 부족들이 우르르 나오고 있었던 것이다.

〈세 해골의 광산 부족들을 구하라!〉

세 해골의 광산이 용암으로 파묻히기 시작하자, 안에 있던 부족들은 밖으로 나오기 시작했다. 세 해골의 광산에 있던 부족들은 사납고 강하기로 유명한 부족들.

제대로 된 거주지를 찾아주지 않는다면 그들은 분노하거나 주변을 돌아다니면서 약탈하는 도적이 될 것이다. 그들에게 제대로 된 거주지를 찾아주어라! 만약 성공한다면 부족들이 매우 고마워하리라.

보상: ?, ??

"우이포아틀이 난리 안 치겠지? 일단 황제한테 충성하기로 한 애들이니까…… 제국 주변에 자리 잡게 하면……."

이세연이 고민하고 있는 사이 태현은 앞에 나와서 물었다.

"혹시 〈절망과 슬픔의 골짜기〉가고 싶은 사람? 조금 멀긴 하지만 세금도 없고, 아키서스 교단도 있고, 믿을 만한 NPC들이 가득한 곳인데."

-저희요! 저희요!

아키서 부족들이 신이 나서 손을 들었다.

"너희는 당연히 가는 거고."

-신난다! 아키서스 님이 계신 곳으로 간다!

그러나 다른 부족들은 의심하는 눈빛이었다.

-얼마나 먼 곳이지?

-아키서스 교단이라니? 괜찮은 곳 맞나?

-믿을 만한 NPC라면 누구를 말하는 거지?

-왜 영지 이름이 〈절망과 슬픔의 골짜기〉지?

최대한 설명하던 태현은 살짝 말이 막히는 걸 느꼈다.

아무리 그래도 없는 걸 있다고 하거나 있는 걸 없다고 할 수는 없었으니까!

'화제 돌릴 방법이 없나?'

그때 저 멀리, 옆의 입구에서 한 무리의 부족들이 나오는 게 보였다. 그 사이에 번쩍거리는 기사 플레이어도!

스미스였다.

"저기 스미스다! 저기 스미스다!"

"!?"

자리에 있던 모두의 고개가 돌아갔다. 김태현, 이세연이 포섭하지 못한 부족들 사이에 스미스가 섞여 빠져나오고 있었던 것이다.

"스미스! 너무하지 않냐! 아무리 불리해도 그렇지 그 커다란 던전을 통째로 무너뜨리다니!"

태현의 외침에 이세연은 속으로 생각했다.

'설마 스미스 탓으로 돌리려는 건 아니겠지?'

사라지지 않는 의심!

그러나 스미스는 당황하며 말했다.

"제…… 제가 일부러 한 건 아닙니다."

"……!"

"뭐? 정말 네가 한 짓이었어?"

태현도 놀랐다!

"아…… 아니. 물론 네가 한 줄 알고 있었지."

"그게 어떻게 된 거냐면……."

"지금 그런 소리 할 때야?"

"하긴 그렇군."

이세연과 태현은 스미스의 변명을 잘랐다. 굳이 다 들어줄 필요가 없다!

"여러분! 일부러 한 게 아닙니다!"

"알겠어, 스미스. 믿어줄게."

"김태현 씨! 역시 김태현 씨밖에 없…… 잠깐, 왜 대포를?"

"저놈 잡아라! 크게 포상하겠다!"

[최고급 전술 스킬을…….]

[데리고 있는 부하들에게 추가 버프가 들어갑니다!]

[부족 전사들이 일사불란하게 움직입니다!]

-저놈이 누군데?

-그건 일단 잡고 생각해 보자고.

웅성거리던 서로 다른 부족 전사들이 스미스한테 시선을 돌렸다.

"김태현 씨! 이세연한테 속지 마십시오!"

"말 이상하게 하네 진짜. 쟤가 나한테 속을 애야?!"

이세연은 정말로 억울했다. 솔직히 태현이 그녀한테 속을 사람이란 말인가!

"그…… 그건 그렇긴 합니다."

스미스도 순간 납득해 버렸다.

"김태현 씨! 이세연이 아스비안 제국을 독점하면……."

"미안. 난 이세연하고 손잡고 가기로 했어."

스미스는 이해할 수가 없다는 듯이 태현을 쳐다보았다.

판온 1때부터 이세연과는 앙숙일 텐데! 그런데도 이세연과 손을 잡다니.

논리적으로 나오는 답은 하나밖에 없었다.

"그런! 둘이 정말 사귀는 겁니까?"

"헉. 진짜?"

"사귀시는 거예요?"

"……너희들은 대체 왜 매번 놀라는 거냐?"

태현은 뒤의 일행을 보며 어이가 없다는 듯이 말했다. 저것들은 맨날 같이 다니면서 왜 루머를 볼 때마다 속아 넘어가는 거지?

"너무 그럴듯해서……."

"다, 다행이네요. 저는 믿었어요."

"선배님이 여자 친구 없는 게 다행이라니 너무한 거 아닙니까?"

정수혁은 이다비를 보고 너무한다는 듯이 쳐다보았다.

아무리 그래도 그렇지!

"그, 그게 아니라……."

이세연 쪽에서도 반응이 격렬했다. 특히 김현아가 욕설을 퍼부었다.

"이 ×××××××가 어디서 루머를!"

"현아야. 나중에 방송 나가면 어쩌려고 그래!"

"나가라 그래요! 저게 어디서!"

양쪽 일행이 혼란에 빠진 걸 보고 스미스는 깨달았다.

'앗. 이거 도망칠 기회 아닌가?'

스미스는 재빨리 돌아서서 말을 타고 빠져나가려고 했다. 그걸 본 태현과 이세연은 바로 반응했다.

"잡아!"

태현은 감탄했다.

"스미스 저 자식. 많이 늘었군. 저런 걸 배우다니."

"누구한테서 배웠을까……."

"너한테서?"

"당연히 너한테 배웠겠지!"

서로 떠넘기는 둘!

스미스는 박차를 가하며, 뒤에서 들리는 둘의 목소리를 듣고 속으로 생각했다.

'사귀는 거 맞는 것 같은데…….'

그 생각에 보복이라도 하듯이 공격이 날아왔다.

콰콰쾅! 콰콰쾅!

[지옥 마력 대포가 발사됩니다!]

[백기사의 방어막이 취소됩니다!]

[<지옥 마력 침식> 상태에 빠집니다.]

[이동 속도가……]

"헉!"

폭탄은 각오하고 있었는데 이건 좀 셌다. 무시무시한 위력이었다.

[아키서스를 믿는 이들이 수많은 업적을 세웠습니다!]

[아키서스의 칭호를 받습니다. 부족 NPC들이 <아키서스의 포병대>로 변합니다!]

파아아앗!

번쩍 빛이 나더니, 악마 숭배 드워프와 붉은 전갈 드워프 같은 드워프들이 축복을 받기 시작했다. <아키서스의 포병대>로 새로 태어난 것!

물론 그들이 좋아하지는 않았다.

-아니. 우리는 붉은 전갈 부족인데!

-맞다! 아키서스의 포병대는 뭐냐!

강제로 아키서스를 믿게 되긴 했지만 아직 이렇게 좋아할 정도는 아닌 것! 그러자 뒤에 있던 아키서 부족 전사들이 커다란 무기를 들고 으르렁거렸다.

-혹시 불만이라도?

-너. 아키서스의 노예 할 거냐 아키서스의 포병대 할 거냐?

-……포병대 좋네! 아키서스 만세!

-아키서스의 포병대 너무 좋다!

[<아키서스의 포병대>의 사기가 떨어집니다.]

[<아키서스의 포병대>의 공포가 올라갑니다.]

이런저런 사정이 있고, 구성도 온갖 드워프 부족들과 고블린 부족들이 섞여 중구난방이었지만, <아키서스의 포병대>의 한 가지는 확실했다.

화력!

화력 하나만큼은 정말 화끈했던 것이다.

그냥 대포, 아다만티움 섞인 대포, 마법 대포, 악마의 지옥 마력을 쓰는 지옥 마력 대포 등 온갖 대포 총집합!

애초에 섞인 부족들이 전부 다 대포와 폭탄을 다루는 부족 들이었으니……. 어지간한 마법사 랭커들보다 더 폭딜이 나오 는 것 같았다.

덕분에 스미스는 죽을 맛이었다. 높은 HP와 빠른 회복 속 도, 단단한 방어력은 자신 있는 스미스였다.

그런데도 무섭게 만드는 위력! 거기에 이세연은 각종 저주 와 디버프를 걸어 스미스의 발목을 묶고 있었다.

다른 네크로맨서였다면 서주 몇 개를 걸어도 스미스는 까딱 하지 않았을 것이다. 그러나 이세연 정도의 네크로맨서 플레이 어는 저주 하나하나가 무지막지했다.

마법 방어도 뚫고 중첩해서 들어오는 저주의 공포!

시야가 좁아지고 이동 속도가 내려가고 각종 회복에 페널티 가 걸리고…….

'괴롭다!'

스미스는 암담해지는 기분을 느꼈다.

여기서 한 번 죽는 건가?

최상위권 랭커 경쟁에서 죽는 건 치명적이었다. 한 번 죽어서 입는 페널티가 만만치 않았던 것이다.

[공격을 받은 <녹은 칼날 부족>이 분노합니다!]

[공격을 받은 <광산 오크 부족>이 분노……]

광산이 폭발한 것 때문에 따라 나온 다른 부족들! 아직 태현과 이세연이 설득하지 못한 부족들은 공격을 받자 분노했다.

-감히?!

-이게 무슨 짓이냐!

-역시 우이포아틀을 따르는 놈답게 하는 짓도 더럽구나!

[싸움이 벌어집니다!]

[싸움이 격렬해집니다!]

[싸움이 더욱더 격렬해집니다! 주변으로 소문이 퍼져 나갑니다!]

-취익! 왜 날 치는 거냐!

-기분 나쁘게 왜 우리 부족 옆에 서 있는 거냐!

심지어 자기들끼리도 싸웠다. 다 같이 황제를 싫어하지만, 그렇다고 서로 사이가 좋지는 않은 것!

싸움이 일어났다고 손을 잡는 게 이상한 것이었다.

"잠…… 잠깐만. 이거 좀 이상한데."

이세연은 당황해서 스미스를 쫓던 걸 멈췄다. 원래 계획은 일사불란하게 여기 있는 부하들을 동원해서 스미스를 잡는 거였는데……. 지금 광산 주변은 한 치 앞도 볼 수 없을 만큼 치열한 혼전이 벌어지고 있었다.

-크아악! 죽어라!

-네가 죽어라!

콰직! 콰지직!

서로 무기를 휘두르고 덤비는 부족들!

태현은 깔끔하게 결론을 내렸다.

"경험치도 얻고 아이템도 얻을 겸 다 쓸어버리고 가면 되겠네!"

"그런 좋은 방법이…… 아니, 그걸 말이라고! 이거 어떻게 진정시킬 수 없을까?"

"이 상황을 보고 그런 소리가 나와?"

태현은 어이가 없다는 듯이 말했다. 이세연도 깨달았는지 얼굴을 붉혔다.

스미스한테는 천금 같은 기회였다.

다그닥, 다그닥-

바로 속도를 올리는 스미스!

이세연은 혼잡한 상황을 보고 혀를 차며 말했다.

"뚫고 가는 건 무리야. 우리끼리 쫓아가자."

"그래. 용……."

용용이를 부르려던 태현은 멈칫했다. 여기 부족들 중에서는 용 싫어하는 부족들도 꽤 있을 것이다. 괜히 이들 앞에서 용용이를 꺼냈다가는 어그로를 확 끌 수 있었다.

"그냥 오토바이 타고 가야겠군. 아키서 부족! 아키서스 포병대! 여기를 지키고 있어라!"

-예!

"그리고 넌…… 넌 애가 왜 이렇게 수척해졌어?"

-쿠오오…….

[차가운 바깥 공기로 아다만티움 거인 골렘이 힘을 쓰지 못합니다!]

바깥은 전혀 춥지 않았다. 아니, 오히려 평균 기온에 비하면 약간 따뜻한 정도? 그런데도 아다만티움 거인 골렘한테는 매우 추운 온도였다.

"쟤 괜찮은 거 맞아?"

"으음…… 저거 저래서 괜찮으려나?"

태현은 당황스러웠다. 아다만티움 거인 골렘을 꼬드겨서 데리고 나올 때만 해도 강력한 보스 몬스터를 부려먹을 수 있겠다고 좋아했는데……. 알고 보니 뜨거운 곳 한정에서만 쓸 수 있는 몬스터!

-주인님. 좋은 방법이 있습니다.

흑흑이가 옆에서 말을 걸어왔다.

-사디크의 화염입니다.

-아……!

태현은 깨달았다. 그런 방법이!

-지금 약해졌을 때 사디크의 화염으로 죽여서 아다만티움을 더 뜯어내란 거구나! 흑흑이 이 녀석. 역시 사디크의 신수다운 발상이다.

-……〈사디크의 화염 룬〉을 위에 새겨서, 화염으로 따뜻하게 해주란 뜻이었는데요…….

[……]

카르바노그까지 당황해서 침묵했다.

-아. 그런 소리였어? 물론 나도 그렇게 생각했지.

-……그, 그럼 물론이죠. 믿고 있습니다. 주인님.

그러나 룬을 새길 시간은 없었다. 스미스가 생각보다 빨리 도망치고 있었던 것이다.

누가 백기사 아니랄까 봐 말 타는 실력이 대단했다.

"야! 쫓아야 해!"

"좋아! 간다! 다들 따라와!"

태현의 말에 일행은 각자 오토바이를 꺼냈다.

태현은 정수혁을 뒤에 태웠다. 이다비는 유지수를 뒤에 태웠다.

케인은…….

-노예 동지!

-우리도 가서 도와주겠다!

-좁으니까 좀 붙어봐!

-나도 탈 수 있겠군!

아키서 부족 넷이 추가로 탑승! 땀내 나는 전사들이 꽉 껴안고 위에 올라타자 보통 불편한 게 아니었다.

"구아아악!"

"케인! 뭐 하나! 왜 이렇게 늦어!"

다들 빠르게 달려가는데 혼자 느린 케인!

-뭐 하나, 노에 동지! 화신님께서 느리다고 하시잖나!

"네가 내 상황 되어봐라!"

케인은 꿍꿍대며 오토바이를 가속시켰다. 덜컹거리는 데 다가 무거워서 더 괴로웠다.

'그런데 스미스는 왜 안 날아오르지?'

먼저 쫓던 태현은 무언가 이상한 걸 깨달았다.

도망칠 때 날 수 있다면 무조건 날아오르는 게 좋았다.

원거리 공격을 피하기 힘들어지긴 하겠지만 스미스가 그 정도는 견딜 수 있었다. 그런데 스미스는 그러지 않았다.

그렇다면?

'이 근처에 뭔가 있군!'

태현도 자주 썼던 방법. 쫓길 때는 던전에 들어간다!

일단 던전에 들어가는 것만으로도 추격의 절반은 막히게 되어 있었다.

"이런……."

이세연은 당혹스러워했다. 스미스가 근처 작은 던전 안에 들어간 것이다. 이렇게 된 이상 네크로맨서인 그녀는 따라 들어가기가 곤란했다. 괜히 기사 상대로 근접전이라도 붙었다가는…….

"내가 들어갈게."

"정말 그래도 괜찮겠어?"

이세연은 미안한 목소리로 물었다. 스미스를 상대로 같이 싸우기로 했으면 같이 싸워야 하는데, 혼자 뒤로 빠지면 원래 안 되는 것이다.

"너도 어차피 들어올 거잖아?"

"그렇긴 하지만."

"그러면 먼저 들어갈게!"

태현이 솔선수범해서 들어가는 걸 보고 살짝 감동받은 이세연이 김현아에게 말했다.

"그래도 쟤가 완전히 나쁜 애는 아니야. 그렇지?"

"언니. 정신 차리세요……."

[<사막 지하 동굴>에 입장했습니다.]

이미 이 근처에 왔다 간 플레이어들이 있었는지 보너스 메시지는 안 떴다.

'던전 규모도 작고…… 길도 별로 복잡하지 않고…….'

태현은 빠르게 견적을 냈다.

세 해골의 광산에 비하면 아주 작은 수준!

이런 곳에서는 오래 버티기 힘들었다. 다른 출구로 빠져나가지 않는 이상. 스미스가 과연 출구를 찾아 빠져나가고 있을까?

'잘 아는 던전이면 모를까, 아까 상황에서 급히 찾아온 던전에서 그렇게 바로 찾지는 못하겠지.'

"스미스! 안 하던 짓 하지 말자! 여기 이세연도 없어!"

뒤따라온 유지수가 물었다.

"이런 말에 대답할 것 같지 않은데요."

"아냐. 기다려 봐."

잠시 후 대답이 멀리서 들려왔다.

"어떻게 믿습니까!"

일행들은 모두 깜짝 놀랐다.

정말 대답을 하네?

태현은 흐뭇하게 고개를 끄덕였다.

"역시 스미스는 이래야지."

"이제 김태현 씨 안 믿을 겁니다! 이세연하고 손을 잡다니!"

"아니. 나도 손을 잡고 싶어서 잡은 게 아니라~ 상황이 어쩔 수 없었다니까?"

마치 삐진 아이를 달래는 것 같은 대화!

일행은 황당하다는 듯이 쳐다보았다.

너네 안 싸우니? 김태현 vs 스미스라는, 게시판에 심심하면 올라오는 떡밥을 정말로 보여줄 줄 알았는데…….

"이세연하고 싸우면 안 되는 상황이라서 어쩔 수 없었어! 네가 이세연하고 대놓고 대립했잖아!"

"황제 우이포아틀은 사악한 NPC입니다. 그걸 편들어주는 이세연이 나쁜 거 아닙니까!"

그 말을 들은 태현은 살짝 찔렸다.

자기는 우이포아틀한테 받고 알렉세오스한테 받고…….

하여튼 받을 건 다 받은 것이다.

"여기 NPC들이 김태현 씨 좋게 말해줘서 믿었는데!"

"응? 누구?"

"드라켄 비밀결사원들 말입니다!"

"아. 걔네 아직도 살아 있었…… 물론 살아 있으리라 믿고 있었지."

태현은 급히 말을 바꿨다. 저 어딘가에서 듣고 있을 테니까!

"어쨌든 스미스! 나와서 이야기하자!"

"……못 믿겠습니다."

"이럴 시간이 없다니까? 곧 이세연이 이상하게 생각하고 들어오면 대화도 못 해."

스미스는 주저하더니 슬쩍 통로에서 고개를 내밀었다.

유지수가 그걸 보더니 물었다.

"이제 쏴도 되나요?"

"아니. 대화할 건데?"

일행 모두가 경악!

"속여서 공격하려는 줄 알았는데……!"

"정말 대화하려고 부른 거였어?!"

스미스는 경계하는 눈빛으로 말했다.

"뭡니까?"

"내가 이세연 도움을 받아야 하는 상황이라, 대놓고 싸울 수가 없었어. 그렇지만 내 마음 알지? 난 딱히 널 싫어하지 않는다고."

"……못 믿겠습니다."

"하. 진짜라니까? 나 못 믿어?"

태현은 가슴을 치며 스미스를 설득하기 시작했다. 그걸 본 이다비는 속으로 생각했다.

'되게 조잡하게 꼬시는 기분인데……'

저거에 넘어가는 사람이 있나?

있었다.

"으음. 그러면 정말 이세연과 손잡을 생각은 없었다 이거죠?"

"물론이지. 내가 널 공격 안 하고 있잖아. 이게 얼마나 드문 경우인지 넌 잘 알 거야."

"잘 알긴 합니다."

스미스는 고개를 끄덕였다.

태현이 이렇게 기회를 잡았는데도 PVP를 안 하는 경우가 얼마나 드문지! 솔직히 처음 보는 것 같았다.

"이세연 도움을 꼭 받아야 합니까? 김태현 씨 능력이면 충분히……"

"내가 적이 좀 많아서 그렇지."

"하긴 그렇습니다."

바로 동의하는 스미스!

솔직히 태현이 유난히 적이 많은 편이었다. 최상위권 랭커들도 태현처럼 적을 우르르 달고 다니진 않았다.

"어쨌든 내가 그래서 이세연하고 싸울 수 없다는 걸 이해해 줬으면 좋겠어."

"알겠습니다. 그래도 이세연보다 저와 손을 잡는 게 나았을 겁니다. 저도 나름대로 능력 있습니다."

"진짜?"

"저도 랭커 아닙니까?"

"잘됐네. 안 그래도 도와달라고 하려고 그랬는데."

"네?"

"내가 이세연한테 욕먹을 각오하고 널 이렇게 도와줬는데, 너도 날 도와주겠지?"

"아니, 그게 꼭 그렇게 굴러가는 건 아닌 것 같습니다만……."

"이세연은 도와주는데……."

"도와드리겠습니다."

스미스는 바로 말했다. 이세연한테는 질 수 없다!

"그런데 뭘 도와드려야 하는 겁니까?"

스미스는 보스 몬스터 사냥이나 전설급 퀘스트 정도를 생각했다. 태현이 도움이 필요하면 그런 거 아닐까?

"음. 이제 오스턴 왕국으로 잠깐 돌아가서 박살 내고 불태우고 길드 동맹 애들을 괴롭히고 다닐 건데 네 도움이 필요해."

"저, 저 백기사입니다만……."

전설 직업 〈고대 제국의 백기사〉는 명성 스탯이 매우 중요한, 명예로운 직업이었다. 스미스의 악명 스탯은 랭커들 중에서도 압도적으로 낮은 수준!

태현이 보면 '너 어떻게 이렇게 살았냐!?' 하고 놀랄 정도였다.

"하하. 걱정 마. 너한테 그런 걸 시키진 않고. 너는 정정당당한 싸움에서만 도와주면 돼."

"정정당당한 거면……."

"내가 오스턴 왕국에서 고개 들고 돌아다니기만 해도 길드 동맹 쪽에서 몰려올걸?"

상대방이 먼저 공격하면 반격해도 악명이 오르지 않았다.

"그건 그렇긴 하겠지만……."

스미스는 망설였다. 스미스는 딱히 길드 동맹이나 중국 쪽 랭커들과 사이가 나쁘지 않았던 것! 하지만 여기서 태현의 편을 들면 명백히 적이 되는 것이다.

'좋을 게 별로 없는데…….'

스미스도 이세연처럼 소수 정예 파티를 추구하는 사람이라, 대형 길드에 들어가 있지는 않았다. 그렇지만 워낙 대단한 랭커다 보니 인맥으로 이리저리 얽혀 있어서 들어가 있는 것이나 마찬가지였다.

스미스가 길드 동맹과 부딪히면 다른 사람들도 분명 참가하게 된다! 일을 키우고 싶지 않은 스미스는 부담이었다.

"그, 싸울 때 제가 잘 말해도 되겠습니까?"

"뭘?"

"저만 싸우는 거고 다른 사람들은 상관없다고……"

"그건 상관없는데."

'그게 의미가 있나?'

길드 동맹 입장에서 스미스가 태현과 같이 싸우면서 '저 혼자 싸우는 겁니다! 제 친구들은 상관없습니다!'라고 말하면 '아! 그렇구나!' 하고 받아들일 리 없었다.

'아니 저 랭커 놈이 김태현한테 뭘 받아먹고 저러는 거야!' 하면서 펄쩍펄쩍 날뛰겠지!

"그러면 같이 싸우는 거다?"

"……알겠습니다."

"좋아. 그러면 이제 빨리 도망쳐. 이세연 곧 들어올 테니까."

태현은 손을 흔들며 스미스를 재촉했다. 그걸 본 이다비는 갑자기 전래동화가 생각났다.

'사슴이었나…… 제비였나…… 이런 비슷한 게 있었던 것 같은데요…….'

"놓쳤어? 이런…… 어쩔 수 없지."

이세연은 아쉽다는 듯이 말했다. 이런 곳에서는 도망치는 사람이 유리했다. 그리고 스미스는 평범한 플레이어도 아니었고……. 그래서 스미스가 들어왔을 때부터 반쯤 포기한 상태였다. 태현이 쫓는다고 해서 살짝 기대하긴 했지만.

"도망치면서 자꾸 손잡자고 하더라. 나 도와준다던데?"

"……지금 그 말 꺼내는 의도가 뭔데?"

"아니. 그냥 그렇다는 거지."

이세연은 한숨을 쉬며 말했다.

"뭘 원하는데? 너도 저기 광산 전도했잖아."

"다 박살 나긴 했지만…… 뭐 어쨌든, 네가 가져간 게 좀 더 많잖아."

이세연은 아스비안 제국을 안정시키고 황제에게 보상을 받는 입장. 태현과는 비교하기 힘들 정도로 여기서 얻는 게 많았다.

"같이 싸우자."

"누구하고?"

"누구겠어. 길드 동맹이지."

"역시 길드 동맹인가……."

이세연은 신음하듯이 말끝을 흐렸다. 태현이 이상하게 잘해 준다 싶었다. 원래라면 김현아만 있을 때 김현아부터 공격할 줄 알았는데, 이상하게 아스비안 제국에서는 싸움을 일으키지 않았던 것!

'태현 님. 파이팅이에요!'

이다비는 주먹을 불끈 쥐었다. 태현이 이세연을 공격하지 않고 손을 잡으려는 모습이 감동적이었다.

'쟤가 추천했나?'

이세연은 이다비의 모습을 보고 의아해했다. 파워 워리어 길마가 여러 의미로 대단하다던데, 지금 모습을 보니 확실히…….

'어라? 왜 기분이 나쁘지?'

"왜 대답이 없어?"

"아. 미안. 생각 중이야."

길드 동맹은 이세연도 생각하고 있는 적이긴 했다. 워낙 규모가 크고, 사방에 힘자랑하기 좋아하는 길드였으니까.

솔직히 태현이 아니었으면 그녀와도 싸웠을 것 같았다.

태현이 하도 이리 패고 저리 패면서 오스턴 왕국 안에 가둬놔서 그렇지……. 따져보니 정말 집요할 정도로 길드 동맹을 두들겨 팬 태현이었다. 길드 동맹이 다른 랭커들과 시비가 못 붙을 정도로 정신없이!

"……좋아. 길드 동맹이 더 커지면 위험하다고 생각은 하고 있었지. 에랑스 왕국에 있는 플레이어들 중에서도 길드 동맹 싫어하는 애들 꽤 있으니까, 잘 말해서 싸우게 해볼게."

'됐다!'

태현은 안도했다. 이세연도 비슷한 생각을 하고 있었던 것이다.

"좋아. 악수하자고."

탁-

"언니! 언니!"

"?"

"길드 동맹이 블랙 드래곤을 동원하는 데 성공했대요! 지금 오스턴 왕국에 블랙 드래곤 떠서 날뛰고 있어요!"

"……?!"

이세연은 깜짝 놀랐다. 저런 미친 짓은 김태현만 할 수 있을 줄 알았는데, 길드 동맹도 하네?!

"대체 어떻게?!"

"지금 나오는 정보 보니까, 오스턴 왕국 북동쪽에 있는 학카리아스를 설득한 것 같아요."

"드래곤을 설득한 거면 돈이 장난 아니게 들었을 텐데…… 게네도 진짜 어지간하긴……."

꽉-

태현은 마주 잡은 이세연의 손을 놓지 않고 힘을 주었다.

"……취소 안 할 테니까 놓지?"

"하하. 꼭 그래서 세게 잡은 게 아니라……."

이세연이나 스미스 입장에서는 꽤 억울하게 된 셈이었다.

블랙 드래곤까지 있는 줄은 몰랐으니까!

'알고 한 거 아니야?'란 의심을 받긴 했지만, 태현도 이번에는 떳떳했다.

"블랙 드래곤을 어떻게 상대할지 생각은 했어?"

"아니. 넌?"

"나도 아직."

태현과 이세연은 조용해졌다.

블랙 드래곤은 솔직히 잡을 자신이 없다! 지금 플레이어 수준으로 잡을 수 있는 몬스터인지 의심스러웠다. 태현이 아무리 레벨차이가 심한 몬스터를 많이 잡아 왔다고 해도 드래곤은 좀…….

"뭐…… 피하면서 싸우면 되니까."

"그…… 그렇지."

자존심 때문에 못 하겠다는 말은 못 하는 둘!

"생각해 보니까 그렇게 위험할 것 같지는 않아. 나타나면 피하면 되고……."

"맞아. 드래곤 나타나면 피할 방법도 생각해놨어."

"그, 그랬어? 우연이네. 나도 생각했는데. 생각해 보니까 드래곤 상대할 방법이 살짝 떠오른 거 같기도 해."

"앗. 너도? 나도 그랬는데……."

'대체 뭔 대화를 하는 거야?'

다른 일행들은 어이없다는 표정으로 둘을 쳐다보았다.

"그럼 일단 갈라져서 준비 마친 다음에 오스틴 왕국에서 보자. 그런데…… 너 저렇게 데리고 갈 애들 많은데 괜찮아?"

"함선 끌고 와서 괜찮아. 다 태우고 가지 뭐."

이세연은 고개를 갸웃거렸다.

'거인도 태울 수 있나?'

아무리 양보해도 다른 부족들까지는 태운다 쳐도, 저 거인은 데리고 갈 수 없을 것 같았다.

'알아서 잘하겠지.'

이세연은 고개를 끄덕이더니 먼저 움직였다. 우이포아틀한테 이번 퀘스트를 보고하고 보상을 받은 다음, 정리하고 오스틴 왕국으로 가야 했던 것이다.

"우리도 움직여야겠다. 데리고 갈 놈들이 많으니 빨리…… 응?"

던전을 나와 해골 광산 근처로 돌아가려던 태현 일행 앞에, 용아병 하나가 유령마를 타고 달려왔다.

이 주변에서 용아병을 보낼 사람은 하나밖에 없었다. 죽은 드래곤 알렉세오스!

-김태현 님. 안녕하십니까.

용아병은 유령마에서 내리더니 공손하게 말했다. 태현은 슬며시 불안해졌다.

'무슨 일이지?'

알렉세오스한테 받고서 먹튀할 생각으로 가득했던 태현이었기에 찔릴 수밖에 없었다.

-세 해골의 광산에서 있었던 싸움이 저희 주인님 귀에도 들어왔습니다.

"그게…… 음……."

정확히 뭘 들은 건지 묻고 싶었지만, 긁어 부스럼이 될까 봐 태현은 조심스러웠다.

-주인님께서 김태현 님을 뵙고 싶어 하십니다. 최대한 빨리 와주십시오.

〈알렉세오스의 부름-드래곤 리치 알렉세오스 퀘스트〉
세 해골의 광산에서 있었던…….

동시에 뜨는 퀘스트창!

태현은 일단 수락했다. 거절할 수는 없었으니까.

"뭐야? 저거? 위험한 거 아니지?"

"그건 나도 모르겠는데……."

고민하던 태현. 고민이 끝나기도 전에 저 멀리서 다른 언데드 기사가 달려왔다. 아스비안 제국 귀족 복장을 차려입은 귀족 기사였다.

-김태현 전하! 위대하신 대왕이자 아스비안 제국의 황제, 언데드 군단의 지배자이자 위대한 수도의 수호자, 드래곤을 멸하는 자이자…….

귀족 기사는 우이포아틀의 칭호를 하나씩 다 털어놓기 시작했다. 하도 길어져서 태현뿐만 아니라 다른 일행들도 하품을 하며 들었다.

-……께서 김태현 전하를 뵙고 싶어 하십니다!

[아스비안 제국의 귀족 기사, 아샤크가 황제 우이포아틀을 칭송합니다!]

[당신도 당신의 칭호를 스스로 자랑할 수 있습니다.]

'응?'

자랑해서 뭐 하나 싶었지만, 일단 할 수 있다니 태현은 하기 시작했다.

"오냐. 중앙 대륙의 토끼 학살자이자 카테란드 바다의 질서를 가지고 온 자이며 교단의 부활을 가지고 온 자……."

다른 사람들은 다 하품을 했지만 귀족 기사는 감탄하며 들었다.

"불화를 일으키는 자……."

-예?

"아. 이건 취소."

자랑하는 상황에서 불명예스러운 칭호는 늘어놓을 수 없었다.

'악마를 속인 자는 좋은 칭호인지 나쁜 칭호인지 애매하군.'

[카르바노그가 애매할 때는 빼라고 조언해 줍니다.]

'그래. 그래야겠다.'

"……가 아샤크를 맞이한다!"

-영광입니다! 전하!

"그런데 폐하께서 무슨 일로?"

-폐하께서 세 해골의 광산에서 있었던 싸움을 들으셨습니다.

알렉세오스와 같은 이유! 태현은 매우 불길해졌다. 세 해골의 광산에서 있었던 싸움이 어떻게 들어갔길래 둘 다 태현을 부르지?

일단 알렉세오스 부하나 우이포아틀 부하나 태도 자체는 괜찮아 보이는데……. 이게 함정일 수도 있다!

"알겠다. 바로 찾아가겠다."

일단 둘 다 찾아가겠다고 말은 했는데…….

'괜히 줄 타다가 피 보는 거 아닌지 모르겠군.'

태현은 새삼 난이도 높은 플레이를 하고 있다는 걸 자각했다. 다른 사람들은 그냥 진영 하나 골라서 평범하게 퀘스트를 하는데, 태현은 진영 사이를 오가면서 곡예를 부리고 있는 셈!

"일단 너희들은 세 해골 광산으로 돌아가서 있는 부족들 전부 챙겨서 항구 쪽으로 와. 다 황제한테 충성 바치기로 한 부족들이니까 도시에 들어와도 괜찮을 거야."

태현은 시간을 절약하기 위해 일을 나눴다. 나머지 일행들은 데리고 나온 부족들을 챙기고 항구로 이동! 그리고 태현은 따로 알렉세오스와 우이포아틀을 찾아갈 생각이었다.

시간도 절약하고, 만약의 일이 생길 경우 도망치기도 편했다. 적어도 기껏 생긴 부하들이 다 죽어 나가는 일은 없을 테니까!

"그거 정말 좋은 생각이다!"

케인은 감탄했다.

"너 지금 위험한 일 안 맡을 것 같아서 그러는 거지?"

"아, 아닌데."

케인은 말을 더듬었다. 어떻게 알았지?

'이놈을 데리고 갈까?'

태현은 살짝 고민하다 말았다. 튈 때는 혼자가 편했다.

"알렉세오스부터 먼저 가실 건가요, 우이포아틀부터 먼저 가실 건가요?"

"음……."

태현은 갈등했다. 다른 플레이어였다면 별생각 없이 대충 골랐겠지만, 태현은 조심스러웠다.

난이도 높은 퀘스트는 사소한 선택 하나도 조심해야 한다!

여기서 잘못 골랐다가 피를 볼 수도 있었다.

'우이포아틀한테 먼저 가야겠군.'

성격 더러운 놈 먼저!

"왔는가. 김태현 왕."

"부르셨습니까!"

태현은 넙죽 엎드렸다. 성격 더러운 NPC를 상대할 때는 일단 최대한 저자세로 나가야 했다.

'젠장. 언데드라서 표정 읽기가 힘들군.'

태현은 힐끗 우이포아틀을 쳐다보았다. 언데드라 표정 읽기가 힘든 얼굴! 그러나 다행히 태현한테는 화술 스킬이 있었다.

[우이포아틀이 당신의 태도에 기뻐합니다.]

'분노해서 부른 건 아닌 것 같은데.'

"광산에서 있었던 일을 들었다."

"예."

"짐의 명령을 거역하는 놈들을 때려잡다니. 아주 흡족하도다."

'아.'

태현은 안도했다.

다행이다! 태현이 알렉세오스와 붙어먹거나, 우이포아틀이 내린 명령(오스틴 왕국으로 가서 우이포아틀의 신물을 훔쳐간 걸 찾아오는 것)을 무시한 것 때문이 아니었구나!

[아스비안 제국의 공적치 포인트가 크게 오릅니다!]
[우이포아틀의 친밀도가 아주 조금 오릅니다.]

"충신 이세연의 말을 들어보니 김태현 왕의 활약이 아주 대단했다고?"

"하하. 제가 좀 열심히 했습니다. 그게 다 폐하를 존경해서 아니겠습니까?"

"원하는 게 있다면 말해보라."

"그러면 사양하지 않고⋯⋯."

냉큼 대답하는 태현! 공적치 포인트도 생겼겠다, 뜯어낼 수 있을 때 최대한 뜯어내려는 생각이었다.

"그런데 짐의 신물은 언제 찾을 생각이지?"

"바로 출발할 생각입니다, 폐하! 조금만 기다려 주십시오!"

"그래. 믿고 있다. 만약 짐과의 약속을 어길 경우에는⋯⋯."

달그락달그락-

우이포아틀의 해골이 음산한 소리를 냈다.

"걱정 마십시오. 폐하. 아. 그리고 오스턴 왕국에 드래곤이 나타났다고⋯⋯."

"뭐라?!"

"아주 흉악한 놈들입니다. 붙을 상대가 없어서 드래곤하고 붙다니!"

태현은 드래곤을 두 마리나 부리고 다녔지만 지금 그건 중요하지 않았다. 중요한 건 남의 험담!

"절대 용서하지 마라!"

"그런데 그런 놈들과 싸우려면 더 지원이……."

[우이포아틀을 설득하는 데 성공했습니다.]

[화술 스킬이 크게 오릅니다.]

[우이포아틀이 더 많은 것들을 지원해 줍니다. 지원 목록이 새로 열립니다!]

드래곤의 이름은 잠겨 있던 목록까지 새로 열리게 만들었다.

'음…… 일단 〈아키서스 포병대〉 강화시킬 지원하고, 영지 수비 올릴 것들 좀 가져가야겠다.'

아스비안 제국 황실의 보물들은 강력한 것들이 많았다.

아스비안 제국 황실의 감시자 깃발:

성벽 위에 꽂는 아스비안 제국 황실의 깃발이다. 휘날리는 것만으로도 적들을 위압하는 이 깃발은, 성벽 위에 있을 경우 특수한 효과를 부여한다.

설치 시 치안 대폭 상승. 성벽 내구도 대폭 상승.

가져갈 시 우이포아틀이 싫어할 수 있음.

우이포아틀이 쪼잔한 게 신경이 쓰였지만, 태현은 아랑곳하지 않았다. 어차피 이제 떠나면 볼일 거의 없을 텐데!

'잠깐. 저번에도 이러지 않았었나?'

저번에도 우이포아틀과 다시 안 만날 줄 알고 화술 스킬 연습 시험대로 삼았었는데!

태현은 좀 자제할까 고민하다 말았다.

이번에는 진짜 만날 일 없을 거야!

〈아스비안 제국의 망원경〉, 〈아스비안 제국의 마법 대포〉, 〈아스비안 제국 황실의 감시자 깃발〉…….

우이포아틀은 불만스럽다는 듯이 물었다.

"그놈들을 징벌하러 가는데 그런 깃발은 왜 가져가는 거지?"

"폐하! 놈들을 잡기 위해서는 요새도 필요하지 않겠습니까!"

"필요 없을 것 같은데……."

태현은 옳다구나 하고 외쳤다.

"그러면 제가 왜 필요한지 말씀드리겠습니다."

이 기회에 화술 스킬이나 더 올리자!

"아니. 됐다."

[우이포아틀이 당신과의 대화를 거절합니다!]

저번에 하도 많이 괴롭힌 탓에 아예 대화 자체를 거부하는 우이포아틀!

우이포아틀과 만족스럽게 끝난 건 다행이었지만, 그러자 한 가지 걱정이 생겼다.

'그러면 알렉세오스는 불만 때문에 부른 건가?'

우이포아틀이 광산에서 있었던 일을 좋아한다면, 알렉세오스는 싫어할 게 분명했다. 태현은 가면서 변명할 거리를 생각하기 위해 머리를 굴렸다.

어떻게 거짓말을 해야 잘했다고 소문이 날까!

그러나 알렉세오스의 반응은 태현의 예상을 뛰어넘었다.

-황제의 광산에 있는 부족들을 쫓아내고 광산을 못 쓰게 만들어 버리다니. 과연 아키서스의 화신답다. 기대했던 것보다 더 대단하군.

"?"

[죽은 용 알렉세오스가 당신이 한 일에 매우 만족스러워합니다!]
[알렉세오스의 친밀도가 오릅니다.]
[알렉세오스의 공적치 포인트가……]

생각지도 못한 긍정적인 반응!

알렉세오스는 광산이 그 꼴이 난 게 태현 덕분이라고 생각하는 모양이었다. 아키서스의 화신이 아니면 누가 그런 짓을 했겠냐는 믿음!

-왜 그러지?

"……별로 칭찬받을 만한 일이라고 생각지도 않아서 그랬습니다!"

-겸손한 건 아키서스의 화신답지 않은데.

"……."

-걱정했는데 네가 우이포아틀과 잘 싸우는 걸 보니 마음이 놓인다. 음. 그렇게 포기하지 말고 계속해서 싸우도록…….

"아, 그런데 알렉세오스 님."

-?

"제가 지금 중앙 대륙에 일이 생겨서 잠깐 가봐야 하는데……."

-무슨 일? 우이포아틀과 싸우는 것보다 더 중요한 일이 있단 말이냐?

"중앙 대륙에 블랙 드래곤 학카리아스가 나타나서 아주 포악하게 날뛰고 있답니다. 제 왕국도 위험하니 가서 막아야 하지 않겠습니까!"

태현은 은근슬쩍 학카리아스를 욕했다. 알렉세오스를 어떻게든 싸움에 끼워 넣고 싶은 마음!

그러나 알렉세오스는 이 무덤을 벗어날 생각이 없는 것 같았다.

-학카리아스? 그놈은 욕심 많고 세으른 놈이라 자기 영역을 벗어나지 않을 테데……?

"아닙니다. 들어보니 다른 왕국도 불태우겠다고 협박한다고 합니다. 블랙 드래곤답게 아주 나쁜 놈입니다."

-역시 블랙 드래곤다운 천박한 놈이야.

딱히 학카리아스가 그런 소리를 하지 않았지만, 학카리아스는 여기에 없었다. 자리에 없는 놈인데 뭐 어떠냐!

덕분에 흑흑이만 떨떠름했다.

"알렉세오스 님. 도와주시죠. 그놈을 막지 못하면 저도 우이포아틀과 싸우기 힘들 수도 있습니다."

-아키서스의 화신. 네가 아무리 강해도 학카리아스를 이길 순 없다. 전성기의 드래곤을 무시하느냐? 그냥 포기하는 게…….

"흠. 전성기의 드래곤을 때려잡은 우이포아틀은 더 무시무시하겠군요. 우이포아틀과 싸우는 것도 포기하는 게……."

-……낫다고 생각했지만 가끔 어떤 싸움은 피할 수 없지. 정의를 위한 싸움은!

[알렉세오스와의 화술 대결에서 승리합니다.]
[화술 스킬이 오릅니다.]

그렇게 말은 했지만, 알렉세오스는 영 방법이 떠오르지 않는 모양이었다. 알렉세오스가 직접 가서 싸울 수 있는 것도 아니고, 부하들을 딸려 보내봤자 학카리아스도 부하가 있을 것이니 제물밖에 안 될 것 같았고…….

-그냥 싸우지 않고 해결하는 게 어떠냐?

"……진지하게 하는 소리입니까?"

태현은 어이가 없어서 되물었다.

블랙 드래곤이 지금 왕국을 태우면서 날뛰고 있는데 어떻게 안 싸우고 해결을 한단 말인가?

-물론 우리 드래곤은 고고하고 긍지 높은 종족이니…….

"?"

태현은 용용이와 흑흑이를 쳐다보았다.

-왜 그러나, 주인이여?

-주인님. 방금 한 말에 무슨 문제라도?

-아무것도 아니야.

용 앞에서 용을 욕하진 말아야지!

태현은 다시 알렉세오스의 말을 경청했다.

-긍지 높은 종족이니 하찮은 인간의 말을 듣진 않을 거다. 하지만 같은 드래곤이라면 어떨까?

"앗. 알렉세오스 님께서 직접 말을 해주실 겁니까?"

-아니. 나는 여길 떠나지도 못할뿐더러, 놈은 내 말을 귓등으로도 듣지 않을 거다.

블랙 드래곤과 레드 드래곤은 사이가 좋지 않았다. 사실, 같은 색 드래곤이 아닌 이상 사이가 좋은 경우가 더 드물었다.

"그러면 뭐 어떻게 하란 겁니까?"

-꼭 내가 말을 하란 법이 있나? 다른 드래곤이 있잖나.

"어? 아스비안 제국에 다른 드래곤이 있습니까?"

용용이와 흑흑이가 황당해했다. 알렉세오스도 마찬가지였다.

-네가 데리고 다니는 그 드래곤들…….

"아아아!"

-주인이여…….

-주인님…….

두 신수의 시선이 따가웠지만 태현은 모르는 척했다.

-심지어 저 드래곤은 블랙 드래곤 아닌가. 학카리아스와 말이 통할 것이다.

"그게 정말이냐?"

태현은 흑흑이를 보며 물었다. 흑흑이가 어색하게 대답했다.

-학카리아스 씨와는 이야기 안 한 지 좀 오래됐습니다만…….

"뭐? 아는 사이였어?"

-아, 아니. 이야기 안 한 지 좀 오래 됐…….

"알면 그걸로 된 거지!"

태현은 기뻐하며 흑흑이의 등을 두드려 줬다. 흑흑이는 매우 불안해졌다.

-주인님. 학카리아스 씨는 성격이 진짜 더러운데…… 저는 자신이…….

"괜찮아. 난 널 믿는다."

흑흑이는 생각에 잠겼다.

학카리아스와 언제 이야기했더라? 한 몇백 년은 넘은 것 같은데…….

'이야기가 통하려나?'

드래곤들은 기본적으로 이기적이고 자기밖에 모르는 이들이었다. 같은 색 드래곤이면 말은 들어줄지 몰라도, 그 이상은 기대하기 힘들었다. 그러나 태현은 이미 이야기가 끝났다는 듯이 흑흑이의 말을 듣지 않았다.

-주인님…….

"그래. 자신 있다고?"

-아니 그게…….

"그래그래. 알겠으니까 그만 자신해라."

흑흑이는 깨달았다. 태현은 지금 가능하냐 불가능하냐를 묻고 있는 게 아니었다.

무조건 되게 해라!

용용이가 안쓰럽다는 듯이 흑흑이를 토닥였다. 흑흑이는 감동받았다. 어쩐지 아스비안 제국에 와서 용용이와 점점 더 친해지는 것 같았다.

"그리고 알렉세오스 님."

-또 뭐냐?

알렉세오스는 질색했다. 이쯤 대화했으면 빨리 나가서 위험을 막아야지, 뭘 또 계속 말을 거는 거야? 이미 몸이 죽었어도 숨길 수 없는 아키서스에 대한 경계심!

그러나 알렉세오스는 알지 못했다. 태현 앞에서는 말 한마디도 조심해야 한다는 것을.

"……와. 너무하신 거 아닙니까?"

-아…… 아니. 지금 밖의 세계는 혼란스러운데 이 놈이 할 수 있는 건 별로 없고, 네가 여기서 너무 시간을 많이 쓰는 것 같아서…….

"제가 지금 얼마나 열심히 하는데…… 지금 다른 놈들은 다 황제한테 굽신거리는데 저 혼자 비밀결사와 손잡아가면서 황제와 맞서고 있는 거 아십니까? 와, 참, 진짜, 참. 드래곤이라고 그러시는 거 아닙니다."

[최고급 화술 스킬을 갖고 있습니다!]
[알렉세오스가 당신에게 매우 미안해합니다.]

-아니…… 미안하다.

알렉세오스가 살아 있고, 아쉬운 게 없었다면 아무리 최고급 화술 스킬이 있었어도 사과가 나오진 않았을 것이다.

그러나 지금 알렉세오스는 많이 아쉬운 입장이었다.

태현은 그걸 알았기에 강하게 나갔다.

태현이 아니면 알렉세오스의 일을 도와줄 사람이 별로 없었으니까!

-미안하게 됐다.

"흥. 됐습니다. 처음 만났을 때부터 아키서스 싫어하는 것에서 알아봤습니다."

-아니…… 아키서스를 싫어하는 게 아니라, 꺼리는 거다. 나만 꺼리는 게 아니라 상식 있고 교양 있는 드래곤이면 모두 다 꺼려 하는데…….

"그게 싫어하는 거 아닙니까! 제가 아키서스의 화신을 맡아 대륙의 위험을 얼마나 많이 해결해 왔는데 이런 취급을 받는다니 정말 서러워서……."

태현은 울컥한 얼굴로 고개를 돌렸다. 용용이가 날개를 퍼덕이며 태현을 달랬다.

-미안하다. 생각해 보니 아키서스도 나쁘진 않은 것 같다. 소문이 안 좋게 퍼졌을 뿐이지…….

'이 상황 어디서 많이 들어본 것 같다.'

용용이는 속으로 생각했다. 골드 드래곤 장로들이 아키서스한테 속아 넘어갈 때 저런 식으로 경계심을 풀었다고 들었는데…….

"후. 어쩌겠습니까. 대륙이 위험한데 제가 또 참아야겠죠."

-……뭐 필요한 거라도 있나?

"〈알렉세오스의 권능〉을 좀 강화시켜 주실 수 있으십니까?"

-지금 그걸 말이라고……!

알렉세오스는 황당해했다. 드래곤 리치로 변신할 수 있는 〈알렉세오스의 권능〉은 정말 어마어마한 스킬이었다.

마법 스킬이 부족한 태현도 이세연 뺨치는 리치로 만들어 주는 사기 스킬! 하늘을 뚫는 총 MP 양, 눈만 깜박여도 회복되는 MP 속도, 각종 강력한 네크로맨서 스킬 등등을 스킬 하나에 주는 것이다.

당연히 알렉세오스도 이걸 그냥 속 편하게 준 건 아니었다. 알렉세오스의 원래 힘을 많이 나눠준 것이다.

그런데 그걸 더 강화시켜 달라니. 벼룩의 간을 빼달라는 소리였다.

-안 된다! 더 힘을 내줄 수는 없다.

태현은 대답 대신 침묵했다. 때로는 말보다는 침묵이 더 강한 힘을 발휘했다.

[최고급 화술이……]

─……레어의 다른 보물을 내줄까?

"……."

─……권능을 바꿔줄 수는 있다. 보아하니 아키서스의 화신인 너는 마법사보다는 전사에 가깝더군. 드래곤 리치가 아닌, 전사에 맞는 힘을 줄 수 있다.

태현은 솔깃했다. 사실 〈알렉세오스의 권능〉을 강화시켜 달라고 말한 건, 태현도 크게 기대하지 않고 말한 것이었다.

〈알렉세오스의 권능〉은 이미 충분히 사기적이었으니까!

스킬 쿨타임을 대폭 줄여주는 〈알렉세오스의 축복〉과 함께 이 걸 받은 지금, 이걸 더 강화시켜달라는 건 정말 도둑놈 심보였다.

그렇지만 권능을 바꿔준다?

'학카리아스하고 싸울 때, 드래곤 리치보다는 아키서스의 화신 상태가 더 나아.'

태현은 냉철하게 판단했다. 드래곤 리치는 혼자서 군단을 이끌지만, 가끔은 군단이 할 수 없는 일도 있었다.

학카리아스는 마법의 달인인 드래곤이고, 각종 흑마법도 강력할 것이다. 그런 상대로 드래곤 리치는 딱히 상성이 좋지 않았다. 게다가 태현은 이미 이세연과 손을 잡았다. 언데드 군대를 부릴 거면 이세연의 힘을 빌리면 됐다.

차라리 아키서스의 화신 상태에서, 상대의 공격을 유연하게 피하며 폭딜을 넣는 게 더 낫다!

"음…… 어쩔 수 없지요. 그러면 그렇게 할까요?"

-그래.

"레어의 다른 보물도 내주실 거죠?"

-……한 개만 가져가라.

"감사합니다!"

-봐서 고르면 안 된다.

"아니, 안 보고 어떻게 고릅니까? 빠르게 보고 고르겠습니다. 5초도 안 걸립니다."

-아키서스의 힘은 행운의 힘. 절대 안 된다.

'쯧.'

알렉세오스는 괜히 고룡이 아니었다. 경험 많은 현명한 드래곤! 다른 NPC였다면 완전히 호구 잡혔을 테지만, 알렉세오스는 현명해서 그런지 절반만 호구를 잡혔다.

"그러면 어떻게 고릅니까?"

-내가 골라 줄.

"……."

-……수는 없겠지.

태현은 분명히 봤다. 알렉세오스의 눈동자가 태현의 눈치를 힐끗 봤다가 다시 돌아가는 것을!

-그러면 제3자가 고르게 하자. 제일 운이 없어 보이는…….

"예?"

-아, 아니. 제일 공정해 보이는…… 저 블랙 드래곤을 시키지? 흑흑이!

용용이는 아키서스의 신수인 데다가 골드 드래곤이니 왠지 운이 좋아 보였던 것이다.

태현은 흑흑이를 보며 굳은 목소리로 말했다.

"흑흑아."

-예?

"믿는다!"

-아, 아니. 밑도 끝도 없이 좀 그만 믿어주시면……. 부담된다!

흑흑이는 날개를 축 늘어뜨리고 레어 안으로 들어갔다.

"뭐 골랐냐?"

태현은 기대 가득한 눈으로 쳐다보았다. 흑흑이는 작은 비단 주머니를 내밀었다.

그걸 본 태현의 얼굴이 차갑게 식었다. 아무리 봐도 좋은 아이템이 들어 있을 것 같지는 않은 주머니!

알렉세오스도 왠지 모르게 웃는 것 같았다.

뼈밖에 없었지만!

"흑흑아. 넌…… 생각이 없니? 안에 뭐가 들었는지 모를 때에는 큰 걸 골라야지."

기본적인 법칙! 일단 부피가 커야 뭔가 더 들어 있을 확률도 많지 않겠는가.

혹혹이는 억울하다는 듯이 말했다.

-주인님. 눈을 가리고 골라야 했습니다.

"아니 이런 치사한……"

알렉세오스는 못 들은 척 고개를 돌렸다.

-아키서스의 화신이여. 우이포아틀은 너를 기다리지 않을 것이다. 최대한 빨리 중앙 대륙으로 가 문제를 해결하고 돌아와야……

"알겠습니다."

받을 거 다 받은 태현은 귓등으로 들었다.

'안에 뭐 들은 거야?'

[<고대의 힘으로 밀봉된 비단 주머니>를 개봉하시겠습니까? 한 번 개봉하면 다시는 되돌릴 수 없습니다.]

"개봉."

[<정체불명의 고대 씨앗>을 얻었습니다.]

"……??"

태현은 황당한 얼굴로 손바닥에 놓인 씨앗 몇 개를 바라보았다.

이게 다야?

'아니 이게 뭔……'

정체불명의 고대 씨앗:

고대에서부터 살아남은 정체불명의 씨앗이다. 심었을 때 무엇이 자랄지는 심어봐야만 알 수 있을 것이다.

-정체불명의 고대 씨앗은 행운에 영향을 받습니다.

-정체불명의 고대 씨앗은 명성에 영향을 받습니다.

-정체불명의 고대 씨앗은 악명에 영향을 받습니다.

-정체불명의 고대 씨앗은 신성에 영향을 받습니다.

태현은 뭔가 심상치 않다는 걸 느꼈다. 생각보다 꽝은 아닌 것 같긴 했지만……

'그냥 쓰기 좋고 알기 쉬운 아이템이 좋은데……'

언제, 어떻게 효과가 나올지 모르는 아이템들은 이미 충분! 바로 심으면 되겠지만, 그러기에는 찝찝한 게 한 가지 있었다.

하필이면 이 고대 씨앗이 영향받는 스탯들이 태현이 미친 듯이 높은 스탯들이라는 점이었다.

'행운, 명성, 신성은 높아도 괜찮을 것 같은데, 악명…… 높으면 안 될 것 같은데……'

행운, 명성, 신성도 높지만 악명도 어마어마하게 높은 태현!

이게 왠지 함정 같았다.

'안 심을 수도 없고…… 영지에서 좀 떨어진 곳에 심어야겠다.'

태현은 아탈리 왕국 외곽, 태현의 말을 안 듣는 귀족 NPC들 영지 근처에 심어야겠다고 생각했다. 얻었으니 안 심을 수는 없었다.

-빨리 가라, 아키서스의 화신!

"예, 예."

[<알렉세오스의 권능>이 변화합니다!]

<알렉세오스의 권능>

리치가 된 용 알렉세오스가 당신에게 전사의 힘을 빌려줍니다. 스킬을 사용하면 일시적으로 드래곤 나이트의 힘이 당신의 팔에 깃듭니다.

'오. 훨씬 낫군.'

드래곤 리치로 변신하는 게 아니라, 아키서스의 화신 직업 스킬은 전부 그대로 사용이 가능했다.

변신이 아닌 버프 스킬!

-빨리 좀 가라니까!

"아. 갑니다. 가요."

-그런데 주인이여.

"……?"

……우리는 아키서스의 권능 찾으러 온 거 아니었나?

용용이는 의문을 표했다. 분명 아스비안 제국에 온 건, 아키서스의 권능을 찾아서 온 거였는데……. 와서 한 건 우이포아틀을 속여서 지원을 받고, 알렉세오스를 속여서 권능을 받고, 이 근처를 돌면서 부족들을 털고, 광산을 공격해 부하들을 만들고…….

"아. 그랬지."

태현도 순순히 인정했다. 어쩌다 보니 아키서스의 권능을 찾을 시간이 안 났다.

"하지만 용용아. 중요한 건 아키서스의 권능이 아니야."

아키서스의 화신이 하는 것치고는 지나치게 유연한 말!

-그, 그러면 뭐가 중요한가?

"당연히 시간 제한 있는 것들이 중요하지. 권능은 나중에도 찾을 수 있으니까. 그걸 누가 찾아가겠어. 아무짝에도 쓸데없는 물건인데."

-…….

"빨리 배 띄워서 돌아가야지. 지금쯤이면 준비가 다 끝났을 거야."

태현은 자신만만하게 말했다.

이럴 줄 알고 이미 일행들을 먼저 항구로 보내 출발 준비를 시켜놓은 태현이었다. 지금쯤이면 항구에 벌써 다 출발할 준비가 되었을 터!

그러나 태현의 예상은 보기 좋게 빗나갔다.

"저거 어떻게 태우냐! 올라만 가면 배가 무너지고 녹는데!"

"얼음 마법을 몸에 쏴볼까요?"

-쿠오! 쿠오오!

"어. 하지 말라는 거 같은데요."

난장판!

아스비안 제국 항구는 시장바닥보다 더 혼란스러웠다.

아스비안 제국을 구경 온 수많은 플레이어들. 그 플레이어들이 지금 배 태우려는 걸 다 보러 구경 온 것이다.

"와. 저거 뭔 거인이야? 처음 보는데."

"저걸 김태현이 부리는 건가? 역시 김태현이다."

"근데 거인이 왜 이렇게 시들시들해 보이지?"

"잠을 못 잤나?"

"김태현이다!"

"뭔 소리야? 잠을 못 잤냐고 했잖아. 김태현 때문에 시들시들하다니, 무슨 길드 동맹 애들도 아니고."

"아니, 저기 김태현이라고!"

촤아아악-

태현이 나타나자, 마치 바다가 양쪽으로 갈리듯 그 많던 플레이어들이 쫙 옆으로 갈라졌다.

아무 말도 하지 않았는데도 자동으로 열리는 수준!

케인은 그걸 보고 감탄했다.

"와. 나도 저거 하고 싶다."

"케인 씨는…… 무리지 않을까 싶습니다만……."

뿜어내는 카리스마가 차원이 달랐다.

유유히 걸어오는 태현을 보며, 플레이어들 중 몇몇이 수군거렸다.

"현상금…… 지금 때려도 되려나?"

"그거 근데 제대로 지급 안 된다는 소문이 있던데."

"일단 때리고 생각을……."

손 뻗으면 닿을 거리에 태현이 있다니!

한 대만 치고 튀면 될 것 같은데…….

그러나 그들은 다른 사람들을 너무 얕보고 있었다. 도시 밖에서는 그들만 있었지만, 여기는 태현의 팬들도 우글거렸던 것이다.

"애들아! 얘네 현상금 사냥꾼이야!"

"밟아!"

그들이 선공을 하면 했지, 설마 도시에서 선공을 당할 거라고는 생각지 못한 현상금 사냥꾼들이었다.

쿠당탕!

"??"

태현 일행은 갑자기 일어난 소란에 의아해했다.

쟤네 뭐 하냐?

"비켜, 이것들아!"

"어디서 감히!"

"그건 우리가 할 소리다!"

플레이어들이 빽빽하게 들어선 곳에서 싸우는 건, 다른 곳에서 벌이는 싸움과 전혀 달랐다. 움직여서 피하기도 힘들고, 스킬을 쓸 공간을 만들기도 힘들고, 공격은 순식간에 수십 번도 넘게 들어오고…….

"비키라니까!"

두들겨 맞던 현상금 사냥꾼 중 하나가 광역기 스킬을 사용했다.

-검기 폭발!

플레이어들을 겁줘서 도망치게 만들려는 속셈!
그러나 역효과였다.

[도시 안에서 플레이어를 공격했습니다! 악명이……]
[도시 안에서 플레이어를……]
[경비병들이 당신의 이름을 기억합니다!]

"날 공격했어?!"
"이것들이!"
가만히 싸움 구경하는 플레이어들도 공격을 맞고 분노한 것!
악명이나 도시에서 페널티를 받을까봐 가만히 있던 플레이어들이었지만, 선공을 맞은 이상 참지 않았다.
싸움도 유리해 보이겠다, 나도 끼어야지!
피퍼퍼퍼픽!
"아니, 좀, 비키, 아오! 비키라고! 너희랑, 싸울 생각 없다고!"
"그건 네 생각이고!"
"우린 널 패야겠어!"
플레이어들의 파도를 뚫지 못하고 현상금 사냥꾼들은 하나 둘씩 쓰러졌다.

'사람들 많으니까 한 대 치고 튀어도 괜찮겠지?'라고 가볍게 생각했던 현상금 사냥꾼들은 이제 도망갈 방법을 찾아야 했다. 그러나 그것도 만만치 않았다. 워낙 주변에 사람들이 많았던 것이다.

그들을 구해준 건 경비병들이었다.

-모두 정지!

-모두 정지하라!

아스비안 제국 귀족의 특징인 언데드 기사가 경비병들을 이끌고 달려왔다. 그러자 싸우던 플레이어들도 멈칫했다. 아무래도 도시 안에서는 NPC 눈치가 안 보일 수가 없었다.

현상금 사냥꾼들은 울먹거리며 외쳤다.

"저놈들입니다! 저놈들이 먼저 팼어요!"

"맞습니다! 저희는 그저 순수하게 한 대만 때리려고 했는데 갑자기 몰려들어서 몰매를⋯⋯!"

그러나 언데드 기사는 그들을 무시하고 태현을 쳐다보며 물었다.

-위대하신 황제 우이포아틀 님에게 인정받은 김태현 전하 아니십니까!

"그렇다. 그리고 저놈들이 날 공격하려고 했다."

언데드 기사의 눈에 일렁이는 푸른색 불꽃이 확 타올랐다.

"아⋯⋯ 아니. 안 쳤어요. 아직."

-치려고 한 것이 큰 죄다! 저놈들을 잡아라!

"얘네들은 진짜 공격했다고요!"

물귀신 작전!

현상금 사냥꾼들은 혼자 죽을 생각이 없었다.

그러나 기사는 냉정했다.

-그럴 수도 있지!

"?!"

-귀족을 건드릴 수도 있는 놈은 미리 좀 공격해도 된다! 모두 다 잡아가라!

신나서 싸우던 플레이어들도 어안이 벙벙해졌다.

먼저 공격했는데 안 잡아가다니!

"와아아!"

"김태현 님. 감사합니다!"

"내가 고맙지."

태현의 말 한마디에 플레이어들은 감동했다.

이렇게 따뜻하다니!

그걸 본 케인은 어이가 없었다.

"무슨 말 한마디에 저렇게 심장 멈출 듯이 기뻐하는 게 말이 돼?"

"말이 되죠."

"말이 되는 것 같은데요."

"심지어 케인 씨도 그러잖습니까."

"내가 언제 그랬어?!"

"많이 그랬던 것 같은데……."

그러는 사이 플레이어들은 태현에게 질문 공세를 펼쳤다.

언제 볼지 모르는 스타인 것이다.

이럴 때 안 물어보면 언제 던지랴!

"태현 님! 다음 퀘스트는 어디서 깨실 건가요? 구경 가고 싶습니다!"

"김태현! 너 진짜 이세연이랑 사귀나?"

"태현이 형! 지금 오스턴 왕국에서 전쟁 났는데 갈 생각 있어요?"

태현은 대답하기 어려운 질문들은 무시하고, 대답하기 쉬운 질문들만 골라서 대답했다.

"난 지금 오스턴 왕국 가는 중인데……."

김태현이 오스턴 왕국으로 간다! 그 말의 파급력은 어마어마했다. 순식간에 플레이어들이 웅성거리기 시작했다.

"정, 정말로?"

"블랙 드래곤 학카리아스가 나왔는데??"

"김태현이잖아! 잡을 생각인 거지!"

"와, 그걸 잡을 수가 있어?! 어떻게?!"

"김태현 직업 보면 드래곤과 관련되어 있다는 게 학계의 정설……."

태현이 플레이어들에게 강렬하게 인상을 남긴 퀘스트들!

그중에는 각각 용용이와 흑흑이를 불러 브레스를 갈겨 버린 퀘스트들이 있었다.

이것 때문에 아직도 플레이어들 사이에서는 '김태현 직업은 드래곤과 관련된 직업이 분명하다!'란 가설이 유행했다.

그렇지 않으면 꼬마 용 두 마리를 데리고 다니는 게 설명이 안 된다!

-김태현은 그 전설 직업인 〈전설의 드래곤 나이트〉일지도 몰라!

-아니. 그런 것치고는 너무 스킬이 잡다하지 않나?

태현의 직업을 맞히기 힘들게 만드는 것. 그것은 태현의 잡다한 스킬들이었다.

도저히 뭔 직업인지 알 수 없는 직업!

-야. 봐라. 여기 영상을 보면 이 꼬마 블랙 드래곤이 사디크 스킬을 쓰잖아. 사디크 관련된 블랙 드래곤인 거지. 김태현은 그냥 아키서스 교단을 믿는 거지, 아키서스 교단 관련 직업은 아닐 거야. 아키서스 교단 관련 직업인데 어떻게 이걸 데리고 다녀!

-오오……!

-확실히……!

충격받은 플레이어들 앞에서, 태현은 쐐기를 박았다.

"나뿐만이 아니다!"

"……?"

"스미스도 간다!"

"!!"

"이세연도 간다!"

"!!"

친절하게 다른 둘의 이름도 팔아주는 태현이었다.

CHAPTER 5

학카리아스가 나왔을 때, 길드 동맹은 승리를 자신했다.

블랙 드래곤을 본 순간 오스턴 왕국의 모든 놈들은 고개를 숙이고 도망칠 것이다!

공포란 건 강력한 법이었다. 그러나 상황은 길드 동맹의 예상과 다르게 흘러갔다. 이번에는 김태산과 아저씨들도 단단히 이를 갈고 있었던 것이다.

-오스턴 왕국에서 밀려난 원한을 잊을쏘냐!

-우리 영지가 역병으로 오염되었다!

-그건 아저씨들이…….

-닥쳐!

쉽게 물러날 생각은 조금도 없다!

애초에 김태산은 오스턴 왕국으로 오면서 이 정도 상황은 각오하고 있었다. 길드 동맹의 랭커가 몇 명인데 그들보다 강한 플레이어가 없겠는가. 다만 블랙 드래곤인 게 예상 밖이었을 뿐.

김태산은 곧바로 대응했다.

-정면 대결은 포기한다. 게릴라로 간다. 전부 흩어져서 움직이자!

모여서 성이나 도시를 공략하는 게 아닌, 흩어져서 작은 요새나 마을 턴다!

학카리아스가 강해봤자 혼자였다. 그리고 김태산 생각에, 그렇게 강한 드래곤이 일일이 돌아다니며 소탕까지 뛰어줄 것 같지는 않았다.

'피하면서 약탈만 해도 남는 장사다.'

-형님. 저희 길드원하고 오크 부족들은 아직 멀쩡하긴 한데, 다른 플레이어들이 겁을 먹은 것 같습니다.

지금 오스턴 왕국에서 날뛰는 건 김태산과 오크 부족만 있는 게 아니었다. 소문을 듣고 찾아온 플레이어들이 절반은 넘었다. 산적, 길드 동맹 원한, 경험치, 스킬 보상 등등을 목적으로 찾아온 다목적 플레이어들!

이들은 학카리아스 소식을 듣고 '어……? 슬슬 튀어야 하나?' 하고 고민하고 있었던 것이다. 김태산은 이것도 간단하게 대응했다.

-현상금 걸어!

골드는 사람을 움직인다! 요새 하나 공격하면 골드, 마을 하나 공격하면 골드, 길드 동맹 길드원 공격하면 골드…….

-어마어마하게 나올 텐데요?
-상관없다!
-여기 아말란 요새는 학카리아스 나타난 곳과 가까워서 다들 안 가려고 합니다.
-따블로 걸어!
-그래도 좀…….
-그러면 따따블로 걸어!
-!

"아니 이 자식은 진짜!"

이세연은 날아가는 도중 분통을 터뜨렸다. 게시판에 난리가 나고, 길드원들이 호들갑을 떨길래 무슨 일인가 했더니……. 태현이 못을 박은 모양이었다.

물론 이세연이든 스미스든, 워낙 눈에 띄고 유명한 플레이어였으니 오스턴 왕국에 가면 금세 소문이 날 것이다. 그래도 어쩔 수 없이 소문이 퍼지는 것과, 태현이 이렇게 '얘네도 간다!' 라고 말하는 건 이야기가 다르지 않은가!

　-이세연 씨?

　"?"

　귓속말이 날아오자 이세연은 의아해했다. 누구더라?

　-길드 동맹에서 나왔습니다. 말도 안 되는 소문을 들었는데, 그게 사실입니까?

　길드 동맹 간부는 은근히 압박하듯이 말했다.
　아니라고 말해라! 취소할 기회를 준다!
　물론 이세연은 남이 하지 말라고 압박하면 더 하고 싶어지는 사람이었다. 태현은 부정하지만 둘의 성격은 참 비슷!

　-사실 맞는데?
　-뭐…… 뭐라고요! 지금 그게 사실입니까?
　-왜. 내가 오스턴 왕국 가면 안 돼?
　-지금 저희와 싸우시겠다는 겁니까?
　-그렇다면?
　-이세연 씨. 잘 생각해 보십시오. 김태현은 이세연 씨의 적입니다. 지금

김태현이 잘되면 누가 손해를 보는지 생각해 보십시오. 김태현이 학카리아 스한테 죽기라도 하면 이세연 씨는 대회에서도 손쉽게 이길 수 있을 겁니다.

이세연의 눈썹이 위로 치켜 올라갔다.

-개소리하지 마.
-……네?
-개소리하지 말라니까? 누가 그렇게 이기고 싶대? 이게 가만히 들어 주니까 누구를 호구로 아나…… 너 나 마주치면 죽을 줄 알아.

이세연은 그렇게 말하고 귓속말을 차단했다. 안 그래도 어 차피 싸우려고 했는데, 상대가 짜증 나는 말만 골라 하는 덕 분에 더 거칠게 싸우게 됐다. 이걸로 완전히 선전포고나 다름 없는 상황!
'으. 좀 침착하게 할걸. 김태현 때문에…….'

길드 동맹 간부들은 초조하게 물었다.
"이세연이 뭐라고 하나?"
"선, 선전포고하는데요."
"뭐라고!"
"아니, 이세연 입장에서도 손해 볼 거 없는 제안이었는데!"

길드 동맹 간부들은 도저히 이해가 가지 않았다. 이번에 대회에서 이세연과 김태현은 분명히 라이벌이었다.

김태현이 혹시 죽기라도 해서 페널티를 받으면, 이세연 입장에서는 엄청나게 유리해지는 셈! 그런데 왜 거절하지?

"역시 사귀는 거 아닐까요?"

"그럴듯해……!"

이세연이 알면 두 번 죽일 소리를 하고 있었다.

"스미스한테는 연락 왔냐?"

"어…… 죄송하다는데요."

"휴. 다행이군."

그래도 스미스는 막았다! 스미스도 온다는 건 헛소문이었던 모양이었다.

그러나 말은 언제나 끝까지 들어봐야 아는 법이었다.

"죄송한데 이번만 싸울 테니까 오해는 하지 말아달라고……."

"그게 뭐가 죄송이야!!"

"……배에 못 탄다고?"

"배를 다섯 척이나 태워먹었어요."

태현은 아다만티움 거인 골렘을 쳐다보았다. 골렘은 시선을 피했다.

"저걸 어떻게 태워가지?"

"얼리자."

태현은 간단하게 해결책을 내놨다.

-쿠오오오!

골렘은 기겁했다. 얼린다니. 상상도 할 수 없었다.

"그러다 죽으면요?"

"죽으면 아다만티움이…… 아차. 괜찮아. 안 죽어. 쟤 HP가 몇인데."

-쿠오…….

골렘은 의심의 눈으로 태현을 쳐다보았다.

"일단 추워 보이니까 몸 위에 사디크의 화염을 새겨줄게."

-쿠오, 쿠오.

골렘은 화염 룬을 새기고 화염을 몸에 쐬자 기분 좋은 듯 고개를 끄덕거렸다.

그 틈을 타 태현이 말했다.

"이 정도면 얼어도 될 거 같지 않아?"

-쿠오오오!

명백한 거절!

"귀찮은 녀석 같으니. 지금 출발해야 하는데…… 둘 중 하나를 골라라."

-?

"헤엄쳐 갈래? 얼어서 갈래?"

촤아아아악!

"……저놈도 참 대단한 놈이야."

태현은 어이가 없다는 듯이 배 앞을 쳐다보았다.

골렘은 지금 배에 몸을 묶고 헤엄쳐 나아가고 있었다.

얼어서 가는 것보다는 차라리 바닷물이 낫다!

태현이 걸어준 사디크의 화염 룬 덕분에 바닷물 속에서도 버틸 수 있는 모양이었다. 솔직히 태현은 그냥 얼어서 갈 거라고 생각했었다. 그러나 골렘은 진짜 얼음이 싫은 모양이었다.

치이이익!

골렘이 지나갈 때마다 바닷물이 바로 끓어올라 증기로 변했다.

[아다만티움 골렘이 계속해서 뿜어낸 증기로 인해 안개가 생깁니다!]

[아다만티움 골렘의 마력으로 안개가 마법의 안개로 변합니다!]

"가지가지 한다. 가지가지해."

주변의 시야가 확 가려졌지만, 태현은 신경 쓰지 않았다. 이 주변은 강력한 몬스터도 안 나왔으니까.

"이 안개 무슨 효과야?"

"몰라. 안개니까 밖에서 안 보이는 거겠지. 안 보이면 좋은 거 아닌가?"

"마법의 안개인데 뭐 추가 효과라도 있나?"

"더 강력한가?"

배 위에 탄 플레이어들은 웅성거렸다. 갑작스럽게 뜬 효과라 그들도 정확히 어떤 효과가 있는지는 알지 못했다. 그러나 그 대충 던진 예상이 의외로 잘 맞아떨어졌다.

"애들아. 준비됐나!"

"근데 길마님."

"선장님이라고 부르라니까!"

길마라고 불린 해적 플레이어, 티치는 성질을 냈다.

그 모습에 다른 해적들이 서로 쳐다보았다.

'컨셉에 미쳐 버리셨나……'

'우리 길드 괜찮은 거 맞아?'

'그래도 이만한 사람이 또 없으니까……'

해적 길드 〈검은 수염〉! 티치가 이끄는 길드였다. 해적 길드 자체는 특이하지 않았다. 판온에는 온갖 길드들이 있었으니까. 심지어 거지 길드도 있었다.

문제는 길마 티치가 좀…… 이상한 사람이라는 것!

자기가 진심으로 해적이라고 믿는 사람이었다.

"선장님. 근데…… 길드 동맹이 요즘 좀 먹튀를 한다는 말이 많습니다만."

벌써 슬슬 퍼지기 시작한 현상금 소문!

-김태현을 쳤습니다! 이걸 보십시오!

-그건 가짜입니다! 저는 아스비안 제국에서 진짜 김태현을 쳤습니다! 이 영상을 보십시오! 김태현이 아파 비명을 지릅니다!

-무슨 소리! 제 영상에서는 김태현이 뒹굴뒹굴 구릅니다!

어디서 자기가 쳤다고 말하는 놈들만 수백 명이 넘게 몰려오자, 길드 동맹도 더 이상 현상금을 줄 수가 없었다.

-일단은 기다려라!

최대한 버티고 트집 잡고 말 돌리는 식으로 넘어가려는 길드 동맹! 그러나 이런 방식이 오래 갈 리 없었다. 당연히 소문이 퍼졌다.

-길드 동맹 놈들 현상금 안 준다고?

-뭐?! 내가 지금 그거 받으려고 얼마나 개고생을 했는데……!

-야. 근데 오스턴 왕국에 지금 짭짤한 일이 있다더라.

생각지도 못한 역효과!

돈을 떼인 분노는 무서웠다. 길드 동맹도 모르는 사이 현상금 사냥꾼들이 오스턴 왕국으로 대거 몰려오고 있었던 것이다.

"어허! 같은 나라 사람을 믿지 못하면 누굴 믿는단 말이냐!"

티치는 성을 냈다. 닉네임은 티치지만 중국인이었다.

"아니…… 같은 나라 사람이라도 사기는 칠 수 있잖아요."

"어허!"

티치의 라이벌인 해적 플레이어, 잭은 태현을 쫓아다니다 대해적 갈르두를 만나 크게 피해를 입었다.

티치는 그걸 잘 알고 있었다.

"걱정 마라. 김태현의 상대법은 내가 잘 알고 있으니까."

"그게 뭡니까?"

솔깃해진 길드원들이 물었다.

"정면에서 맞서 싸우지 않는다!"

"……그, 그게 답니까?"

뭔 미친 개소리야?

길드원들은 티치를 경악한 눈으로 쳐다보았다. 지금 김태현이 타고 오는 배를 공격하러 가는데…….

"김태현이 탄 배 말고 나머지 배만 최대한 공격하고 튀는 거다. 그러면 김태현이 어떻게 쫓아오겠냐!"

"오……."

"의외로 그럴듯한데?"

해적 길드답게 그들의 항해술 스킬은 엄청나게 높았다. 게다가 배도 최대한 빠른 배를 고른 상태. 아무리 김태현이라도 느린 배 끌고 쫓아오지는 못하겠지!

피해는 피해대로 주고, 생색은 생색대로 내며, 김태현하고는 안 마주칠 수 있는 좋은 전략이었다.

"마법 공격이나 화살 공격만 버티면 될 거 같은데?"

"김태현이면 기계공학 스킬 있잖아. 폭탄도 있을 텐데."

"아. 폭탄……."

"걱정 마라! 폭탄은 조종해서 피하면 된다. 그거 던져봤자 사거리가 얼마나 되겠냐. 붙으면 쏘지도 못할 거야!"

그들은 해적질을 한두 번 해본 게 아니었다. 마법사들이나 궁수들이 탄 배도 충분히 공격 가능했다. 온갖 혼란 스킬을 펼치고, 배를 빠르게 붙이고, 치고 빠진다!

폭탄이라고 다를 거 없었다.

"저기 온다!"

"뭐 왜 이렇게 일렁거리지?"

태현이 끌고 다니는 함대가 무슨 아지랑이처럼 일렁거렸다.

"마법 좀 썼나 보다. 후후. 하지만 내 앞에서는 의미가 없지."

티치는 〈해적의 탐욕스러운 뿔나팔〉을 꺼냈다. 수많은 해적질을 성공하는 데 도와준 강력한 아이템으로, 하루에 횟수 제한이 있지만 한 번 사용하면 주변 마법을 해제하는 효과가 있었다.

뿌우우우우-

[〈해적의 탐욕스러운 뿔나팔〉을 사용했습니다!]
[일시적으로 마법의 안개가 걷힙니다!]

촤아아악!

날렵한 해적선들이 물살을 가르며 앞으로 내달렸다.

"응? 왕국 해적인가?"

케인은 멀리서 달려드는 해적선들을 보고 고개를 갸웃거렸다. 왕국 해적이라고 말하면 뭔가 말이 안 되게 들렸지만, 사실 아탈리 왕국에는 왕국 해적이 있었다.

태현이 복속시킨 해적 부족들!

"적이다!"

"적이다! 적이다!"

배 위에 타고 있던 플레이어들은 모두 당황했다. 설마 태현이 타고 있는 배를 칠 만큼 간 큰 놈이 있다니!

"하하! 배를 붙여라!"

"저기 김태현이 타고 있다! 반대쪽으로 가! 반대쪽으로 가!"

"시선 마주치지 마! 시선 마주치면 죽을 수도 있다!"

촤아아악-

빠르게 접근하는 해적선. 태현의 배 위에 타고 있던 NPC들은 모두 황당하다는 표정을 지었다.

그들은 바로 〈아키서스 포병대〉였다. 그들에게 저 정도 움직임은 그냥 손쉽게 맞출 수 있는 수준에 불과!

"쏠까요?"

"쏴버려. 버티나 보자고."

태현은 흥미진진한 눈빛으로 해적선들을 쳐다보았다. 이거 정도는 버틸 자신이 있으니까 왔겠지?

그러나 아키서스 포병대는 공격할 기회가 없었다.

[다시 〈마법의 안개〉가 펼쳐집니다.]

"뭐, 뭐야! 해제했는데?!"

티치는 당황했다. 저런 대규모 마법을 해제했는데 바로 다시 쓰다니.

[항해술 스킬이 낮습니다. 함선을 모는 데 패널티를 크게 받습니다!]

엄청나게 어렵고 복잡한 지역을 지날 때나 뜨는 메시지창!

[길을 잃었습니다!]

"뭔 개소리야! 길 잃을 게 뭐가 있다고?!"

[함선들이 멋대로 움직입니다!]

해적선의 버프, 몰고 있는 해적들의 스킬을 모조리 무시하고 길을 잃게 만드는 강력한 마법의 안개!

티치도 경험해 본 적 없는 강력한 디버프 안개였다.

덕분에 태현만 황당하게 됐다.

"저거 뭐냐?"

기세 좋게 공격하던 놈들이 갑자기 사라지더니 안개 속에서 뱅뱅 돌기 시작한 것이다.

-쿠오!

[자신의 몸에 있는 강력한 마력이 안개를 만들어서⋯⋯]

"좀 요약해 주면 안 될까?"

[다 자기 덕이라고 카르바노그가 전합니다.]

"그래. 잘했다. 그래서 저거 언제 끝나지?"
-쿠오⋯⋯.

[자기도 잘 모른다고⋯⋯]

그러나 답은 곧 나왔다.
촤아악!
안개 속에서 빙빙 돌던 해적선 하나가 툭 튀어나와서 앞에 멈춰선 것이다. 그것도 태현 앞에!
태현은 빤히 쳐다봤다. 헉헉대며 갑판에서 일어난 해적 플레이어 한 명이 태현과 눈이 마주쳤다.
세상에서 가장 어색한 순간!
태현 옆에는 아키서스 포병대가 각종 포탄을 들고 겨냥하고 있었고, 태현을 따라온 플레이어들이 온갖 마법과 화살을 장전하고 기다리고 있었다.

명령만 떨어지면 그대로 로그아웃!

태현은 상냥하게 말했다.

"안녕?"

"……안, 안녕하십니까?"

"무슨 일로 왔니?"

"그…… 저…… 태현 님을 도와드리러 왔습니다!"

"오…… 그래?"

"예! 길드 동맹 이 나쁜 먹튀 놈들을 공격하는 숭고한 싸움! 그 싸움에 끼지 않으면 해적으로 부끄럽습니다!"

태현 일행 사이에서 어이없다는 웃음이 튀어나왔다.

말 같지도 않은 소리!

그러나 태현은 진지하게 들어주었다.

"그래. 그랬구나."

그 순간 다른 배 한 척이 안개에서 또 튀어나왔다.

"커헉. 커헉…… 김태현 어디 있냐? 빨리 공격…… 공격을…… 헉."

"……길드 동맹 공격을! 김태현한테 길드 동맹을 공격하러 간다고 말해야 하는데!"

빠른 태세 전환!

태현은 감탄했다. 저 정도 태세 전환이라니. 파워 워리어 애들 정도는 하는 것 같았다.

좌아악-

또 배 한 척이 튀어나오고, 헛소리를 하다가 머리를 박고…….

검은 수염 길드원들은 웅성거렸다. 이제 배 한 척만 남았는데, 하필이면 선장…… 아니, 길마 놈만 남았던 것이다.

"야. 길마 나와서 헛소리하면 어쩌냐?"

"그, 그러게?"

간신히 빌었는데 길마가 나와서 '뭐? 항복 따윈 없다! 돌격!'이러면…….

마지막으로 티치가 헉헉대며 배를 끌고 빠져나왔다.

"드디어 빠져나왔다. 하하하…….'

"……."

"하…… 항복."

"역시 우리 선장님이야!"

길드원들은 감탄했다. 뭘 좀 아신단 말이지!

"이 바닷길이 가장 빠르다. 여기가 더 가까워 보이지만 사실 여기는 내리기 좋지 않아서 배 내구도 손실이 많이 간다. 이쪽에서 내린 다음 쭉 올라가면 바로 요새도 하나 나오고 아주 털기 좋다."

'무슨 준비된 인재도 아니고……?'

태현은 살짝 당황했다.

너무 협조적인 해적 놈! 이렇게 나오니 오히려 '길드 동맹이 준비한 첩자 아냐?' 싶었다.

'아니…… 길드 동맹이 그렇게 머리 굴리진 못하지.'

태현은 냉정하게 평가했다.

그런 복잡한 짓을 누가 해!

"너 길드 동맹 편 아니었나?"

"맞다!"

"근데 이렇게 말해줘도 돼?"

"난 해적이다."

"……?"

"해적은 원래 편을 자주 바꾼다."

"……??"

태현은 뭐 하는 미친놈인가 싶었다. 이놈은 대체 뭐지?

"너희가 먼저 내려서 공격할 건데 괜찮냐?"

"괜찮다!"

"그, 그래. 열심히 해라."

좀 저항하거나 도망치려고 할 줄 알았는데 충실하게 대답하는 티치의 모습에, 태현은 더더욱 혼란스러워졌다.

"와아아!"

"앞으로 돌진해라!"

'……저것들 진짜 함정 아니겠지?'

영광스러운 상륙!

[오스턴 왕국에 상륙했습니다!]
[오스턴 왕국이 이 사실을 알면 매우 분노할 것입니다.]

오스턴 왕국=길드 동맹이었으니 별 상관없었다. 이미 최대치로 분노했을 사람들이었다.

[명성이 크게 오릅니다!]
[악명이 크게 오릅니다!]

'아…… 씨앗 심어야 하는데 좀 더 착하게 살아야 하나…….'
태현은 살짝 고민이 됐다.
씨앗 때문에 신경 쓰이는 악명 스탯! 하지만 아무리 생각해도 이제 와서 뭘 한다고 수습이 될 악명 스탯이 아니었다.
너무 멀리 온 것이다.
'역시 남의 영지에 심는 수밖에 답이 없어.'
"김태현!"
"어?"
"요새를 점령했다!"
빠르다! 검은 수염 길드원들은 생각지도 못한 속도로 앞의 요새를 공격했다.
"어떻게 이렇게 빨리 했지?"
"길드 동맹 길드원들이 우리를 보더니 요새 문을 열어줬다."
"그거…… 괜찮냐?"

태현은 뭔 상황인지 깨달았다. 일단 길드 동맹에게서 의뢰를 받은 길드니, 같은 편인 줄 알고 문을 열어준 것이다.

당연히 길드 동맹 입장에서는 몇 배로 더 화날 일!

"우린 해적이다."

"……그, 그래."

태현은 일행들에게 말했다.

"쟤네랑은 가까이 있지 말자."

나중에 뒤통수를 쳐도 우린 해적이다! 라고 하면서 칠 것 같은 놈들이다.

-악마가 올라왔다!

김태현이 나타나면 말하기로 한 암호!

길드 동맹은 긴장으로 가득 찼다.

드디어 올 것이 왔구나!

"준비해라! 김태현의 위치는?"

"지금 왕국 남서쪽에서 발견됐습니다."

"보낼 수 있는 랭커들과 김태현 척살대 다 준비시켜! 그리고 학카리아스한테 말해! 가장 우선으로 조져야 한다고!"

"학카리아스가 지금 너무 많이 받아먹습니다만……."

"김태현만 털면 솔직히 반은 끝난 거야! 꼭 잡아야 해."

학카리아스는 탐욕스럽고 거만한 드래곤이었지만 그 힘은 확실했다. 아무리 비용이 많이 들어도 길드 동맹은 이걸 포기할 수 없었다.

이번에는 반드시 잡고 만다!

"음……."

수많은 플레이어들이 초롱초롱한 눈빛으로 태현을 쳐다보고 있었다.

"일단 흩어지자."

"!?"

여기에는 태현 일행만 있는 게 아니었다. 태현의 이름을 듣고 따라온 수많은 플레이어들도 같이 있던 것!

그런 플레이어들은 태현이 화끈하게 무언가 할 줄 알고 있었는데 흩어지자고 하자 당황했다.

"어? 안 싸워요?"

"뭐 꼭 싸워야 하는 건 아니잖아?"

"방금 요새 터셨잖……."

내리자마자 무슨 맡겨놓은 물건 찾는 것처럼 요새 하나를 점령한 태현이었다.

그런 태현이 '꼭 싸워야 하는 건 아니잖아?'라고 말하다니!

"그건 싸운 것도 아니지."

태현 기준에서 그건 싸움에도 들어가지 않았다.

"생각해 보니까 굳이 지금 뭉쳐 있을 이유가 없더라고."

태현은 생각해 봤다. 지금 길드 동맹의 전략은, 오스턴 왕국의 가장 멀쩡한 영지인 수도 근처를 확실하게 지키는 것이었다.

선택과 집중! 지금 상황에 맞는 전략이긴 했다. 넓고 넓은 오스턴 왕국 전체를 다 지키려고 했다가는 밑도 끝도 없었으니까.

치안이 낮은 데다가 심심하면 반란이 터지고, 밖에서 들어온 수많은 플레이어들이 분탕질을 쳐대는데 그걸 다 수습하려고 했으면 벌써 힘이 빠졌을 것이다.

'음. 생각해 보니 그거 다 내가 원인이군.'

치안이 낮은 이유? 태현이 난리를 쳐서.

심심하면 반란이 터지는 이유? 태현이 일으켜서.

밖에서 수많은 플레이어들이 분탕질을 쳐대는 이유? 태현이 불러들여서!

'뭐 못 막은 놈들 잘못이지.'

당당 그 자체!

어쨌든 길드 동맹 입장에서는 기껏 내전을 끝내고 오스턴 왕국을 먹었는데 이렇게 소극적으로 버텨야 한나는 게 참 억울했겠지만……. 확실히 효과는 있었다.

김태산부터 각종 플레이어들이 날뛰고 있었지만, 수도 근처는 공격도 하지 못하고 있었으니까.

방어력의 차원이 다른 것이다.

물론 버티기만 하면 해결이 안 됐다. 방패 말고 검도 필요했다. 그 검이 바로 학카리아스!

길드 동맹이 버티는 사이 학카리아스가 쳐들어온 놈들 중 굵직한 놈들을 쓸어버린다. 그러면 놈들은 힘이 빠지게 되어 있다.

버티다가 차근차근 영지를 다시 점령할 생각!
좀 소심하긴 해도 괜찮은 방법이었다.
태현은 거기서 반대의 발상을 떠올렸다.

그러면 얘네들은 학카리아스가 잡기 전까지는 간만 보고 있겠네?

학카리아스가 태현이든 김태산이든 다 패줄 때까지 기다릴 게 분명! 그렇다면 학카리아스와 싸우든 설득하든 일을 서두를 필요가 전혀 없었다.
오히려 피해 다니면서 시간을 끄는 게 더 좋았다.
'그러면서 뜯을 수 있는 건 전부 뜯고…….'
"잘 생각해 봐라! 길드 동맹 놈들이 누굴 쫓아다니겠냐."
"태현 님이요?"
"그래. 나하고 같이 있으면 괜히 싸움에 휘말린다는 거지."
"각오는 되어 있습니다!"
"아니, 각오는 됐고. 필요하면 내가 부를 테니까 그냥 흩어져 다니자고."

"흩어져서 뭘 하죠?"

"뭘 하냐니? 평소에 못 했던 걸 해. 길드 동맹이 들어가지 못하게 점령했던 던전 들어가고, 길드 동맹이 자기들만 썼던 광산 가서 광물도 캐고, 논밭이나 목장 가도 괜찮겠네."

"어, 그런데 태현 님."

이야기를 듣던 이다비는 고개를 갸웃거렸다. 오히려 시간을 끌면서 오스턴 왕국의 꿀을 빠는 건 좋은 전략이긴 하지만…….

김태산은? 김태산은 지금 오스턴 왕국과 싸우는 대형 퀘스트 진행 중이라 그럴 수가 없을 텐데? 최대한 빨리 도와줘야 하는 거 아닌가?

"아버님 퀘스트 중 아니에요?"

"응? 알아서 잘하시겠지."

[카르바노그가 감탄합니다.]

불 속성 효자!

태현은 애초에 김태산을 돕기 위해 온 게 아니었다.

길드 동맹 방해하는 거 보려고 온 거지!

"흩어져라! 흩어져서 오스턴 왕국에서 즐길 수 있는 건 모두 다 즐겨라! 날 위해 싸워줄 필요는 없다!"

태현의 뜨거운 배려에 자리에 모인 플레이어들은 모두 감동했다. 자기를 위해 싸우지 말라니 저렇게 친절할 수가!

물론 김태산 입장에서는 황당한 일이었다.

도와주러 오나 했더니 이놈이?!

플레이어들이 각자 우르르 흩어지자 태현 일행의 규모는 확 줄었다. 남은 건 파워 워리어 길드원들과 만난 지 얼마 안 되는 해적 놈들!

"너희, 혹시 더 공격할 수 있나?"

"해적이니까 시키면 한다."

"그, 그래. 그러면 여기를 가서 공격해 봐."

"알았다!"

태현의 말에 티치와 해적 길드는 우르르 떠났다.

"쫓아가서 감시해야 하지 않을까요?"

"됐어. 쟤네들이 딱히 뭘 해주리라 기대하는 건 아니거든."

태현이 공격하란 영지는 길드 동맹 수도 바로 밑 영지였다. 미치지 않고서는 공격하기 힘든 곳!

태현은 그냥 혹을 떼는 기분으로 떨쳐 보낸 것이었다.

'이상한 놈들은 파워 워리어만으로 충분하지.'

"왜 그렇게 보십니까?"

파워 워리어 길드원들은 순진한 눈망울로 태현을 쳐다보았다.

"아냐. 아무것도."

"그러면 이제 뭐부터 할 거야?"

케인이 물었다.

"음…… 학카리아스 쫓아오기 전에 할 수 있는 걸 다 해볼까. 뭐 하고 싶은 거 있는 사람?"

"저요! 여기 근처에 7층짜리 던전 있었는데 한번 깨보고 싶었습니다! 지금은 길드 동맹 애들도 없을 테니까 기회입니다!"

"여기서 조금만 더 가면 마법 시약 많이 나오는 숲이 있는데 거기 가서 시약 싹 챙기는 건 어떻습니까?"

파워 워리어 길드원들은 신이 나서 손을 들었다.

-쿠오⋯⋯.

[자기를 광산에 좀 넣어달라고 카르바노그가 전해줍니다.]

사디크의 화염이 붙었지만, 여전히 거인 골렘에게는 추운 모양이었다.

태현은 고개를 끄덕였다. 어차피 학카리아스 피하면서 다니려면 거인은 잠시 숨길 필요가 있었다.

"가까운 광산에 넣어줄게. 잠시만⋯⋯ 좀 깊은 광산 없나?"

-쿠오, 쿠오, 쿠오⋯⋯.

[뜨겁고, 구리 광석이 많이 나고, 햇볕이 동쪽에서 들어오는 그런 광산이면 좋겠다고 카르바노그가 전해줍⋯⋯]

"무슨 휴가 왔니?"

태현은 어이없어했지만 일단 찾아보기로 했다. 싸우기 전까지 최대한 거인을 쉬게 해줘야 했으니까.

"여기 사람 좀 많은데?"

"뭐, 유명한 광산이니까 그렇겠지."

태현이 고른 곳은 〈녹아 흐르는 철의 광산〉이었다.

오스턴 왕국 남쪽에서 유명한 던전 중 하나!

아직도 완전한 공략이 되지 않은 던전 중 하나였지만, 던전 저층도 워낙 보상이 좋고 나오는 아이템들이 많아서 플레이어들이 자주 찾았다. 평소에는 길드 동맹이 통제하고 있었지만 지금은 그것도 없어 사람들이 더더욱 많았다.

깡, 깡, 깡-

대장장이와 광부 플레이어들이 1층 광산 벽에서 연신 곡괭이를 휘둘러대고 있었다.

"태현 님. 저희도 좀 가서 캐도 될까요?"

"그래라."

파워 워리어 길드원들은 신이 나서 달려들었다.

이런 용돈벌이를 놓칠 수는 없다!

"저…… 쯔쯔. 저렇게 하면 안 되는데."

케인은 안타깝다는 듯이 동작을 보며 말했다. 케인의 눈에 플레이어들이 하는 삽질과 곡괭이질은 영 미숙해 보였던 것이다.

진정한 삽질은 저렇게 하는 게 아닌데!

"야! 내가 어떻게 하는지 보여줄……"

"그럴 시간 없다. 사람 많아서 길드 동맹 귀에 들어갔을 테니까 빠르게 하고 나갈 거야."

변장을 해도 거인부터 포병대까지 너무 특징적이라 숨기기
가 힘들었다. 태현은 빠르게 거인이 쉴 만한 곳을 찾아주고 나
올 생각이었다.

다 공략이 되지 않은 던전이라는 게 더 좋았다. 은신처로는
제격!

-쿠오, 쿠오.

"너 죽으면 안 된다?"

태현은 신신당부했다. 그 걱정에 아다만티움 거인 골렘은
감동한 듯 고개를 끄덕거렸다.

-쿠오.

[아다만티움 거인 골렘이 당신의 걱정에 감동합……]

[친밀도가……]

물론 태현은 혹시나 죽어서 아다만티움을 다른 플레이어들
에게 뺏길까 봐 한 걱정이었다.

태현이 예상한 것처럼, 티치와 해적 길드는 태현이 보이지
않자 바로 배신했다.

"김태현 없지? 우린 해적이다. 그런 명령을 따를 필요 없지."

쿨한 배신!

"길드 동맹한테 사정을 말해볼까요?"

"잠시 기다려 봐."

티치는 귓속말을 보냈다. 그리고 잠시 후 화끈한 답장이 돌아왔다.

"음. 꺼지라는군."

길드 동맹 입장에서는 바로 배신 때린 놈들이 귓속말을 보내서 '본심이 아니었다!' 이래 봤자 들을 리 없었다.

"그러면 그냥 나가서 우리 일 하죠?"

"맞아요. 김태현 말고도 바다에는 털 거 많잖아요."

"이번에는 좀 만만한 놈 노리자구요. 김태현 같은 놈 말고."

모두가 동의하는 것 하나! 김태현 같은 놈은 피하자!

"그래! 그러자!"

티치는 그렇게 결정하고 돌리려 했다.

〈대해적의 유산-유령 해적 직업 퀘스트〉

대해적 갈르두는 저주받았지만 강력한 해적이었다.

그 힘은 모든 해적들이 탐내는 힘! 비록 갈르두는 영웅의 칼에 쓰러졌지만 갈르두가 남긴 유산은 아직도 바다를 떠돌고 있다. 〈해적왕의 낡고 녹슨 검〉, 〈영원한 불사의 목걸이〉, 〈잔혹한 영웅의 커틀라스〉

다음과 같은 유산들을 손에 넣어라. 넣을 때마다 해적으로서의 명성이 커지고 힘은 강대해지리라.

보상: ?, ??, ??

티치는 의아해했다. 퀘스트 내용은 알겠는데, 왜 이런 퀘스트가 지금 뜨지?

그 이유는 바로 나왔다.

〈대해적의 이름을 이은 자-유령 해적 직업 퀘스트〉

대해적의 유산을 가진 자는 모든 해적들에게 명령을 내릴 자격이 있다. 대해적 갈르두를 쓰러뜨린 영웅은 당신에게 카투가 요새를 공격하라고 명령했다.

그 명령을 따라 해적의 이름을 증명해라! 그리고 잊지 말라. 언젠가 대해적의 유산을 꼭 손에 넣어야 한다는 것을…….

보상: ?, ??, ??

'김태현이 왜 이 유산들을…… 아!'

티치는 깨달았다. 대해적 갈르두를 레이드한 게 바로 태현!

'아니, 한 개도 아니고 다 갖고 있다고? 그게 말이 돼? 뭐 갖고 있던 아이템을 삥뜯기라도 했나?'

도저히 무슨 수를 썼는지 이해가 안 갔지만, 일단 다 갖고 있는 것 같기는 했다.

"김마…… 아니, 선장님. 우리 안 가요?"

"안 간다."

"?!?"

"일단 카투가 요새 좀 털어보자."

"아, 아니. 거기 길드 동맹 놈들 우글거리는 곳이잖아요! 아까 요새랑은 차원이 달라요!"

수도 근처라 길드 동맹 군대부터 플레이어 파티, 심지어 랭커까지 바로 5분 만에 달려올 수 있는 곳!

김태현도 거기 가서 깽판은 안 칠 것이다.

"일단 좀 해보자! 우린 해적이잖아."

"길마님. 정신 차려요! 당신 해적 아니야! 당신 평범한 직장인이잖아!"

"회사원이면서 왜 자꾸 해적이래! 제정신으로 돌아와! 컨셉에 잡아먹히지 마!"

제정신으로 돌아온 길드원들은 티치를 필사적으로 말렸지만, 티치는 말을 듣지 않았다.

-김태현 씨. 저 왔습니다. 어디로 갈까요?
-김태현 씨. 저 왔다니까요.
-김태현 씨. 이세연과는 안 마주치게 해줬으면 좋겠습니다.
-김태현 씨. 김태현 씨…….

"아, 이놈 은근히 귀찮네."

태현은 계속 날아오는 스미스의 귓속말에 질린 표정을 지었다. 지금 아다만티움 거인 은신처 찾아주느라 바쁜데!

태현은 대충 던졌다. 스미스 정도 실력이면 어디 가든 자기 목숨 하나 건져 나올 실력은 되겠지!

　-카투가 요새나 공격하고 있을래?
　-카투가 요새 공격이요? 알겠습니다.

　스미스는 귓속말을 끊고 카투가 요새가 어떤 곳인지 확인해 보았다.
　"……??"
　딱 봐도 엄청나게 강력한 곳! 스미스를 도우러 온 스미스 친구들은 카투가 요새를 공격하란 말에 경악했다.
　"스미스! 잘못 들은 거 아니야?"
　"맞아! 이 명령은 무언가 이상해!"
　"착각한 게 틀림없어!"
　그러나 스미스는 고개를 저었다.
　"김태현 씨가 말한 거라면 무언가 생각이 있을 겁니다."
　"으음…… 김태현이라면……."
　"확실히 김태현이라면……."
　스미스를 돕기 위해 온 같은 팀, 뉴욕 라이온즈 선수들은 태현의 이름값에 흔들렸다.
　태현이 말한 거라면 뭔가 있지 않을까? 물론 태현에게 그런 건 없었다. 태현은 그냥 길드 동맹의 시선이나 끌려고 부탁한 것이었다. 성공하진 못하더라도 스미스가 수도 근처에 오는 것만으로도 길드 동맹은 기겁할 테니까!

"그러면 한번 해볼까?"

〈녹아 흐르는 철의 광산〉에 들어간 태현 일행은 빠르게 아래로 내려갔다.

태현 일행을 발견한 플레이어들이 깜짝깜짝 놀랐다.

"어? 왜 김태현이 여기에……."

"김태현도 오스턴 왕국 왔다고 했잖아."

"근데 길드 동맹하고 싸워야지 왜 여기 광산에 오지?"

태현의 레벨은 여기 광산에 올 수준이 아니었다.

여기는 높아봤자 레벨 100 정도나 올 광산!

1~2층은 그보다 더 낮아도 무리 없이 돌아다닐 수 있었다. 괜히 대장장이나 광부 플레이어들이 와 있는 게 아니었다.

"태현 님. 위치는 알려졌을 거 같아요."

"그렇겠지. 흑흑아. 넌 밖에 나가서 정찰 좀 하고 있어야겠다."

-저…… 저 혼자 말입니까?

"그래. 너라면 할 수 있을 거야."

-…….

"학카리아스 오면 알아서 잘 말 걸어봐."

-그, 그게 제가 별로 안 친한…….

"이번 기회에 친해져."

-하다못해 골골이라도 같이 가면 안 되겠습니까?

평소에는 태우기도 싫어하는 언데드를 데리고 갈 정도로 절박해진 흑흑이!

"흠. 저기 용암 있다. 어때?"

-쿠오!

골렘은 고개를 저었다.

너무 얕다!

"……그러면 저기 용암은 어떠냐?"

태현은 다시 한 층 내려가 용암을 발견했다. 이번에는 상당히 깊어 보였다.

-쿠오오!

너무 미지근하다!

"내가 화끈하게 만들어주랴?"

[카르바노그가 참으라고 말립니다.]

'아니. 저놈이 자꾸 까다롭게 그러잖아.'

바쁜 시간 쪼개서 해주고 있는데 대충 좀 받아라!

그러나 뒤에서 새로 생긴 아키서스 포병대 부족들이 수군거렸다.

"여기가 광산인가?"

"우리가 있던 곳에 비하면 너무 초라한데."

"광물도 없고 뜨겁지도 않고, 이건 광산도 아니지."

-난 악마지만 좀 아닌 거 같다.

심지어 우리 안에 갇힌 악마까지 한 소리 거들 정도!

덕분에 골렘은 으쓱하며 말했다.

-쿠오. 쿠오.

무슨 뜻인지는 몰라도 왠지 모르게 재수 없는 태도!

"알겠어. 이것들아. 더 들어가면 될 거 아니야."

태현은 투덜거리며 〈신의 예지〉를 켰다. 지금 알렉세오스
의 버프를 받고 있어서 〈신의 예지〉를 계속 키고 있어도 MP는
별로 부담되지 않았다.

-김태현 〈녹아 흐르는 철의 광산〉에서 발견! 김태현 〈녹아 흐르는 철
의 광산〉에서 발견!

-또냐? 제대로 확인해 봤어?

-저거 분명 가짜다. 가짜.

길드 동맹 간부들은 질색을 했다.

태현의 슬라임 분신 때문에 이미 쓴맛을 많이 본 그들!

김태현이 거의 꿰뚫어 보기 불가능한 분신 스킬을 사용하
고 있다는 건 이미 소문이 퍼져 있었다. 오스턴 왕국에 나타

난 태현을 보고 찾아간 플레이어들이 대부분 허탕을 쳤던 것이다. 그런 상황에서 태현이 또 나타났다고 하니…….

-그래도 확인은 해봐야 하지 않겠습니까?

-야. 지금 김태현이 요새 털고 데리고 있던 놈들도 흩어졌다며? 그러면 당연히 변장을 하고 다니겠지! 김태현이 너처럼 바보겠냐? 그냥 맨얼굴로 다니게?

-죄, 죄송합니다.

길드 동맹 간부들은 나름 합리적으로 생각했다. 덕분에 태현은 귀중한 시간을 벌 수 있었다.

깡! 깡!

"여기 나오는 몬스터는 쉬운 편이네."

태현의 말에 모두 고개를 끄덕였다.

이 광산에서 나오는 몬스터들은 암석 계열 몬스터들!

〈미력 깃든 바위〉, 〈바위로 만들어진 거대 뱀〉, 〈바위 야수〉 같은 몬스터들이 우르르 튀어나왔다. 문제는 태현이 이런 무생물 몬스터한테는 극상성이라는 것!

꽝!

고대의 망치가 빛을 뿜으며 한 번 휘둘러지자, 암석 몬스터들이 한 번에 무너졌다. 숫자가 많이 오는 것도 문제 되지 않았다. 아키서스 포병대가 한 번 시원하게 쏴대면 몬스터들은 와르르 무너졌다. 별다른 원거리 공격 없이, 단순하게 근접 공격만 시도하는 몬스터들은 아키서스 포병대의 먹잇감!

[<아키서스 포병대>가 몬스터들을 쓸어버립니다!]
[전술 스킬이……]
[기계공학 스킬이 오릅니다.]

'오.'
아키서스 포병대의 또 다른 효과.
이들을 이끌고 같이 싸우면 기계공학 스킬에 추가 보너스가 들어간다는 점이었다.
키우는 맛이 있는 부하들!
'아키서스 이름 들어간 놈들치고 같이 다녀서 기분 좋았던 적이 별로 없었는데……'
쾅! 쾅!
시원하게 쓸려 나가는 몬스터들을 보자 태현은 오히려 불안해졌다.
과연 이렇게 기분 좋아해도 되는 걸까?!
카르바노그가 어이없어할 정도!
"아, 더럽게 단단하네! 무기 내구도 깎이는 거 봐라! 스크롤 좀 줘! 버프 다시 걸어야겠다."

"기다려 봐! 내가 마법으로…… 어?"

밑의 층에서 사냥하던 파티들은 갑자기 나타난 태현 일행을 보고 당황했다.

콰콰쾅! 콰콰쾅! 쾅!

굉음과 함께 길을 막는 몬스터들을 모조리 쓸어버리는 강력함!

단순히 플레이어들뿐만 아니라, 뒤에서 대포를 들고 쫓아오는 우락부락한 드워프들과 우리에 갇힌 악마. 거기에 날아다니는 작은 용과 온몸이 활활 타오르는 거인 골렘까지.

비주얼 하나는 정말 잊을 수 없을 정도로 강력했다.

"김…… 김태현?"

"여기 공략하시는 겁니까?"

"어? 어."

아직 공략 안 된 던전을 김태현이 깬다는 말에 플레이어들은 반색했다. 왜 깨는지는 잘 모르겠지만 이건 기회다!

"뒤에서 쫓아가도 됩니까?"

"뭐? 그러든가. 대신 자기 목숨은 알아서 챙겨야 한다?"

"물론입니다!"

허락받은 파티들은 뛸 듯이 기뻐했다. 허락해 주는 것 지체가 엄청난 도움이었다. 원래 이런 던전 공략하는 파티들은 남들이 쫓아오는 것도 매우 싫어하는 경우가 많았다. 고생은 자기가 했는데, 남들이 날로 먹는 걸 좋아할 사람은 없었으니까.

그러나 태현은 별생각 없었다.

'이거 뭐 내가 점령할 것도 아니고……'

"김태현이 던전 깨기 한다는데?"

"뭐? 5층 밑으로 더 들어간다고?"

"진짜?"

우르르 몰려오는 플레이어들! 심지어 1층에서 곡괭이질 하고 있던 플레이어들도 구경하러 올 정도였다. 구름처럼 몰려드는 사람들의 모습에 이다비는 어이없어했다.

마치 피리 부는 사나이 같은 태현!

"태현 님은 왜 사람들을 풀어놓고서도 또 모아요?"

"내가 일부러 모은 거 아니잖아……."

-흑흑. 학카리아스 안 보였으면 좋겠다.

흑흑이는 하늘을 날아다니며 구슬프게 생각했다.

-……네놈 때문에…….

골골이는 으르렁거렸다.

저 밑에서!

-아, 내가 사과했잖아!

-사과한다고 될 일이냐! 혼자 죽어라, 드래곤!

-무, 무슨 말을 그렇게……! 이거 죽을 일 아니거든?

아픈 곳을 찔린 흑흑이는 날카롭게 대답했다.

설마 주인님이 죽을 일에 보냈을 리가 없어!

그렇게 말해도 아직 태현을 나름 믿고 있는 흑흑이였다.

-내가 태워줄 테니까 위로 올라와라.

-난 거기 위에 올라가면 대미지 받는단 말이다!

드래곤 나이트가 되었음에도 불구하고 아직도 골골이는 흑흑이를 타지 못했다. 정확히 말하자면, 타면 보너스와 페널티를 동시에 받았다. 드래곤을 타서 보너스를 받고, 신수라 언데드 페널티를 받는 것!

-흥. 기사면 좀 충실하게 싸우는 맛이 있어야지 매번 조건만 따지고. 너 생전에 별로 대단한 기사 아니었지?

-뭐…… 뭐라? 감히 그런 말을 혁.

골골이가 갑자기 조용해지자 흑흑이는 의아해했다.

-할 말이 없어진 거군!

-위! 위를 봐라!

갑자기 드리워진 그림자. 흑흑이는 고개를 돌렸다.

자기보다 몇십 배는 커다란 덩치를 가진 블랙 드래곤이 하늘을 날아가고 있었다.

블랙 드래곤 학카리아스!

-어, 어둠의 그림자 장막!

흑흑이는 바로 자기를 가리기 위해 은신 마법 스킬을 썼다. 그러나 그게 더 실수였다. 드래곤 앞에서 마법을 쓰는 건 안 들킬 수 없는 짓!

-으음?

그냥 날아가던 학카리아스가 고개를 돌려 밑을 주목했다.

-못 본 척해라! 못 본 척해라!

-어떻게 못 본 척하라고?!

-……알아서 잘해 봐라!

골골이는 재빨리 나무 옆에 숨었다. 하늘을 날아다니고 있던 흑흑이는 숨을 곳도 없었다.

-너는…… 발칼레오스 씨 셋째 아들 아니냐?

-오, 오랜만입니다. 학카리아스 님.

-흠. 오랜만이긴 하지.

푸르륵!

학카리아스는 날갯짓하던 걸 멈추고 흑흑이 앞에 섰다. 흑흑이는 더욱더 겁에 질렸다.

아직 죽기 싫어!

-발칼레오스 씨는 잘 지내고?

-예…… 예.

-요즘 어린 드래곤들은 예의가 없어서 잘 안 찾아가고 그러지만, 너는 그러면 안 된다. 알겠느냐?

-…….

흑흑이는 내심 찔렸다. 사디크와 신수 계약을 하고서 딱히 발칼레오스를 찾아간 적이 없었던 것이다.

사실 발칼레오스가 어디 있는지도 몰랐다.

블랙 드래곤의 부모자식 관계는 그렇게 끈끈하지 않은 것!

독립하면 서로 알아서 잘 살겠지~ 하는 게 드래곤의 세계였다. 그러나 학카리아스는 그렇게 생각하지 않는 것 같았다.

-우리 블랙 드래곤이 사악하고 음모의 조종자긴 하지만, 그래도 드래곤의 천륜을 잊어서는 아니 된다. 너는 그런 싸가지 없는 놈이 아니겠지?

-아…… 예…….

-그래. 너는 요즘 어디서 일하고 있느냐?

-저…… 저는 사디크와 신수 계약을 맺었습니다.

-사디크? 사디크…… 그 신은 대륙에서 인기가 좋으냐? 안 좋은 걸로 알고 있는데…… 오스턴 왕국에서도 별로 인기가 없다.

-아, 아닙니다. 인기가 없긴 하지만 그래도 나름 유망한…….

-중앙 대륙에서 유명한 악신이 얼마 없긴 하지만 그래도 잘 알아보고 골라야지.

쏟아지는 잔소리!

흑흑이는 기겁했다. 예전에 만났을 때는 이런 드래곤이 아니었는데, 그 긴 사이 왜 이런 드래곤이 됐지?

죽을 위험은 벗어났지만 이건 이거 나름대로 괴로운 일이었다.

-앙칼라오스 씨 딸 기억하지? 그 집 드래곤은 저 먼 대륙으로 가서 아주 잘 대접받고 지낸다고 하더라.

-…….

-너도 그 정도는 해야 하지 않겠냐. 괜히 안주하지 말고 도전을 하란 말이야. 나 때는 말이야…….

무적의 단어 '나 때는~'까지 나오자 흑흑이는 더욱더 질색했다.

-……내가 날갯짓만 해도 오스턴 왕가에서 벌벌 떨었다. 물론 지금도 떨고 있지. 너도 괜히 신수니 뭐다 헛된 짓 하지 말

고 레어나 하나 만들어서 사람들에게 공포의 존재가 되거라.

-그게 좋은 곳은 다 주인이 있고 그래서…….

-어허! 약한 소리를 하면 안 되지. 블랙 드래곤은 약한 소리를 하지 않는다. 그런 약한 소리를 하는 건 블랙 드래곤이 아니야!

-아…… 네…….

-그래. 이쯤 하도록 하마.

'휴.'

흑흑이는 안도했다. 드디어 끝났나?

-그런데 사디크의 신수로 요즘 뭘 하고 있느냐?

이쯤 하도록 한다며!

흑흑이는 속으로 외쳤다. 밖으로 외쳤다가 학카리아스한테 맞을까 봐!

-저, 저는 사디크의 신수로 소환되어서…… 음…… 인간과 같이 모험을 하고 있습니다.

-오. 인간이라…… 사디크 교단의 교황이냐?

-아, 아닌데요.

-그럼 성기사단장?

-아닌데요…….

-설마 화신인가!

-화, 화신 맞습니다.

-사디크의 화신이 대륙에 있다니. 사디크 교단도 나름 좀 하는군!

흑흑이는 움찔했다.

그냥 오해를 안 풀면 안 될까? 그런 생각이 굴뚝 같았지만……. 그럴 수는 없었다.

'흑흑. 정말 말하기 싫다.'

-사디크의 화신이 아니라…… 다른 신의 화신인데요.

-뭐? 그게 무슨 소리냐?

-그러니까 다른 신의 화신이 능력이 있어서…….

흑흑이는 주절주절 설명했다. 워낙 능력 있는 화신이라, 다른 신의 권능도 뺏어서 쓸 정도거든요!

학카리아스는 그 설명에 감탄했다.

-대단한 놈이다! 다른 신의 권능을 뺏다니. 그래. 그 정도는 되어야 블랙 드래곤을 감히 신수로 부릴 수 있는 거야! 네가 사디크 같은 신의 신수로 들어가서 좀 불쾌했는데 나름 잘 지내는 것 같구나.

-감…… 감사합니다.

-아참. 그래서 그 화신은 누구의 화신이냐?

흑흑이는 10초 정도 망설이다가 아주 작게 말했다.

-그…… 음…… 아키서스의 화신입니다.

-뭐라고?

-아, 아키서스…….

-음. 그렇군.

흑흑이는 당황했다. 학카리아스가 생각했던 것보다 너무 점잖게 반응했던 것이다.

뭐지? 사실 학카리아스는 아키서스와 별 관계가 없었던 건가?

-그래서 누구의 화신이라고?

-방금 아키서스라고…….

-그래서 누구의 화신이라고?

흑흑이는 상황을 깨달았다. 학카리아스가 현실을 부정 중!

-학카리아스 님. 저 아키서스의 화신하고 같이 다닙니다…….

-이런 멍청하고 어리석고 현실을 모르며 뒷일을 생각하지 않는……!

학카리아스는 10분 동안 흑흑이를 욕했다.

-……놈아! 어디 다닐 게 없어서 아키서스의 화신하고 다니느냐! 골드 드래곤 놈들 못 봤나!

-아니, 저라고 다니고 싶어서 다니는 겁니까? 계약을 했으니 그러는 거죠.

-발칼레오스 씨가 아신다면 뭐라고 하시겠냐!

할 말을 잃은 흑흑이였다.

학카리아스는 경멸과 동정이 섞인 눈빛을 보냈다.

-그래. 어쨌든 네가 어떻게 지내는지는 잘 알겠구나.

나중에 다른 드래곤을 만나면 '그거 소식 들었나? 발칼레오스 아들 놈이 아키서스의 화신과 같이 다닌다고 하더군. 말세야 말세! 어떻게 그런 짓을 하지!'라고 떠들 것 같은 분위기!

-그러면 난 이만…….

-잠, 잠시만요!

-발톱으로 건드리지 마라! 아키서스 묻는다!

본능적으로 튀어나온 말! 순식간에 둘 사이의 분위기가 어색해졌다.

-아니…… 으흠. 아키서스의 신성력은 내 흑마법을 깰 수도 있으니 한 말이다.

-아…… 예…….

무슨 아키서스를 병균 취급하는 태도! 흑흑이는 울컥했지만 참았다. 지금 아쉬운 건 흑흑이였으니까.

-학카리아스 님. 사실 제 주인인 아키서스의 화신께서 드릴 말씀이 있다고 하셨습니다.

-그게 무엇이지?

-비열하고 교활한 오스턴 국왕과 싸우고 있는데…….

-아키서스가 그런 소리를 하니 좀…….

-예?

-아니. 아무것도 아니다. 계속해라.

-……어쨌든 오스턴 국왕과 싸우고 있는데, 위대하신 학카리아스 님께서 그런 추잡한 싸움에 끼실 필요가 있겠습니까? 학카리아스 님께서 이런 흙탕물에 발을 담그지 않으셨으면 합니다.

-맞는 말이다.

흑흑이의 얼굴이 밝아졌다. 설마 바로 들어주는 것일까?

그러나 흑흑이의 예상은 빗나갔다. 학카리아스는 그렇게 쉬운 드래곤이 아니었다.

-하지만 난 오스턴 국왕한테서 막대한 보물을 받았다. 그리고 약속을 했지. 내 약속이 우습게 보이느냐?

-그런 게 아니라…….

-아키서스의 화신은 내게 보물을 바치지도 않았다. 설사 보물을 바쳤더라도 내 의지는 달라지지 않았을 테지만! 오스턴 국왕이 죽여 달라고 한 놈 중 하나가 아키서스의 화신이었다니. 놀라운 일이지만 나 같은 드래곤한테 있어 아키서스의 화신은 한 입 거리도 되지 않는다!

-…….

-네 주인인 아키서스의 화신한테 전해라. 살고 싶다면 내게 와서 목숨을 구걸하고 오스턴 왕국에서 꺼지라고! 그러면 목숨은 살려줄 수 있으니!

'망했네.'

흑흑이는 깨달았다. 학카리아스를 설득하는 건 무리라는 것을!

CHAPTER 6

-주인님. 망했습니다.

-뭐 어쩔 수 없지.

태현은 의외로 담담했다. 솔직히 흑흑이를 그렇게 믿은 건 아니었다. 설득하면 대박이지만, 실패할 확률이 더 높다고 생각했던 것이다.

-걱정 마라. 싸울 방법은 있으니까.

일반 플레이어들은 숨겨진 수가 하나 있을까 말까고, 랭커들은 숨겨진 수를 두세 개 정도 준비하면 많이 준비하는 편이었지만, 태현은 숨겨진 수를 정말 미친 듯이 많이 준비하는 사람이었다. 판온 1 때부터 하도 적이 많아서 그러지 않을 수 없었던 것!

'에슬라의 군세를 아직 쓰지 않고 아껴두고 있었으니까……'

태현의 히든 카드, 에슬라의 군세! 대악마 에슬라의 봉인을 풀어주고 받은 보상은 아직까지 아껴두고 있었다.

에슬라의 봉인을 풀기 위해 얼마나 긴 퀘스트를 거쳤는지 생각해 보면, 그 군세의 강함은 짐작이 갔다. 블랙 드래곤과 맞붙고 싶지는 않았지만, 맞붙어서 승산이 없지는 않다.

'길드 동맹 두고 써버리는 건 아깝긴 하지만, 싸우게 되면 어쩔 수 없지. 있는 거 다 털 수밖에…….'

피할 수 있다면 피하지만 싸워야 한다면 싸우겠다!

만약 블랙 드래곤을 잡는 데 성공하면 에슬라의 군세보다 커다란 보상을 얻을 수 있었다.

게임 처음으로 드래곤 레이드 성공!

-쿠오쿠오.

[자기는 싸우기 싫다고……]

태현은 골렘을 빤히 쳐다보았다. 골렘은 시선을 피했다.

"우리 계산 좀 똑바로 해보자."

-쿠오?

"내가 지금 널 여기로 데리고 와줬지?"

정확히 말하자면 태현이 오기 전까지는 멀쩡한 광산에서 골렘은 잘살고 있었지만, 지금 그건 중요하지 않았다.

"네가 살 곳을 잃었는데 여기까지 데리고 온 거잖아."

-쿠오…….

"게다가 너 춥지 말라고 사디크의 화염도 붙여줬지. 그게 얼마나 힘든 건지 아냐?"

-쿠오오…….

"거기에다가 지금 네가 살 곳까지 찾으려고 이러고 있다고. 내가 얼마나 고생하는지 알고 있겠지?"

-쿠오.

"너도 인간적으로 보상 좀 해라."

-쿠오?

"매달 아다만티움 조금씩만 내놔봐."

아다만티움 거인 골렘은 질색했다. 그걸 어떻게!

"너 몸에서 나올 거 아니냐!"

-쿠오. 쿠오.

골렘은 필사적으로 저항했다. 그러나 이미 불리한 상황이었다. 세 해골 광산에서는 자기 근거지에서 버프 받으며 싸울 수 있었으니까 협박이 가능했지, 여기서는 골렘이 압도적으로 불리했던 것이다.

-쿠오…….

[살아 움직이는 아다만티움 거인 골렘과 협성을 맺습니다!]
[아다만티움 거인 골렘은 매달 아다만티움 주기를 지급합니다!]
[화술 스킬이 크게 오릅니다!]
[악명이 크게 오릅니다!]

'아니 왜 악명이?'

원래라면 신경도 안 썼겠지만, 씨앗을 심을 생각이었기에 괜히 신경이 쓰였다.

태현은 악명을 없애려고 골렘한테 말을 걸었다.

"아니, 내가 너한테 나쁜 짓을 했나? 그냥 정당한 거래였잖아."

-쿠오.

골렘은 구슬픈 대답과 함께 고개를 끄덕였다.

"그렇지?"

[악명이 오릅니다.]

태현은 떨떠름한 표정으로 말을 멈췄다. 여기서 더 말을 걸어봤자 좋을 게 없을 것 같았다.

"?"

태현은 〈신의 예지〉가 더 이상 길을 찾지 못하고 멈추자 멈칫했다. 그러자 뒤에 있던 플레이어들이 외쳤다.

"태현 님! 여기 5층에서부터는 길이 없습니다!"

"그러면 어떻게 더 내려가?"

"……그러게요?"

태현은 어이없어했지만, 플레이어들의 말은 사실이었다. 〈녹아 흐르는 철의 광산〉의 5층부터는 더 밑으로 내려가는 길이 없는 것!

그렇다면 5층까지 돌았을 때 던전을 다 깼다는 메시지창이 나와야 하는데, 그런 것도 나오지 않으니 플레이어 입장에서는 답답할 뿐이었다. 결국 내려진 결론은 하나!

여기 어딘가 숨겨진 비밀 통로나 비밀 방이 있는 게 분명해!

길드 동맹이 여기 점령하고 있을 때에도 도적 플레이어나 탐험가 플레이어들이 와서 길을 찾으려고 했었다.

물론 실패했지만!

-쿠오…….

아다만티움 거인이 옆에서 보내는 시선이 따가웠다.

'설마 계약해 놓고 못 찾는 건 아니지?'란 눈빛!

'끙. 이런 건 바로 찾기 힘든데.'

태현은 고민했다. 이런 비밀 던전은 원래 자료나 관련 아이템이 있을 때 오는 것이었다. 그냥 와서 맨땅에 헤딩하듯이 깰 수 있는 건 아니었다!

하지만 이미 계약을 한 이상, 태현은 최대한 성의를 보여주기로 했다.

'스킬이 이디시 끊겼더라.'

쾅! 쾅!

고대의 망치를 들고, 스킬이 끊긴 곳 근처 벽과 바닥을 때려 부수기 시작!

"케인. 너도 좀 도와라."

"어? 내가?"

"넌 이런 거 잘하잖아."

"아, 아니거든. 내가 무슨."

케인은 뒤에 있는 플레이어들의 눈치를 보며 말했다.

그는 언제나 쿨한 탱커였다. 이런 곡괭이질과 삽질은 관심이 없어!

"뭔 소리야? 잘하잖아."

"아…… 아니…… 으흑흑……."

"얘 왜 이래?"

어쨌든 태현은 케인과 사이좋게 망치와 삽을 휘둘렀다. 별생각 없이, 보여주기 위한 짓이었기에 딱히 소득은 없었다.

처음에는 '쿠오!' 하며 좋아하던 골렘도 슬슬 시간이 지나자 의심의 눈빛을 보냈다.

'길을 모르는 거 아냐?'

하는 눈빛!

그럴수록 태현은 열심히 망치를 휘둘렀다. 연기란 것은 혼을 담아야 상대방을 속일 수 있는 법. 당당하게 '나는 열심히 했다! 그런데 못 찾은 걸 어떡하냐!'라고 말하기 위해서는 최선을 다해야…….

콰르릉!

[슬라임 신 시이바의 권능을 갖고 있습니다. 시이바의 던전에 입장을 허락받습니다.]

[숨겨진 입구를 발견했습니다!]

[<녹아 흐르는 금속 슬라임의 둥지>를 발견했습니다!]

신의 예지가 끊긴 곳에서 대충 망치를 휘둘렀을 뿐이었는데, 숨겨진 던전이 발견! 골렘은 감탄한 눈빛으로 태현을 쳐다보았다.

-쿠오오!

[의심해서 미안하다고 카르바노그가 전해줍니다.]

[시이바의 권능을 갖고 있지 않습니다. 입장할 수 없습니다.]
[시이바의 권능을······.]

"시이바가 무슨 신이더라?"
"들어본 적도 없는 신인데?"
시이바의 권능이 없는 다른 플레이어들은 던전에 입장할 수가 없었다. 그들은 당황한 눈으로 서로 쳐다보았다. 처음 들어보는 듣도 보도 못한 신의 이름!
그들은 게시판에 곧 검색하기 시작했다. 그러자 이름이 나왔다.

-절망과 슬픔의 골짜기에 시이바 교단 새로 생겼는데 이거 뭐 하는 신이에요?
-슬라임 신이라는데 이거 효과 있는 신임? 아무리 봐도 구려 보이는데.
-물방 좀 오르긴 하는데 뭔 이속도 내려가고······.

절망과 슬픔의 골짜기는 마이너한 신들의 집합소!

다른 곳에서는 볼 수 없는 사디크, 카르바노그, 시이바까지 다 교단이 있는 곳이었다. 그렇기에 거기 있는 플레이어들은 다른 곳보다 새로운 신에 관심이 많았다.

새로운 신이 보이면 '이거 뭐 어디에 쓸 수 없나?'부터 고민하는 것!

그런 그들에게도 시이바는 좀 쓰기 애매모호한 신이었다.

슬라임 믿어서 어디다 쓰지?

"아…… 저기 밑에 꼭 들어가 보고 싶었는데. 어떡한다?"

"시이바…… 믿어야 해? 나 지금 교단 공적치 포인트 많아서 안 되는데."

"난 가서 갈아타고 온다! 어차피 교단 퀘스트 거의 하지도 않았어."

[시이바 교단에 가입하는 모험가들의 숫자가 늘었습니다.]
[신성 스탯이 오릅니다.]
[시이바의 권능 스킬의 위력이 오릅니다.]

"……?"

내려가던 태현은 메시지창에 의아해했다.

뭐지? 던전 찾아내서 그런가?

근데 그거 때문에 가입 숫자가 늘 리가 없는데? 그냥 우연인가?

뽀잉, 뽀잉-

귀여운 소리와 함께 슬라임들이 폴짝 폴짝 점프하며 멀리서 다가왔다.

흔히 볼 수 없는 금속 슬라임들! 강철 슬라임, 구리 슬라임 같은 놈들이 다가오자 모두의 얼굴이 풀어졌다.

"귀여운데?"

"귀엽다……!"

물론 태현과 이다비는 바로 견적부터 냈다.

"비싼 놈 어디 없니?"

"쟤가 비싸 보여요. 앗. 저거 은 같아요! 은! 태현 님! 저거 은이에요! 쟤 잡아야 해요!"

"이미 가고 있다!"

끼잉! 끼잉!

슬라임들은 놀라 도망치려고 했지만 이미 태현은 앞까지 도착한 상태였다.

[<희귀한 은 슬라임>을 잡았습니다]

[<매우 질 좋은 상급 은 광석>×5를 얻었습니다.]

"……!!"

태현과 이다비는 서로 놀란 눈으로 쳐다보았다.

여기…… 대박이잖아!

광맥을 향해 열심히 곡괭이를 휘둘러야 한 개 얻을까 말까 인 아이템을, 슬라임 하나 잡았다고 이렇게 퍼주다니!

"어? 난 그렇게까지 안 나오는데."

옆에서 강철 슬라임을 하나 잡은 케인이 고개를 갸웃거렸다. 그가 얻은 건 〈평범한 강철 광석〉 하나뿐!

'아. 내 행운 스탯이군.'

태현은 무슨 상황인지 깨달았다. 행운 스탯 때문에 나오는 아이템이 확 차이가 나는 것이다.

그래도 나쁘지 않았다. 이 정도면 광산을 캐는 것보다 훨씬 더 효율이 좋은 수준!

'이 광산은 무조건 잡아야 한다!'

"파워 워리어 길드 애들 중에서 할 일 없는 애들 다 불러 모아!"

"태현 님. 그런데 여기 시이바 믿는 사람 없으면 못 들어오는 것 같은데요."

"믿으라고 해. 영지에 교단 신전도 있는데 뭘!"

이득을 위해서는 교단 바꾸는 것쯤이야!

[카르바노그가 당황하며 네 신자 아니냐고 합니다.]

'에이, 뭐 바꿀 수도 있지. 나중에 회개하면 되잖아.'

"일단 지도 좀 만들어보자."

"네!"

-쿠오……?

[자기 집은 언제 찾아주냐고……]

"아, 좀 기다려 봐! 지금 중요한 게 그게 아니야!"
-쿠오…….
태현은 신이 나서 이다비와 함께 슬라임 둥지를 뒤지기 시작했다. 슬라임의 진정한 가치는 희귀 금속 슬라임에 있다!
"여기 은 슬라임들이 나오네요."
"여기는 금 슬라임들이 나오는군."
"여기는 루비가……."
광물계의 종합선물세트 같은 곳!
-쿠오. 쿠오.
"좀 기다리라니까?"

[자기 둥지로 괜찮은 곳이 있으니까 자기가 알아서 찾아가겠다고 카르바노그가 전해줍니다.]

"어디긴래? 그러면 그렇게 할……."
태현은 멈칫했다. 살아 움직이는 아다만티움 거인 골렘한테 괜찮은 곳이면 어떤 곳이지?
"어디길래?"
-쿠오.

골렘은 돌아서더니 걸어가기 시작했다.

콰지직! 콰직!

골렘이 손을 뻗어 바닥을 뜯어내자, 안에서 콸콸 흐르는 용암이 솟아 나왔다.

-쿠오!

골렘은 이것 보라는 듯이 웃었다. 그걸 본 태현은 실망했다.

'에이, 난 또 아다만티움 광맥이라도 있는 줄 알았네.'

저번에 골렘이 있던 곳이 아다만티움이 흘러넘치던 곳이라 그런지, 이번에도 그럴 줄 알고 기대했던 것이다.

-쿠오.

[여기는 고향 같은 곳이라고 카르바노그가 전해줍니다.]

"그래. 잘됐네. 아다만티움 약속한 거 잊지 말고."

-쿠오. 쿠오.

[저기 자기랑 비슷한 생명체가 지나간다고 카르바노그가 전해줍니다.]

"그래. 너랑 비슷한 생명체…… 뭐?!"

태현의 고개가 획 돌아갔다. 저 멀리 골렘과 비슷한 색의 슬라임이 폴짝 폴짝 뛰어가는 게 보였다.

아다만티움 슬라임!

쉭!

슬라임은 시선을 받자마자 갑자기 미친 듯이 빠르게 사라져 버렸다. 다른 슬라임들과는 차원이 다른 속도!

"……파워 워리어 길드 애들 빨리 불러와 줘!"

"네!"

인해전술로라도 잡는다!

스미스한테는 운이 없게도, 카투가 요새에는 길드 동맹 소속 랭커가 있었다.

고위 성기사 곤잘레즈! 쑤닝의 심복이자, 확실한 실력을 갖고 있는 상위권 랭커였다.

-김태현의 약점이 뭐가 있을까?

-딱히 약점이 없죠.

-너무 개새끼란 점?

-그런 거 말고!

-……그러면 김태현이 그나마 꺼려하는 게 뭐가 있을까?

-김태현이 성기사 싫어한다던데요.

-성기사는 좋아하는 애들이 드물지…….

PVP에서 성기사 직업은 언제나 상위권에 드는 직업이었다.

공격력과 방어력도 어디 가서 밀리지 않고, 높은 HP에 자기 회복 스킬까지 빵빵하게 갖고 있었다.

성기사 계열 직업에서 영웅 직업만 되도 스킬들이 화려하기 그지없었던 것!

-흠. 그러면 성기사가 낫겠다.

-시간은 좀 끌 수 있겠죠.

이기기 위해서가 아니라, 김태현 나타날 경우 시간을 끌기 위해 결정한 것! 물론 곤잘레즈에게는 굴욕이었다.

'김태현 이 자식. 어디 두고 보자.'

이를 갈고 있는 곤잘레즈였다. 물론 곤잘레즈도 태현의 실력은 잘 알았다. 하지만 곤잘레즈도 단단히 준비하고 있었다.

태현이 겁없이 덤빈다면 호된 맛을 보여주리라!

'흥. 김태현. 너도 내가 아키서스 관련 장비를 얻었다는 건 알 수 없을 것이다.'

쑤닝이 친히 내려준, 아키서스의 장비! 쑤닝과 친한 곤잘레즈였기에 길드 동맹에 들어온 아키서스 관련 장비를 하나 얻을 수 있었다.

〈아키서스의 섬뜩한 방패〉! 믿고 있는 신과 다른 신이었는데도 쓸 정도로 강력한 성능을 가진 방패였다.

하지만 곤잘레즈는 알지 못했다. 그걸 만들어서 보낸 게 태현이라는 것을!

둥둥둥-

요새 문 앞에서 북소리가 들리자 곤잘레즈는 의아해했다.

"뭐야? 누가 공격하나?"

오스턴 왕국에 신참 산적, 새내기 산적, 베테랑 산적, 은퇴 산적, 방랑 산적 등 온갖 산적이란 산적 놈들은 다 찾아오고 나서부터 이 요새에도 공격은 있었다. 가끔 겁 없는 플레이어들이 수도 근처까지 찾아오는 것!

물론 돌아오는 것은 화끈한 보복이었다. 아주 빠득빠득 이를 갈고 있던 길드 동맹 길드원들이었기에 나타나기만 하면 호된 맛을 보여줬다.

"예. 공격이 있나 봅니다."

"김태현이 날뛰니까 지들이 뭐라도 되는 줄 알고……밟아버려!"

5분 후.

"다 끝났나?"

"아, 아니요. 저기, 지금 앞에 와 있는 게…… 스미스인데요."

"뭐?! 스미스?!"

곤잘레즈는 놀랐다.

"아. 스미스도 오스턴 왕국에 온다고 했었지?"

길드 동맹 쪽에서 그런 이야기를 들은 것 같았다. 그래도 그렇지 스미스가 이렇게 대담하게 공격할 줄이야.

곤잘레즈는 고민했다.

스미스와 싸워야 하나?

김태현만큼 무섭지는 않았지만 스미스도 엄연히 손가락에

꼽히는 최상위권 랭커였다. 곤잘레스보다는 위에 있는 랭커!

그냥 평소라면 1:1로 싸우기에는 꽤 부담이 갔다.

하지만 여기는…….

'여기라면 이길 수 있다!'

곤잘레스는 확신했다. 여기 요새에는 곤잘레스에게 유리한 게 너무 많았다.

'김태현을 이기는 것도 좋지만 스미스를 이기는 것도 나쁘지 않아. 오히려 엄청 좋지.'

그리고 스미스와 싸우는 것의 장점이 하나 더 있다면, 바로 김태현만큼 무섭지 않다는 것!

스미스는 강하긴 해도 정직해 보이는데, 김태현은 강한 것과 동시에 무슨 짓을 할 지 알 수 없어서 너무 무서웠다.

"여러분! 요새를 넘기시고 물러서면 공격하지 않겠습니다!"

"뭐라는 거야 미친놈아!"

스미스는 앞에 와서 크게 외쳤다. 물론 그걸 듣고 가만히 있을 길드원은 없었다.

바로 공격!

쉬익! 캉!

물론 그런 공격은 스미스에게 대미지도 주지 못했다. 선공을 받은 스미스는 움직였다. 일단 선공을 받았으니까!

좌아악!

"으아아악!"

스미스한테 덤벼든 길드원은 한 합도 버티지 못하고 그대로 박살 났다. 그걸 본 다른 길드원들이 덤벼들고, 스미스는 다시 싸우고…….

스미스의 친구는 옆에서 말했다.

"스미스. 내 생각에 이렇게 하면서 싸우지 말자고 하는 건 안 통할 것 같아."

"하지만 전 싸우고 싶지 않습니다. 요새만 주면……."

"죽어라 스미스!"

"싫습니다!"

콰직 콰직!

달려들던 길드원들을 박살 내며 스미스는 앞으로 나아갔다. 그걸 본 친구들은 속으로 생각했다.

'쟤 가끔 되게 무서워…….'

약간 좀 사이코 같다!

스미스가 요새 가까이 다가서자 공격은 더욱 격렬해졌다.

요새 벽 위에서 궁수들의 화살 공격부터 시작해서 마법사들의 마법까지!

스미스는 복잡하거나 기막힌 움직임을 보여주지 않았다. 마치 바윗덩이처럼 묵직하게, 천천히 정석적으로 행동했다.

[<백기사의 굳센 장벽>이 펼쳐집니다!]

[<백기사의 가호>가……]

각종 갖고 있는 방어 스킬들이 화려하게 펼쳐지자, 날아오는 공격들은 한두 개도 뚫지 못하고 막혔다.

"와, 미친……."

"저게 사람이야 성벽이야?"

혀를 내두르는 플레이어들!

그사이 곤잘레즈가 밑으로 내려왔다.

"스미스!"

"곤잘레즈 씨!"

"감히 여기를 오다니. 네가 미쳤구나!"

"저는 요새만 넘겨달라고 했을 뿐인데……."

"그걸 말이라고 해!?"

곤잘레즈는 어처구니가 없었다. 저 자식이 누구 놀리나?

"네가 뭘 믿고 여기 온 건지는 모르겠지만 숫자가 너무 적지 않냐? 봐라!"

곤잘레즈가 말하자 길드원들이 함성을 질렀다. 확실히 위압적이었다. 게다가 여기서 멀지 않은 곳에서 지원이 더 들어올 수 있었다.

"저도 지원은 있습니다."

"?"

"김태현 씨가……."

"!!"

곤잘레즈는 기겁했다. 김태현이 여기 있다고?

"곧 올 겁니다."

"아. 곧 온다고."

곤잘레즈는 다시 안도했다. 옆의 길드원들이 그걸 빤히 쳐다봤다.

"뭘 쳐다봐 이것들아?"

"죄, 죄송합니다!"

길드원들은 곤잘레즈가 성을 내자 고개를 돌렸다.

'김태현이 곧 온다?'

"야. 이 주변 제대로 순찰 돌고 있지?"

"물론입니다! 쥐새끼 하나 못 올 겁니다."

산적들이 날뛰기 시작하고 나서부터, 길드 동맹은 중요한 곳은 정말 인원을 쏟아부어서 지켰다.

이 요새도 그랬다.

'좋아. 그러면 김태현이 오기 전에 쓰러뜨리면 되겠군.'

"스미스. 네가 그렇게 자신만만하면 나와 한번 싸워보자."

"그러고 싶으시다면!"

스미스도 물러서지 않았다.

[1:1 대결을 제안합니다!]

[질 경우 요새 전체의 사기가 하락할 수 있습니다!]

[요새의 치안이……]

"……하기 전에 공격 더 해라."

"네?"

"쟤 쌩쌩하잖아! 공격해!"

"아. 예."

파파파파파팍!

스미스 위로 미친 듯이 쏟아지는 물량 공격!

스미스의 방어 스킬들을 빼기 위한 공격들이었다.

"싸우자고 하셨잖습니까!"

"부하들이 내 말을 안 들어서."

곤잘레즈는 비열하게 웃었다. 스미스는 인상을 썼지만 더 말하진 않았다.

"자. 그럼 이제 싸워볼까?"

한참 동안 공격을 퍼부은 다음에야 곤잘레즈는 앞으로 다가섰다.

[1:1 대결을 시작합니다!]

[다른 플레이어의 도움을 받을 경우 명성이 떨어질 수 있습니다!]

탓!

'빠르다!'

스미스는 단단했지만 결코 느리지는 않았다. 중갑옷을 챙겨 입었는데도 폭발적으로 다가왔다. 같은 중갑옷을 입은 성기사로서 놀라울 정도!

"흥!"

쿵!

곤잘레즈는 재빨리 무기를 휘둘러 스미스를 멈추게 만들고 들고 있던 방패를 앞으로 내밀었다.

'방패를 파괴하고 앞으로…….'

휙!

스미스는 곤잘레즈의 방패를 노렸다. 태현이었다면 방패를 빗겨내고 안으로 찔러 들어갔겠지만, 스미스는 언제나 정공법을 좋아했다.

방패째로 부숴 버린다! 방패 위로 공격을 퍼부으면 방패가 박살 나거나 상대가 무너지거나 둘 중 하나였다.

-백기사의 상급 돌격!

쿠쿠쿠쿵!

미친듯이 휘둘러지는 스미스의 공격! 당하는 입장에서는 공포 그 자체였다. 그러나 곤잘레즈는 자신만만하게 웃었다. 그 웃음에 스미스도 당황했다.

'뭐지?'

"하하! 멍청하기는!"

[<아키서스의 섬뜩한 방패>가 일정 확률로 공격을 그대로 돌려보냅니다!]

콰콰콰쾅!

스미스는 이를 악물고 뒤로 물러섰다. 생각지도 못한 반격이 날아온 것이다.

"이 방패를 봐라! 김태현도 이런 방패는 없을 거다!"

스미스는 커다란 충격을 받았다. 어떻게 상대가 아키서스 관련 장비를!

'침착하자.'

스미스는 고개를 흔들었다. 상대방이 예상보다 훨씬 좋은 장비를 갖고 있을 뿐이었다. 태현한테 졌으면 됐지 김태현 짝퉁한테까지 질 수는 없다!

스미스의 눈빛에서 불꽃이 화르륵 일어났다. 그것은 자존심이었다.

"김태현은!"

쾅!

다른 방법을 택할 줄 알았는데 다시 방패를 때리기 시작하는 스미스의 모습에 곤잘레즈는 놀랐다.

'이 자식 무슨 생각이냐?'

"그쪽보다 훨씬 강합니다!"

"헛소리 마라!"

"헛소리 아닙니다! 싸워보지도 못한 게!"

"김태현한테 저서 좋겠다!"

유치한 랭커들의 말싸움!

지켜보고 있던 길드원이 말했다.

"야, 저건 편집하자."

스미스는 방패에서 돌아오는 반격을 몸으로 버티며 계속해서 방패를 공격했다. 내구도를 깎아서 망가뜨려 버리겠다!

그걸 곤잘레즈도 눈치챘다.

'어림도 없는 생각을! 난 가만히 있나?'

그러는 걸 곤잘레즈가 가만히 볼 리 없었다. 곤잘레즈는 바로 반격에 나서려고 했다.

그 순간 메시지창이 떴다.

[<아키서스의 섬뜩한 방패>가 누적된 피해를 주인에게 돌려줍니다!]

"?!?!"

파아아아앗!

들고 있던 방패에서 눈 부신 빛이 뿜어져 나오더니 그대로 곤잘레즈를 덮쳐 들어갔다. 주변에서 보고 있던 플레이어들은 깜짝 놀랐다.

"저, 저건 뭐지?!"

"스미스 스킬인가……!?"

"저런 스킬도 있었다니! 스미스. 이 자식……!"

"괜히 최상위권 랭커가 아니군!"

지켜보고 있던 수많은 플레이어들이 웅성거리며 상황을 찍었다. 게시판에 실시간으로 올라가고 있는 정보들!

-스미스. 정체불명의 방패 파괴 스킬 갖고 있음…….
-방패째로 날려 버리는 스킬로 추측. 대미지 상상초월.
-곤잘레즈를 일격에 무너뜨릴 정도…….

"크아아악!"

[막대한 대미지로 인해 스턴 상태에 빠집니다!]
[HP가 10% 미만으로 떨어집니다! 출혈 상태에 빠집니다!]
[<각인이 새겨진 최고급 건틀렛>이 부서집니다!]
[왼팔에 커다란 충격을 받았습니다! 한동안 왼팔을 움직일 수 없습니다!]

곤잘레즈는 그대로 나뒹굴었다. 시야가 앞뒤로 흔들려서 상황 파악 자체가 불가능했다.

'뭘 당한 거야!?'

갑자기 방패가 미쳐 날뛰더니 곤잘레즈한테 일격을 먹인 상황!

곤잘레즈는 스미스를 의심할 수밖에 없었다. 설마 방패에 숨겨진 옵션이 그를 엿먹였다고는 상상할 수도 없는 상황!

'스미스 이 자식! 스킬을 진짜로 숨기고 있었나! 설마……!'

랭커라고 하면 보통 철저하게 비밀에 가려져 있을 것 같은 이미지였지만, 실제로는 반대였다.

랭커는 판온 내에서 가장 인기가 좋은 플레이어들.

뭐 하나만 해도 영상으로 올라오고 분석이 올라왔다. 게다가 대부분의 랭커들이 개인 방송을 하고 있었다.

태현 같은 예외가 아니라면 보통 랭커들의 직업과 스킬 세트는 거의 다 분석이 되어서 돌아다니는 상황!

몇몇 성격 꼬이고 적 많고 신중한 랭커들이나 스킬 몇 개를 끝까지 숨기고 다니는 거지, 일반적으로는 그냥 썼다. 그렇게 다 숨기고 다녀도 될 정도로 판온은 만만치 않았다.

그런데 스미스는 지금 처음 보는 스킬, 그것도 어마어마한 레어 스킬을 쓰고 있었다.

상대방의 방패를 폭발시키다니!

쓰러진 곤잘레즈는 스미스를 노려보며 입을 열었다.

패배감도 패배감이었지만, 솔직히 존경심이 들었다.

이런 스킬을 이제까지 숨기고 있었다니!

"스미스…… 내 패배를 인정한다."

스미스는 어리둥절했다. 스미스 입장에서는 곤잘레즈가 혼자서 뒤로 자빠지더니 '크윽! 내 패배를 인정한다!'이러는 꼴이었다.

'함정 아냐?'

스미스는 멈칫했다. 태현과 같이 다니다 보니 이상한 의심만 많이 느는 스미스!

옆의 친구들이 재촉했다.

-뭘 하는 거야 스미스! 빨리 끝내!

-함정일지도 모르잖습니까.

-뭔 함정이야 저게!

-저렇게 자기가 넘어진 척을 해서 끌어들인 다음 공격을……

-세상에 그런 짓을 하는 미친놈이 어디 있어!

-김태현 씨는 그러는……

-……세상에 그런 짓을 하는 미친놈이 김태현 말고 어디 있어!

-그건 그렇습니다.

스미스는 달려들어서 곤잘레즈에게 마지막 검을 휘둘렀다.

[1:1 대결에서 승리했습니다!]

[명성이 크게 오릅니다!]

[기사도가 오릅니다.]

[요새 전체의 사기가……]

"곤, 곤잘레즈 님이 졌어!"

"아니 저걸 져?"

"아무리 스미스가 강해도 그렇지 너무 못 버틴 거 아냐?"

'졌지만 잘 싸웠다'라는 말이 나오려면 적어도 한 시간은 싸워야 하지 않나?

보던 사람들 눈에는 곤잘레즈가 덤비더니 스미스한테 몇 방 맞고 쓰러진 것으로 보였다. 어처구니없는 결말!

"요새 문 막아라!"

"아, 맞아!"

우르르-

곤잘레즈가 쓰러지자 길드원들이 분주하게 움직였다. 쓰러진 건 쓰러진 거고, 그들은 물러설 생각이 조금도 없었다.

곤잘레즈 하나 쓰러졌다고 요새를 넘겨주는 건 미친 짓!

"지원 요청했으니까 곧 온다! 버티기만 해!"

"갖고 있는 거 다 퍼부어라!"

하늘을 덮을 정도의 화살과 마법들이 날아오기 시작했다. 뒷일은 생각하지 않고 일단 퍼붓기 시작한 공격!

그 서슬에 스미스와 친구들도 일단 방어를 해야 할 정도였다.

"스미스! 이거 못 뚫으면 후퇴해야 해! 쟤네 지원 불렀을 거야!"

"알고 있습니다!"

그러나 스미스도 딱히 좋은 생각이 나지는 않았다. 스미스의 직업은 버티고, 정면 승부를 하는 데에는 엄청나게 강했지만 이런 상황에서 변수를 만드는 스킬은 없었던 것이다.

'고대 제국의 영원불멸한 힘 스킬은 저번에 써서 쿨타임이……'

"길, 길마님."

"선장님이라고 불러."

"지금이라도 그만둡시다! 미친 짓 같아요 이건!"

티치와 길드원들은 몰래 요새 벽 뒤를 기어오르고 있었다.

'운 좋게 안 걸리고 들어간다고 치더라도 그다음은 어쩌려고!'

그들은 모르고 있었지만, 지금 요새 앞에는 스미스가 쳐들어와 있었다. 덕분에 모든 눈이 앞에 집중!

엄청난 행운이었지만 그들은 그걸 몰랐기에 조마조마할 수밖에 없었다.

"봐라. 이 벽을 기어오른 다음 탑 위로 올라간다."

"그…… 그다음에는요?"

요새에서 가장 높은 탑 위로 올라간 다음 뭐 어쩌려고?

"날아서 중앙의 사령관 건물로 날아가는 거지!"

요새 소유권은 중앙 거점에 들어가 일정 시간 이상 버티면 손에 들어왔다. 여기 요새의 중앙 거점은 가운데에 설치된 〈사령관의 집〉! 거기 들어가서 일정 시간만 버티면 요새 소유권은 일단 손에 들어왔다.

물론 그걸 지킬 수 있을지는 의문이지만!

"일단 요새 함락만 시키면 다시 뺏기든 말든 상관 없어!"

퀘스트 달성은 요새 함락만 하면 달성이었다. 그 뒤로는 바로 튀어도 상관없었다.

"선장님. 그건 그렇다 쳐도 저기까지 어떻게 날아가요?"

"마법 쓰는 순간 바로 걸려요."

경계가 삼엄한 요새답게 마법 결계가 몇십 개는 넘게 쳐져 있는 것 같았다. 비행 마법이나 공중부양 마법 쓰는 순간 바로 알람이 미친 듯이 터질 것!

"다 생각이 있다. 봐라!"

티치가 꺼낸 건 〈의외로 잘 만들어진 글라이더〉였다. 태현 영지에 있는 기계공학 대장장이, 다니엘이 만든 아이템!

"이거 어디서 구하셨습니까?"

"그 랜덤박스 샀는데 나왔지."

"그거 품질이 좀 별로라고……."

"아냐. 이거 써봤는데 괜찮더라."

운 좋게 꽝 중에서는 괜찮은 걸 뽑은 티치!

길드원들은 걱정됐지만 어쩔 수 없었다.

마법보다는 낫겠지!

"나부터 간다!"

슈우우욱!

"어? 진짜 되네?"

"의외로 괜찮은 거 아냐?"

"설마 안 좋다는 거 헛소문이었나?"

예상 밖의 결과에 길드원들은 당황했다.

이거 사실 좋은 거 아냐?

[〈사령관의 집〉이 함락당했습니다.]

[요새가 점령당하기까지 남은 시간……]

"??!"

"뭐야?!"

"당장 가서 확인해 봐!"

길드원들은 기겁해서 달려갔다.

거기 지금 누가 들어간 거지?

"헉헉헉."

"야! 문 막아!"

"있는 거 다 박아! 대장장이 스킬 높은 놈 누구였지?"

"접니다! 제가 갑니다!"

정면승부는 불가능하니 처절하게 버티는 길드원들!

"문 막았다!"

"부숴!"

"잡히면 죽여 버린다!"

밖에서 들리는 소리에 길드원들은 와들와들 떨었다.

"아오, 길마가 미쳐 가지고!"

"뭐, 뭐? 그게 지금 선장한테 할 소리야?"

"다 죽게 생겼는데 그런 소리가 나와? 이게 얼마나 버티겠어! 30분이면 뚫리겠다!"

"그런 부정적인 생각을 하면 안 되는 거야!"

쾅!

"으아악! 진짜 뚫렸다!"

"길마에요! 길마놈이 하자고 했어요! 잘못했어요!"

"여러분. 같이 싸웁시다."

밖의 적들을 뚫고 문으로 들어온 것은 스미스와 친구들이었다.

"……?!"

"……포기하자. 이건 무리야."

"무리인 것 같습니다……."

케인과 정수혁은 태현에게 말했다. 아다만티움 슬라임을 찾기 위해 파워 워리어 길드원들이 우르르 몰려들었다.

태현과 이다비도 눈에 불을 켜고 돌아다녔지만…….

그 뒤로는 보이지 않는 아다만티움 슬라임!

"후…… 그래. 어쩔 수 없지."

태현은 포기했다. 지금 안 그래도 할 게 많았으니까.

슬라임을 잡는 건 파워 워리어 길드원들한테 맡긴다!

"맡겨만 주십시오! 태현 님!"

"여기는 저희한테 맡기시고 어서 앞으로!"

길드원들의 눈빛은 욕심으로 반짝거렸다.

세상에 이런 좋은 곳이 있다니!

슬라임 히니만 잡으면 광석이 뚝뚝 떨어지는 곳이라니. 파워 워리어 길드원들의 꿈같은 곳이었다.

여기 계속 있으면 좋겠다!

"자자. 이 표 봐."

이다비의 말에 길드원들은 고개를 돌려 시선을 집중했다.

구리 슬라임-1실버.

강철 슬라임-5실버.

은철 슬라임-10…….

"어? 이게 뭡니까?"

"잡으면 보너스인가요? 와, 길마님 너무 후하신 거 아니에요?"

"아니. 잡으면 광물은 바치고, 이걸 보상으로 준다는 거지."

"우·우·우! 우·우·우!"

"이건 노동 착취입니다!"

"저희는 고급 인력입니다!"

길드원들은 대번에 항의했다.

이건 너무하다!

이다비는 간단하게 말했다.

"하기 싫으면 다른 애들 부를까?"

"하지만 저희는 이런 일을 너무 좋아합니다!"

"저는 착취당하는 게 취향입니다!"

"우·우·우! 너무 좋다! 우·우·우!"

빠른 태세전환!

길드원들은 납죽 엎드려서 빌었다. 제발 이 직장을 가져가지 말아주세요! 지금 주는 보상만 해도 다른 곳보다 몇 배는 더 날로 먹을 수 있었다.

"태현 님. 그런데 이건 어디에 씁니까?"

길드원 한 명이 와서 〈슬라임의 정수〉를 내밀었다.

"이런 게 있었어? 난 안 나왔는데."

"많이 잡다 보니까 하나 나오던데요."

'숫자를 많이 잡아야 나오나?'

조건이야 어쨌든 간에 정수는 있어서 나쁠 게 없었다. 태현
은 고개를 끄덕이며 말했다.

"그러면 일단 최대한 모아봐."

"네!"

-김태현 출현!

"아, 가짜겠지. 김태현이 변장 안 하고 그냥 다니겠냐? 그거
가면 또 분신이에요. 분신."

-김태현 일행 광산 돌파! 뒤에는 정체불명의 NPC들! 아스비안 제국
에서도 발견된 NPC들임!

"……그, 그것도 가짜겠지."

-파워 워리어 길드원들이 광산으로 와서 김태현과 대화를 나눔!

"……기……기만 공작일 수도……."

"맞, 맞아. 속임수일 수도……."

-김태현 옆에는 두 마리 드래곤이 날아다니고 있음!

"김태현 이 비열한 자식! 그런 속임수를 쓰다니!"

"설마 허허실실을 쓸 줄이야!"

길드 동맹 간부들은 분통을 터뜨렸다. 그런 허점을 찌를 줄이야! 뒤늦게 제정신이 돌아온 그들은 바로 학카리아스에게 연락을 보낼 준비를 했다.

뭔 짓을 하기 전에 화끈하게 불태워 버려야 한다!

그러나 길드 동맹이 연락하기 전에, 태현은 학카리아스 쪽으로 빠르게 날아가고 있었다.

"대놓고 날아다녀서 위치 찾기는 참 편하네."

학카리아스는 숨어 다니지 않았다. 오만하고 성격 더러운 블랙 드래곤답게, 그 큰 덩치를 쫙 펴고 하늘을 유유히 날아다니며 자랑하듯이 다녔다. 덕분에 오스턴 왕국에 있는 플레이어들은 학카리아스가 어디 있는지 다 알 수 있었다.

-57분 교통정보입니다. 현재 학카리아스가 카투가 요새 위쪽을 지나 남쪽으로 남하하고 있습니다. 그 밑에서 산적질 하고 있는 플레이어 분들은 신경을 쓰셔야 할 것 같습니다.

요즘 오스턴 왕국의 산적 플레이어들이라면 꼭 챙겨 듣는 〈오스턴 왕국 57분 교통정보〉! 웬 아저씨들이 걸걸한 목소리로 진행하는 게 특징인 방송이었다.

-주인님. 학카리아스 씨와 맞상대하는 건 좀…….

-걱정 마라. 흑흑아. 나도 질 생각은 없으니까.

-아니요. 주인님을 뵈면 제가 또 욕 먹을 것 같아서…….

태현은 흑흑이를 빤히 쳐다보았다.

-그게 뭔 소리냐?

-주인님이 절 모시고 그러진 않잖습니까. 그걸 보면 학카리아스 씨가 또 구박을 할 텐데…….

학카리아스와 싸울 수도 있는 상황에 이상한 걸 걱정하고 있는 흑흑이였다.

-걱정 마라. 학카리아스는 널 구박할 틈도 없을 테니까.

키우는 소도 잡아먹기 전에는 잘 대해준다고, 태현은 흑흑이에게 친절하게 대했다.

앞으로 아주 많이 싸워야 할 테니까!

그러나 흑흑이는 다른 의미로 이해한 모양이었다.

-역시 그렇죠? 그렇죠? 신수가 주인을 모시는 건 전혀 이상한 게 아닌…… 하카리아스 씨도 보고서 괜찮다고 할 겁니다.

-그래그래.

태현은 대충 대답했다.

날아가던 흑흑이는 갑자기 궁금해져서 물었다.

-그런데 주인님. 학카리아스 씨가 그렇게 화를 내며 쫓아냈

는데 어떻게 설득하실 생각이십니까?

-흠.

저 멀리서 학카리아스의 거대한 모습이 보였다. 학카리아스는 흑흑이의 기운을 알아차렸는지 바로 고개를 돌렸다.

그리고 분노한 목소리로 외쳤다.

-내가 분명 자비롭게도 기회를 줬는데! 네 주인한테 내 말을 제대로 전한 것이냐?!

[<검은 묘비 산맥의 지배자 학카리아스>가 분노합니다!]
[공포로 세상이 떱니다!]
[최고급 전술 스킬을 갖고 있습니다. 일행이 공포에 저항하는 데 성공합니다.]
[명성 스탯이 오릅니다!]
[공포 스탯이 오릅니다!]
[마법 스탯이……]

"저기……."

-시끄럽다!

[설득이 실패합니다.]
[화술 스킬이 오릅니다.]

말도 못 걸게 하는 학카리아스!

쌩쌩하게 살아 있는 블랙 드래곤은 그만큼 성질도 더러웠다. 태현의 화술 스킬을 아예 차단하고 들어왔다.

[카르바노그가 감탄합니다. 블랙 드래곤답게 아키서스의 화신에게 속지 않는 법을 잘 아는 것 같다고 합니다.]

'화술 스킬이 오르는 건 좋은데, 몇 번 더 설득할 수는 없겠지?'

아스비안 제국 황제 우이포아틀한테도 썼던 방법!

태현의 화술 스킬은 최고급. 스킬 레벨이 높아진 건 좋은데, 그만큼 부작용도 있었다. 이제 어지간한 설득으로는 레벨을 올리기 힘들다는 것!

그만한 상대를 찾아야 하는데 그것도 일이었다. 판온의 다른 플레이어들이 화술 스킬을 안 키우는 데에는 이유가 있었다.

쓰기도 애매하고 키우기는 더 애매한 스킬!

그런 면에서 우이포아틀은 참 좋은 상대였다.

워낙 레벨이 높고, 잘 설득도 안 되는 상대다 보니 시도만 해도 화술 스킬이 꽤 많이 올랐다. 학카리아스도 우이포아틀 비슷한, 어떻게 보면 더 좋은 상대였지만……

아쉽게도 설득할 상황이 아니었다. 말 한마디 더 걸었다가는 브레스가 들어올 것 같았다.

-주인님? 주인님? 정말 어떻게 설득하실 겁니까?!

흑흑이가 초조해졌는지 다급하게 물어왔다. 학카리아스가 살벌하게 노려보고 있는데 태현은 당당하게 앞으로 날아가고 있었던 것이다. 마치 '나 죽여줍쇼!'라고 말하는 것 같았다.

"이렇게."

태현은 바로 검을 뽑아 들고 스킬을 사용했다.

-에슬라의 군세 소환!

설득의 방법은 여러 가지였다. 말로만 하는 설득도 있지만, 이렇게 직접 칼을 휘두르는 설득도 있었다.

그리고 태현의 주특기는 원래 후자!

[악명이 미친 듯이 크게 오릅니다!]

'아. 젠장.'

태현은 메시지창을 보고 질색했다. 씨앗을 오기 전에 심었어야 했어! 악명 스탯이 4만을 훌쩍 넘기고 달려가고 있었다. 명성 스탯이 6만을 넘겨서 그나마 다행이지 안 그랬으면 정말…….

[마계의 문이 열립니다!]

[에슬라의 군세가 대륙에 강림합니다!]

'너 악마 소환했다!'고 알려주는 각종 메시지창들!

매우 나쁜 짓이고 각 왕국에서 이걸 알면 널 욕할 거라는 메시지창이었지만 태현은 무시했다. 저기 학카리아스가 더 나쁜 놈이니까!

-인간이여! 너와 맺은 계약을 지키기 위해 내가 왔도다!

우르릉! 번쩍!

하늘 높은 곳이 순식간에 어두워지더니 강력한 마력이 담긴 번개가 사방에 쏟아지기 시작했다. 그리고 마계의 문이 열리더니 에슬라의 군세가 쏟아져 내려왔다.

-에…… 에…… 에슬라!!

학카리아스가 비명을 지르듯이 외쳤다.

-학카리아스! 오랜만이다!

-이 더러운 악마 놈이 어디서 대륙에 고개를 내미느냐!

-크하하. 내가 더럽다고 해도 너만큼 더럽겠느냐! 내가 신들과 싸울 때 저 구석에 박혀서 벌벌 떨고 있던 놈이 건방지게 잘도 지껄이는구나!

-……닥쳐라! 대륙은 드래곤의 땅. 여기는 마계가 아니다!

-감히? 학카리아스. 내가 마계에서만큼 강하지는 못하지만 너 하나 정도는 쓰러뜨릴 수 있다. 내 군세들이여! 나와서 저 인간을 도와라!

[에슬라의 군세가 당신의 지휘하로 들어옵니다!]

[에슬라의 상급 악마 전사가……]

[에슬라의 상급 악마 마법사가……]

[최고급 전술 스킬로 이들을 모두 지휘할 수 없습니다! 페널티를 받습니다!]

페널티를 받는다고 해도 태현은 기뻤다. 그만큼 강력한 놈들이라는 것이었으니까!

학카리아스도 에슬라의 군세가 두렵긴 한 모양이었다. 바로 공격하지 않고 에슬라를 설득하려 들었다.

-에슬라! 악마가 신의 화신과 손을 잡으려 드는 것이냐!

-아키서스의 화신과 손을 잡는 게 뭐 그리 새로운 일이라고. 아키서스는 예전에도 그랬다.

예전에도 신과 악마 사이를 오가며 서로를 엿 먹였던 아키서스! 고대부터 있었던 존재인 에슬라는 별로 놀라지도 않았다.

-멍청한 악마 놈! 아키서스와 손을 잡은 놈들이 어떻게 됐는지 기억이 나지 않느냐!

-난 그래서 한 번만 잡고 끝낼 생각이다.

현명한 에슬라! 약속한 것만 지키고 빠르게 마계로 돌아가 태현과 상대하지 않을 생각이었다.

아키서스를 상대하는 것에 있어서 하책은 아키서스에게 넘어가서 호구를 잡히는 것이고, 중책은 반만 호구를 잡히는 것이고, 상책은 아예 도망쳐서 상대하지 않는 것!

에슬라는 경험 많은 악마답게 그걸 잘 알고 있었다.

에슬라가 씨알도 먹힐 것 같지 않자 학카리아스는 목표를 태현으로 바꿨다.

-아키서스의 화신! 아무리 그래도 그렇지 화신이란 작자가 악마와 손을 잡는 건…….

그러자 에슬라가 대신 대답해 줬다.

-아키서스의 화신이잖나.

-그…… 그건 그렇지만…… 그건 그렇지만……!

콰아아아아아아앙!

-크윽!

그 순간 학카리아스에게 강한 충격이 왔다. 에슬라와 그 부하들에게 정신이 팔린 사이, 태현이 은신 스킬로 다가와 학카리아스에게 일격을 날린 것이다.

말은 간단했지만 어마어마한 난이도였다. 태현도 〈신의 예지〉 스킬로 아주 좁은 길을 간신히 통과했을 정도!

[〈신의 예지〉의 길에서 벗어나고 있습니다.]

-흑흑아! 운전 제대로 못 하냐! 지금 길에서 벗어나고 있다!

-최선을 다하고 있습니다 주인님!

흑흑이도 필사적이었다. 은신해서 접근하는 게 걸리면 학카리아스가 곱게 보내주진 않을 테니까!

덕분에 제대로 한 방 먹일 수 있었다.

행운의 일격이 몇 번이고 중첩된 화끈한 일격!

[드래곤에게 일격을 먹였습니다!]

[명성이 크게 오릅니다!]

[검술 스킬이 크게 오릅니다!]

[은신 스킬이⋯⋯]

'아, 약점을 때려야 하는데⋯⋯.'

성공했지만 태현은 입맛을 다셨다. 신의 예지가 가르쳐 주는 약점은 드래곤의 목 아래였다.

그러나 거기까지는 갈 수 없었다. 신의 예지가 아예 길을 가르쳐 주지 않는다는 건, 현재 태현의 은신 스킬 수준으로는 갈 수 없다는 것!

태현의 은신 스킬은 고급 은신 스킬. 어지간한 도적 플레이어와 맞먹는 수준인데도 갈 수 없다니.

아쉽지만 어쩔 수 없었다. 태현은 〈아키서스 검법〉을 발동시킬 수 있는 다른 만만한 약점을 노렸다.

-이⋯⋯ 이놈⋯⋯!

학카리아스의 눈빛이 분노로 번뜩였다. 그러나 태현은 아랑곳하지 않고 외쳤다.

"내가 대화하자고 할 때 받아들이지 그랬냐?"

태현도 학카리아스를 설득할 생각이 아예 없었던 건 아니었다. 설득할 구석이 보이면 설득할 생각이었던 것이다.

그러나 학카리아스는 보자마자 설득을 걷어찼고, 태현은 다른 방식으로 설득할 수밖에 없었다. 이것도 설득은 설득이지!

-감히! 인간 따위가!

"에슬라의 군세! 내가 명령한다! 알아서, 최선을 다해, 학카리아스를 총공격해라!"

[최고급 전술 스킬을 가지고 있습니다. 명령에 보너스를……]
[<폭군의 지휘>를 사용합니다! 악마들의 기세가 오릅니다!]
[<직감과 행운의 지휘>로 군세에 보너스가 들어갑니다!]

크아아아아아아아!

하늘에서 쏟아져 나오는 악마들이 거세게 함성을 질렀다. 이들을 일일이 지휘할 생각이 없었다. 태현도 사람이었다.

다른 보스 몬스터면 모를까, 학카리아스 상대로 지휘하면서 싸움까지 같이 할 수는 없었다.

한 번이라도 실수했다가는 그대로 로그아웃!

그래서 태현은 명령했다.

알아서 잘 패라!

태현의 명령을, 에슬라의 군세는 찰떡같이 잘 알아들었다.

-주인님을 해방시킨 영웅, 아키서스의 화신을 도와라!

-악마보다 더 사악한 아키서스의 화신이라니. 소문으로 듣던 놈을 직접 보게 되다니!

-어린 악마들아! 저걸 보고 배워라! 저게 그 악마보다 더 사악한 아키서스의 화신이다!

-와! 저게 아키서스의 화신!

뭔가 이상한 말들도 섞여 있었지만 어쨌든 에슬라의 군세가 말을 잘 듣는다는 게 중요했다. 에슬라의 부하들은 에슬라가 자신만만했던 것처럼 충성스럽고 강했으며, 집요했다.

블랙 드래곤 학카리아스를 앞에 두고도 전혀 겁먹지 않고 덤벼들었다.

-오냐! 어디 한번 덤벼봐라!

학카리아스도 결국 칼을 뽑았다. 브레스를 날리면서 동시에 사방을 향해 마법을 갈기기 시작했다.

마법의 대가, 드래곤의 마법! 언령 마법과 흑마법을 자유자재로 다루는 학카리아스의 마법은 무시무시했다.

밑의 땅이 뒤집혀 박살 나더니 숲이 통째로 날아갔다. 산과 언덕이 쪼개지더니 그대로 무너졌다. 하늘에서는 검게 타오르는 암흑의 창이 닥치는 대로 쏟아져 내려가며 악마들을 쏘아 떨어뜨렸다.

콰르르르릉!

마치 세상의 종말 같은 위력!

그러나 악마들은 망설이지 않고 덤볐다. 수십, 수백 마리의 악마들이 일격에 사라졌는데도 아랑곳하지 않았다.

-놈을 떨어뜨려라!

<악마의 사슬>! <악마의 사슬>! <악마의 사슬>!

[저거 어디서 많이 본 스킬이라고 카르바노그가 중얼거립니다.]

'아…… 아니. 아무리 그래도 아키서스랑은 상관이 없지. 사슬 들어간 스킬이 한두개야?'

태현은 카르바노그에게 변명했다.

설마!

악마들은 우선 학카리아스를 바닥에 떨어뜨리는 것으로 목표를 잡았다. 학카리아스 정도 되는 보스 몬스터가 날아다니는 것부터가 상당히 위협적이었다.

레이드를 위해서는 땅으로 떨어뜨려야 한다!

악마들이 닥치는 대로 지옥의 마력이 담긴 사슬들을 던져댔다. 학카리아스가 아무리 떨쳐내도 악마들은 계속 덤벼들었다.

"진짜 잘 싸우는데?"

태현은 감탄했다. 원래라면 태현이 직접 나서서 목숨을 걸고 싸워야 할 줄 알았는데, 에슬라의 군세가 생각보다 훨씬 더 잘 싸웠다.

차원이 다른 악마들!

"김태현. 우리는 뭘 할 수 있지?"

케인은 긴장되고 흥분한 목소리로 물었다.

판온에서 최초로 드래곤 레이드에 참가하게 된 것이다.

당연히 긴장이 되고 흥분될 수밖에 없었다.

"어? 넌 뒤에 있어야지."

케인은 시무룩해졌다.

"나는 학카리아스 공격에도 피할 정도가 되고, 수혁이나 지수는 원거리 공격이 가능하잖아. 근데 케인 넌……."

"팝콘이나 가져오라고 할까요?"

"야!"

구구절절 맞는 말!

근접해서 때려야 하는 케인 입장에서, 그 대미지 넣겠다고 드래곤 옆에 붙는 건 미친 짓이었다. 아무리 HP가 많고 방어력이 높다고 해도 드래곤한테 잘못 맞으면 한 방!

"그냥 포병대나 지켜라. 아키서스 포병대, 준비하고 있냐!"

-날 구해줘! 날 꺼내다오! 동포들이여! 날 꺼내다오!

포병대 뒤에 있는 악마 우리에서, 간혀 있는 악마가 애타게 외쳤다. 그러나 에슬라의 군세들은 들은 척도 하지 않았다.

-저거 뭐냐?

-몰라. 인간한테 잡혔나 봐.

-뭐? 인간한테 잡혔다고? 나 같으면 자살한다.

-맞아. 맞아. 까르륵.

악마들은 냉정했다. 같은 주인을 섬기는 것도 아니고, 멍청하게 인간한테 속아 간힌 놈한테까지 자비를 베풀진 않았다.

"야. 쟤 조용하게 해라."

"예! 야. 조용히 해라! 성수 뿌린다!"

-힉! 그것만은!

악마는 금세 조용해졌다.

태현은 그걸 보고 갑자기 궁금해졌다. 원래는 드워프들한테 잡힌 멍청한 악마라고 생각했는데, 그런 멍청한 악마치고 되게 잘 버티고 있었다.

하급이나 중급 악마는 아니다!

'뭐 하는 놈이지?'

쿠우우웅!

태현은 고민에서 깨어났다.

블랙 드래곤 학카리아스가 추락하고 있었다.

-감히 더러운 악마 놈들이 날 땅에 내려앉게 했겠다!

추락만 했을 뿐 학카리아스는 여전히 쌩쌩했다. 악마의 사슬은 학카리아스의 강력하고 두꺼운 비늘을 뚫고 대미지를 주는 스킬은 아니었다. 그저 땅바닥에 내려오게 만들었을 뿐!

그러나 그것만으로도 충분했다.

[악마들의 기세가 오릅니다!]

[아키서스 포병대의 기세가 오릅니다!]

날아다니지 못하는 것만으로도 난이도가 내려갔다. 공격 측은 공격이 쉬워지고, 반대로 학카리아스는 아까처럼 땅을 향해 마법을 난사할 수 없었다.

자기한테도 대미지가 들어갈 테니까!

이제 레이드는 2단계로 들어섰다. 날지 못하는 학카리아스를 상대로, 방어를 뚫고 대미지를 줘야 한다!

김태현 vs 학카리아스. 판온 플레이어들이 듣기만 해도 주먹을 꽉 쥐고 손에 땀이 날 세기의 대결!

……그런데도 이 대결은 정말 갑작스럽게 시작했다. 어디에서 한다는 예고도 없이, 갑자기 날아간 태현이 학카리아스에게 선빵을 갈기며 시작!

판온 플레이어들은 파워 워리어 길드 계정에 방송이 올라오는 걸 보고서야 깨달았다.

-김태현이 블랙 드래곤 레이드한다!!
-뭐??

소문이 퍼지자 파워 워리어 길드 개인 방송은 미친 듯이 사람이 몰리기 시작했다.

[현재 시청자가 너무 많아 방송이 잠시 지연될 수 있……]

하도 사람들이 모여서 방송 계정이 멈추고 터질 정도!

"크하하! 멍청한 길드 동맹 놈들! 밤에 지나가면 우리가 모를 줄 알았냐! 우리는 백수라서 24시간 접속한다 이거야!"

"파티장님. 쪽팔리니까 제발 좀……."

"어? 김태현이 블랙 드래곤 레이드 한다는데요?"

"뭐?! 어디서?! 구경하러 가자!"

오스턴 왕국에서 날뛰던 산적 플레이어들도.

"드디어 다 왔다! 이 던전만 깨면 무려 8개가 이어져 있던 연계 퀘스트도 드디어 끝을……."

"야. 김태현이 블랙 드래곤 레이드한다는데??"

"……그것부터 구경하고 하자!"

에랑스 왕국에서도. 그 외 판온 곳곳에서 수많은 플레이어들이 이 소식을 듣고 직접 달려오거나 하다못해 방송을 켰다.

이건 꼭 봐야 해!

"지원 준비해라! 반드시 김태현을 잡는다!"

길드 동맹에도 태현이 학카리아스 레이드를 한다는 소식은 전해졌다.

비상!

-김태현 1! 김태현 1!

-김태현 1이 뭐죠?

-넌 그것도 모르냐?

길드원 중 하나가 새로 들어온 길드원에게 한심하다는 듯이 가르쳐 줬다.

-김태현 관련 경보다. 5부터 1까지가 있지. 5는 김태현이 다른 곳에 있을 때, 4는 김태현이 오스턴 왕국 근처에 왔을 때, 3은 김태현이 오스턴 왕국에 왔을 때…….

……그렇게까지 해야 해요?

새 길드원의 당연한 의문!

그러나 다른 길드원들은 모두 고개를 끄덕였다.

수도 밖의 영지들이 털리고 길드원들이 두들겨 맞을 때도 중앙만 지키고 있던 길드 동맹의 정예들이 드디어 나섰다.

랭커만 해도 열 명이 넘는 어마어마한 전력!

김태현 이름만 나오면 '아, 배가 아파서……', '아, 어머니가 편찮으셔서……' 같은 핑계를 대던 랭커들도 나섰다.

그들도 알고 있었던 것이다. '블랙 드래곤이 있는 지금이 바로 김태현을 밟을 수 있는 기회다!'

판온에서 이렇게 태현을 치기 좋은 기회는 드물었다. 랭커들도 잘 알았다. 랭커들이 서로 모여야 하고, 태현이 스스로 위험한 곳에 굴러 들어가야 하고…….

여러 요소가 합쳐져야 가능한 천금 같은 기회!

와아아아아아아아아아!

떨어진 학카리아스를 공격하려던 태현은 고개를 돌렸다. 이게 뭔 소리?

저 멀리서 수많은 오크들이 언덕을 넘어 달려오고 있었다.

"힉!"

케인은 움찔했다. 판온에서 하도 오크들한테 당한 트라우마가 많아서 그런지, 달려오는 오크들을 보니 일단 긴장하게 됐다.

그러나 이번 오크들은 아군이었다. 김태산이 이끄는 오크 부족들!

"도와주러 왔다!"

김태산은 비장하게 무기를 들고 외쳤다. 흩어져서 다니며 정면 승부를 피하던 김태산과 오크 부족들이었지만, 이제 그럴 필요가 없었다.

'이번 블랙 드래곤을 레이드하고서 퀘스트를 성공시킨다!'

오스턴 왕국을 지키는 블랙 드래곤 학카리아스를 레이드하는 데 성공한다면, 대족장 퀘스트를 달성하는 데 충분한 조건이 됐다.

"어? 필요 없는데요?"

"……야!"

김태산은 울컥했다. 기껏 폼 잡고 있는데 이 자식이 정말!

-아니 진짜로, 필요 없어요. 거기 오크들 지금 레벨이 100 넘는 애들이 얼마나 된다고…….

김태산이 이끄는 오크 부족들은 숫자만 따지면 어마어마하게 많았다. 안 그래도 빨리 숫자가 느는 오크 부족들을 다 긁어모았으니 당연한 일!

그러나 그만큼 고렙 오크는 적었다. 당연한 일이었다.

-정, 정예도 꽤 돼!

김태산이 직접 이끄는 족장 호위대 NPC들!

-그거 키우는 데 꽤 걸렸을 텐데, 블랙 드래곤한테 한 방 잘못 맞으면 그냥 날아가요.

태현은 진심으로 걱정해 주는 것이었다. 김태산도 그걸 알아차렸다. 놀리는 게 아니라 진짜 걱정!
'놀리는 줄 알았네.'
평소에 주고받은 말들 때문에 오해하게 된 것이다.

-그냥 원거리 공격 위주로 최대한 거리 벌리고 공격하세요. 탱킹은 악마들이 하고 있으니까.

태현의 말대로, 에슬라의 악마들은 눈부신 탱킹을 보여주고 있었다. 앞, 뒤, 옆, 위, 아래에서 덤벼드는 무수한 공격!
학카리아스가 아무리 마법으로 쓸어버리고 찢어발겨도 악마들은 아랑곳하지 않고 덤벼들었다.
'크…… 저걸 다른 곳에 썼어야 했는데…….'
저 군세 소환 한 번이면 길드 동맹 수도고 뭐고 한 번에 점령했을 수 있을 것 같았다.

그때 새로운 일행이 나타났다.

와아아아아아아아!

"……?"

-오크들 더 있어요?

-어? 아닌데…….

정체는 바로 나타났다.

[오스턴 왕국의 군대가 나타났습니다!]

[오스턴 왕국의 모험가들로 구성된……]

길드 동맹이 끌고 온 전력!

용병, 왕국 병사, 기타 NPC들과 길드원으로 구성된 강력한 전력이었다. 숫자는 오크 부족들보다 적었지만 질로 따지면 비교할 수 없을 정도의 정예! 게다가 랭커들의 숫자가 위협적이었다. 하나하나가 오크 부족 하나는 단신으로 쓸어버릴 수 있는 수준이었던 것이다.

그러나 김태산과 아저씨들은 두려워하지 않았다. 오스턴 왕국에 선전포고를 했을 때 처음부터 이런 상황은 예상하고 있었다.

"드디어 저놈들이 나타났다! 저놈들에게 빚진 걸 갚아주자!"

"와아아아아!"

"우리의 영지를 생각해라! 우리 영지가 왜 역병지대로 변했나!"

"저놈들 때문에!!"

"우우우우!"

아저씨들뿐만 아니라 일반 길드원들도 야유를 퍼부었다.

그들은 진심으로 길드 동맹 때문이라고 생각했다.

계속 거짓말을 하다 보니 진심으로 믿게 된 것!

물론 반대쪽에서 듣고 있던 길드 동맹 입장에서는 황당한 일이었다.

"미친놈들이 뭐라는 거야?"

"너희들이 터뜨렸었잖아!"

"우리가 그거 때문에 얼마나 고생하고 있는 줄 알아?"

김태산과 아저씨들이 역병 지대를 만들고 간 덕분에, 길드 동맹은 피눈물을 흘렸다. 기껏 점령했는데 식량은 안 나오고, 오염도 때문에 사기와 치안은 쭉쭉 내려가고…….

결국 눈물을 머금고 그 넓은 땅을 버려둘 수밖에 없었다.

"오크들이여! 돌격하라! 저 비겁하고 더러운 놈들을 쓸어버리자!"

"와아아아아!"

"쥬이이이익!"

길드원들과 오크 부족들이 언덕 위에서 물밀 듯이 밀려 내려왔다. 언덕을 완전히 채울 정도로 많은 숫자!

그러나 길드 동맹의 길드원들은 코웃음을 쳤다.

"흥. 숫자만 많다고 될 줄 아나?"

"마침 잘됐다. 참고 있었는데 이번에 단단히 매운맛을 보여주지."

오스턴 왕국의 외곽을 돌면서 자기들의 영지를 닥치는 대로 약탈하고 부수던 오크들!

길드원들은 이를 갈았다. 수도와 중앙을 먼저 지키라는 명령만 없었다면 바로 가서 싸웠을 것이다.

숫자가 제법 많았지만 저 정도는 무섭지도 않았다. 순식간에 마법과 광역 스킬들로 쓸어버리고, 블랙 드래곤을 공격하는 태현을 잡을 생각이었다.

"어……?"

뭔가 이상했다. 언덕 위에서 오크들이 우르르 내려왔는데, 그 위에 또 오크들이 있는 것이다.

"……?"

"잔상인가?"

-취이이이이이이익!

너무 많은 오크들이 함성을 질러서 외침이 길게 늘어졌다.

그제야 길드 동맹의 길드원들은 깨달았다. 아직 오크 부족들이 다 오지도 않았다는 걸! 언덕 때문에 뒤에 있는 놈들이 가려서 보이지 않았던 것이다.

"괜…… 괜찮아. 저 정도면 뭐……."

"맞아. 다 예상한 수준이지."

-취이이이이익!

"아, 그만해! 미친놈들아!"

"뭐 얼마나 데리고 온 거야! 밥만 먹고 새끼만 낳았냐?!"

길드 동맹도 나름 판온에서 길드원 숫자로 자랑하고 다니던 길드였다. 중국계 길드원들이 많다 보니 다른 길드와는 차원이 다른 압도적인 숫자를 자랑했던 것이다.

그런 길드 동맹을 압도하는 오크 부족원들의 숫자!

[적의 숫자가 너무 많습니다!]
[사기가 하락합니다.]

언덕 뒤에도, 그 뒤에도, 그 뒤에도 오크들이 몰려오고 있었다. 말 그대로 녹색 파도!

'쳐들어온 오크들이 이렇게 많았나?!'

'분명 방송에서는 이 정도가 아니었는데?'

김태산이 오스틴 왕국에 선전포고를 할 때 오크 숫자는 이 정도가 아니었다.

'설마 그때 일부러 숫자를 확 줄였다고?!'

결정적인 순간에 상대를 엿 먹이려는 김태산의 함정!

리×지로 단련된 아저씨들의 교활함은 어디 가지 않았다.

"가자! 가자! 저놈들을 쓸어버리자!"

길드 동맹은 그제야 상황을 깨닫고 황급히 대응을 시작했다.

"전부 수비 진형으로! 임시 요새를 짓는다!!"

"각자 파티별로 모여! 흩어지지 마라!"

지금 학카리아스와 김태현이 중요한 게 아니었다. 자칫하다가는 상대로 취급도 하지 않던 김태산과 오크들한테 쓸려 나갈 수도 있는 상황!

길드 동맹 숫자도 꽤 많은 상황이라 착착 명령을 내리기는 무리였다. 게다가 태현처럼 전술 스킬 높은 플레이어들도 드물었다.

결국 길드 동맹은 각자 유명한 파티별로 나뉘어서 수비 진형을 갖출 수밖에 없었다.

"저기 린야오 님이 계신다! 저쪽으로 가자!"

"저기 이카로스 님이야! 이카로스 님 쪽에 붙자!"

"아니, 리우쑹 님이 나을지도……."

유명 랭커들 위주로 우르르 뭉치다 보니, 각 진형 사이에는 빈틈이 많고 어설펐다. 잘하면 각개격파를 할 수 있는 그런 상황!

김태산은 그런 약점을 보고 기막히게 오크들을 지휘…….

하지 못했다. 왜냐하면 김태산도 그런 전술 스킬이 없었으니까! 솔직히 최고급 전술 스킬을 가진 태현도 이 많은 오크들을 완벽하게 지휘할 수는 없었을 것이다. 정말 많아도 너무 많았으니까.

그래서 김태산도 세련된 지휘나 완벽한 전술은 포기했다.

그냥…… 그냥 밀어붙이자!

-취익! 취익!

-족장님이 저기로 돌격하라고 했다!

"거기 아냐! 이것들아! 그쪽은 아무것도 없어!"

-취익! 저놈들이 적이다!

"거긴 아군이야!"

다행히 아저씨들이곳곳에서 오크들을 붙잡고 정신을 차리게 만들어줬다.

쿠쿠쿵!

어설픈 공격에도 길드 동맹은 비웃지 못했다. 앞을 꽉 채운 숫자에 질린 것이다.

"발사! 발사! 언덕 위로 올라오지 못하게 해!"

급한 대로 언덕 위로 올라간 길드 동맹은 재빨리 빙 둘러싼 다음 닥치는 대로 광역기와 스킬을 퍼붓기 시작했다. 화살의 비가 쏟아지고 불덩어리와 얼음, 벼락이 쏟아졌다.

-취익! 취이익!

-취익! 너무 아프다!

"흥. 이 정도는 예상했다."

김태산은 저 멀리 있는 길드 동맹을 노려보며 중얼거렸다.

지금 돌격하고 있는 오크들은 함정! 이들을 다 쓸어버리면 저들도 화살과 마법을 쏟아내 지칠…….

-아키서스의 축복!

길드 동맹도 김태산도 놀랐다.

너 학카리아스 안 잡냐??

길드 동맹과 김태산 모두 당황해서 태현을 쳐다보았지만 태현은 아랑곳하지 않았다.

'잠깐 나와서 도와주고 돌아가면 된다!'

에슬라의 군세는 학카리아스 상대로 훌륭하게 싸우고 있었다. 이 정도는 괜찮았다. 지금 중요한 건 길드 동맹을 엿 먹이는 일! 길드 동맹을 제대로 엿 먹여야 그들이 학카리아스 레이드를 방해하지 못한다.

아무리 그래도 그렇지, 눈앞에 블랙 드래곤을 두고 뒤의 평원에서 일어나는 싸움을 도우러 오다니. 그 미친 발상에 모두 경악했다.

"저, 저거 막아!"

파아아앗!

수만 명이 넘게 몰려 있는 전장에서도 태현의 미친 존재감은 빛을 발했다. 당당하게 검을 뽑아 들고, 용용이를 타고 달려와 오크들에게 버프를 걸어주는 태현!

길드 동맹의 플레이어들이 언덕 위에서 살벌하게 대기하고 있는데도 당당하게 나서는 그 배짱에 모두가 혀를 내둘렀다.

"잡아! 저거 못 도망치게 잡아!"

"공격해!"

곳곳에서 길드 동맹의 간부들이 크게 소리를 질렀다.

그들 입장에서는 안 그래도 미워 죽겠는 태현이 자기 앞으로 냉큼 굴러들어온 셈! 변장에 분신에, 온갖 수단을 갖고서 신출귀몰하는 태현을 이렇게 잡을 수 있는 기회는 많지 않았다. 게다가 길드 동맹의 전력이 이렇게 한곳에 모여 있는 유리한 경우는 더더욱!

이 기회를 두고 가만히 있을 사람은 아무도 없었다.

"김태현을 가장 먼저 치는 놈한테 현상금을 주겠다! 만약 김태현을 잡는다면 오스틴 왕국에서 가장 좋은 영지를 주겠다! 김태현을 직접 잡지 못하더라도 김태현을 잡는 데 공을 세운다면 그 또한 엄청나게 포상하겠다!"

"현, 현상금? 얼마에요?"

"그게 지금 중요하냐?"

"근데 저번 현상금도 아직 지급 안 되지 않았나? 그거 언제 줘요?"

"쉿. 그거 잘못 물으면 쫓겨난다."

몇몇 길드원들은 의심쩍은 눈빛을 보냈지만, 대부분의 길드원들은 그 말에 넘어갔다.

영지! 영지라는 단어가 워낙 강렬했던 것이다.

'막타 한 번만 잘 넣으면 영주가 될 수 있다!'

판온 플레이어 중 99%가 게임 접을 때까지 영지는 만져보지도 못했다. 길드원들의 눈이 돌아가는 것도 당연한 일이었다.

"우와아아아!"

"내가…… 내가 잡을 거야!"

눈이 돌아가서 덤벼드는 길드원들! 태현은 그걸 보고서도 피하지 않았다. 태연한 얼굴로 물었다.

"혹시 내가 자살하면 나도 영지 받을 수 있나?"

"……저 ×××가!"

"죽여! 죽여!"

간부들 뒷목 잡게 만드는 태도! 그래도 태현을 잡겠다고 나선 길드원들은 제법 고렙 플레이어들이었다.

주변에 우글거리는 오크들 사이를 빠르게 뚫고 태현 앞에 도착했다.

"죽!"

"여달라고?"

푹찍!

태현은 가만히 있다가, 가장 먼저 다가온 플레이어가 사정거리로 다가오자 번개처럼 움직였다.

-반격의 원!

상대방의 공격을 정확히 카운터 쳐서 돌려보내면 동작이 한 타임 묶이게 되어 있었다. 동시에 그대로 드러난 몸통!

그 몸통을 향해 태현의 공격이 날아들었다.

공격이 너무 허무하게 막히고, 자기가 맞을 상황이 오자 길드원은 당황했다.

'괜…… 괜찮아. 오기 전에 버프도 받았고 물리 방어로 장비 세팅도 했으니까 몇 대 맞아도 버틸 수 있다. 버티면 같이 온 파티원들이……'

빠르게 지나가는 생각! 몇 대 버티고 반격할 생각이었지만, 언제나 태현을 상대로 하면 생각처럼 일이 풀리지 않았다.

-아키서스 검법! 치명타 폭…….

치명타 폭발까지 쓸 필요도 없었다. 아키서스 검법과 행운의 일격으로 부풀려진 공격력. 거기에 새로 얻은 알렉세오스의 권능 버프도 있었다.

새로 바뀐 전사형 버프! 그 위력은 정말로 무시무시했다.

고렙 플레이어를 평타 몇 방 만에 그대로 쓰러뜨렸다.

[HP가 0으로 내려가 사망합니다.]

"??"

"??"

같이 온 길드원들은 태현이 한 명에게 집중한 사이 두들겨 패려다가 멈칫했다.

벌써 끝났어?

"뭔 말도 안……."

푹찍푹찍!

'말도 안 돼'라고 말하려고 한 것 같았지만, 그럴 시간에 튀거나 거리를 벌리거나 하다못해 방어 스킬이라도 썼어야 했다. 태현은 망설임 없이 방향을 돌려 길드원을 썰어버렸다.

촤아악!

"뭐야 미친!?"

"약 먹었냐 저거?!"

태현의 폭딜이 무시무시하다는 건 알고 있었지만, 아무리 그래도 이건 이상했다. 단단히 준비하고 온 고렙 길드원들을 이렇게 빨리 무너뜨리다니!

"안……."

-치명타 폭발!

치명타 폭발까지 쓰자 한 방!

[아주 짧은 시간에 연달아 PVP에 성공합니다!]
[명성이 크게 오릅니다!]
[검술 스킬이 오릅니다!]
[아이템을 얻었습니다.]

"저…… 저거!"

태현은 날뛰기 시작했다. 용용이를 타고 접근하는 길드원들을 미친 듯이 갈아대기 시작했다.

차차차촥!

[검술 스킬이 오릅니다!]
[명성이 오릅니다]
[에랑스 왕국의 범죄자 네클을……]

오기 전에 버프를 최대치로 받고 각종 물리 방어 세팅으로 장비를 맞춘 플레이어도 몇 방이었는데, 그것도 안 한 플레이어들은 그냥 한 방! 게다가 태현이 타고 있는 용용이도 있었다.

도적 플레이어들이 은신 상태로 태현한테 접근하려고 하면, 용용이는 가차 없이 광역 마법을 사용했다.

쾌지지직!

번개가 사방으로 날뛰며 도적들을 지져댔다. 공격은 버티더라도 은신이 풀렸고, 그러면…….

"안녕?"

"아, 안녕하십니 컥!"

바로 태현의 검이 날아왔다.

파파파팍!

태현은 신명 나게 검을 휘두르고, 찌르고, 폭파시키고, 가끔가다가 사디크의 화염 마법과 폭탄도 던져줘서 길드원들을 뜨겁게 만들어줬다.

"핫하! 죽어라!"

"저, 저놈 진짜……."

"저게 인간이냐 백정이냐?"

수십이 넘는 길드원들이 채 1분도 안 되는 사이에 갈려 나가는 걸 본 간부들과 랭커들은 입을 떡 벌렸다. 안 그래도 괴물인 놈이 더 괴물이 되어 나타난 걸 본 기분!

그러나 충격은 아직 시작일 뿐이었다. 간부 중 한 사람이 드디어 무언가 이상한 걸 깨달은 것이다.

"잠…… 잠깐만. 저기 왜 저래?"

언덕 위로 올라오지도 못하고 있던 오크들이 어느새 길드 동맹 진형 앞에 붙어서 덤비고 있었다.

To Be Continued

흙수저 판타지 장편소설

회귀자
사용설명서

어느 날, 이세계로 소환되었다.

짐승들이 쏟아지고, 믿을 수 없는 위기가 닥쳐오나.
가지고있는 재능은 밑바닥.

[플레이어의 재능수치는 최하입니다.]
[거의 모든 수치가 절망적입니다.]

선택받은 용사든, 재능 있는 마법사든,
시간을 역행한 회귀자든,
모든 것을 이용해야 한다.

살아남기 위해.

"쓰레기면 뭐 어떻습니까. 살아남기 위해서
뭔 짓인들 못 하겠어요?"